Sendo cada uma das obras dedicada a um escritor português, pretende-se que os textos desta colecção – escritos por especialistas, mas num estilo que se quer de divulgação – elucidem o leitor sobre a especificidade da obra de cada autor.

EÇA DE QUEIRÓS

Título original: *Eça de Queirós*

© Carlos Reis e Edições 70, Lda.

Capa: FBA

Depósito Legal n.º 287645/09

Biblioteca Nacional de Portugal – Catalogação na Publicação

REIS, Carlos, 1950-

Eça de Queirós. – (Cânone; 2)
ISBN 978-972-44-1524-6

CDU 821.134.3Queirós, Eça de.09
929Queirós, Eça de

Paginação, impressão e acabamento:
GRÁFICA DE COIMBRA
para
EDIÇÕES 70, LDA.
Janeiro de 2009

ISBN: 978-972-44-1524-6

Todos os direitos reservados.

EDIÇÕES 70, Lda.
Rua Luciano Cordeiro, 123 – 1.º Esq.º - 1069-157 Lisboa / Portugal
Telefs.: 213190240 – Fax: 213190249
e-mail: geral@edicoes70.pt

www.edicoes70.pt

Esta obra está protegida pela lei. Não pode ser reproduzida,
no todo ou em parte, qualquer que seja o modo utilizado,
incluindo fotocópia e xerocópia, sem prévia autorização do Editor.
Qualquer transgressão à lei dos Direitos de Autor será passível
de procedimento judicial.

EÇA DE QUEIRÓS
Carlos Reis

1.

NOTA PRÉVIA

Por decisão do autor e com a concordância do editor,
opta-se neste volume pela grafia emanada do Acordo Ortográfico
da Língua Portuguesa. Uma tal opção não vincula necessariamente
os autores citados nem os que foram integrados
nos capítulos "Lugares Seletos" e "Discurso Direto".

NOTA PRÉVIA

A coleção *Cânone* em que este volume sobre Eça de Queirós se integra pretende contribuir para um melhor conhecimento dos nossos escritores, particularmente daqueles que reconhecemos como *canónicos*. Um tal estatuto é potenciado por diversos fatores e instâncias de institucionalização. Antes de mais, pelo sistema de ensino que, em épocas distintas e visando vários textos queirosianos, fez deles referências importantes para o ensino da literatura e não raro também para o ensino da língua, no que constitui uma articulação muitas vezes discutida, mas que neste momento não se questiona. Em função desse seu aproveitamento escolar (mas não, como é óbvio, apenas dele), os textos de Eça ajudaram a conformar uma parte importante do nosso imaginário cultural, da nossa consciência coletiva e da nossa comum identidade. O Portugal que somos vem a ser, por isso, também o resultado enviesado da nossa capacidade de autoreconhecimento, resultado favorecido pelo universo ficcional que Eça de Queirós configurou, em cerca de 35 anos de vida literária.

Mas do ponto de vista do que é a sua feição canónica, a obra de Eça não se esgota no tempo da vida literária ativa. Depois da morte do escritor, em 1900, começou a etapa que ainda estamos a viver, essa a que muitas vezes chamamos *fortuna literária*.

Configura-se assim um legado cultural – e a simples noção de *legado* implica desde logo um ato de valoração – em função da intervenção de muitos instrumentos e atores, alguns dos quais ficaram já mencionados. No caso de Eça, a fortuna literária de um escritor que deixou muitos textos por publicar teve que ver também (e continua a ter que ver) com a forma como têm sido editados e publicados esses seus textos, o que poderia remeter para uma outra aceção do conceito de *cânone*, que aqui não está expressamente em causa: referimo-nos à problemática da *autenticidade*, quando temos dúvidas ou reparos em relação à letra dos textos com que trabalhamos, à sua efetiva autoria ou, no mínimo, aos acidentes e incidentes que condicionaram o seu processo de transmissão, até aos nossos dias.

A obra de Eça de Queirós é *canónica* também porque nela revemos temas e ideias que ajudam a identificar uma cultura, uma literatura e mesmo uma língua. Não por acaso, Eça foi confirmado nessa sua condição *canónica* por um dos mais famosos ensaístas da atualidade, Harold Bloom, justamente aquele que de forma mais expressiva e às vezes provocatória sublinhou a relevância e a legitimidade do *cânone ocidental*. Sendo assim, a leitura de Eça pode ser (e é quase sempre) um pretexto de reencontro com valores e com formas que, a mais do que um título, continuam a *fazer sentido* para nós.

O volume que agora se publica e a coleção em que ele se integra pretendem cumprir vários objetivos: revalorizar o escritor, promover a sua difusão, facultar elementos de trabalho para utilização escolar, estimular a leitura ou a releitura, ajudar a relação crítica do leitor com os textos. Sem propósito de aprofundada exegese, este livro quer ser antes de tudo um simples e claro instrumento de trabalho para quantos ainda creem que a leitura e o estudo dos nossos autores *canónicos* são pertinentes e oportunos.

CARLOS REIS

2.

APRESENTAÇÃO

APRESENTAÇÃO

1. Num texto de Eça de Queirós, escrito para o *In Memoriam* de Antero de Quental e publicado em 1896, surpreendemos revelações autobiográficas que constituem uma espécie de balanço geracional, remetendo para os primordiais anos da formação cultural em Coimbra, nos inícios da década de 60 do século XIX. Note-se: este é um testemunho já bem distanciado do tempo a que se refere, o que permite também uma análise não isenta de ironia caldeada com alguma nostalgia. Recorda Eça:

> Coimbra vivia então numa grande atividade, ou antes num grande tumulto mental. Pelos caminhos de ferro, que tinham aberto a Península, rompiam cada dia, descendo da França e da Alemanha (através da França) torrentes de coisas novas, ideias, sistemas, estéticas, formas, sentimentos, interesses humanitários...

E depois de se referir aos nomes que então seduziam a sua geração (Michelet, Hegel, Vico, Proudhon, Victor Hugo, Goethe, Edgar Pöe, Heine, etc.), Eça prossegue:

> Naquela geração nervosa, sensível e *pálida* como a de Musset (por ter sido talvez como essa concebida durante as

guerras civis) todas estas maravilhas caíam à maneira de achas numa fogueira, fazendo uma vasta crepitação e uma vasta fumaraça! E ao mesmo tempo nos chegavam, por cima dos Pirenéus moralmente arrasados, largos entusiasmos europeus que logo adotávamos como nossos e próprios, o culto de Garibaldi e da Itália redimida, a violenta compaixão da Polónia retalhada, o amor à Irlanda, a verde Erin, a esmeralda céltica, mãe dos santos e dos bardos, pisada pelo Saxónio!... ([1])

Entre outros aspetos que agora não cabe destacar, importa sublinhar, na atmosfera cultural evocada neste texto, a forte presença do Romantismo, complexo e difuso paradigma cultural que, desde essa época de formação, marcou indelevelmente o jovem Eça. Importa dar alguma atenção a esta questão, porque, se é certo que Eça surge normalmente (e justamente) ligado à difusão do Realismo e do Naturalismo em Portugal, a verdade é que o papel que desempenhou nessa difusão não pode ocultar outros componentes da sua multifacetada identidade artística. E precisamente o Romantismo constitui um desses componentes, conforme o jovem escritor expressamente reconhece numa carta pública a Carlos Mayer, originalmente publicada em 1866 (na *Gazeta de Portugal*) e depois inserta nas *Prosas Bárbaras*. Como quem diz: o Romantismo seria, ao longo de toda a vida literária de Eça, um problema e uma sedução não raro oculta.

Note-se, contudo, que o Romantismo que exuberantemente presidirá aos textos da *Gazeta de Portugal*, em 1866 e 1867, não se confunde com o sentimentalismo da segunda geração romântica. Atravessados por vivências satanistas e panteístas, os folhetins das *Prosas Bárbaras* são antes tributários de leituras românticas de procedência algo singular para a época, constituindo uma espécie de biblioteca de iniciação, em que pontificam Heine, Hoffmann, Baudelaire, Flaubert e Edgar Pöe. Acresce a isto um conjunto de sentidos dominantes, deduzidos de uma espécie de *poética do mal*, tudo aliado a

---

([1]) Eça de Queirós, "Um Génio que era um Santo", in *Notas Contemporâneas*. Lisboa: Livros do Brasil, s/d., pp. 254-255.

uma atitude genericamente provocatória e antiburguesa: a sedução pela morte, pela perversão de atitudes morais, pela decadência e pela corrupção fazem parte desse elenco de sentidos prediletos. Por fim, o próprio estilo audaz e mesmo turbulento que caracteriza esses textos de juventude não é menos provocatório, para um público certamente perplexo perante a ousadia do jovem Eça.

2. No início dos anos 70 (em 1871) sobrevém a intervenção de Eça nas Conferências do Casino, ou seja, nessa que foi a iniciativa que institucionalmente marcou a afirmação pública da chamada Geração de 70. Mas antes ainda, em 1870, Eça colabora com Ramalho na aventura literária que foi *O Mistério da Estrada de Sintra*, romance epistolar que pode bem ser lido como uma experiência literária de mudança: por um lado, ele surge motivado pelo impulso de espicaçar o burguês e estimular a sua atenção (e esta é ainda uma motivação de sabor romântico); por outro lado, *O Mistério da Estrada de Sintra* atenta já em temas de implicação declaradamente social: é o caso do adultério feminino, tema destinado a uma larga fortuna na restante ficção queirosiana.

Por este último aspeto anuncia-se o Eça d'*As Farpas* e do empenhamento realista, escritor que, no tal ano de 1871, se envolve nas Conferências do Casino, sob a liderança de Antero de Quental. Na conferência de Eça procede-se à apologia do Realismo flaubertiano e proudhoniano, sem exclusão de sugestões deterministas: "Que é, pois, o realismo?" ter-se-á Eça interrogado na sua conferência; "para Eça não é simplesmente um processo formal: é uma base filosófica para todas as conceções do espírito, uma lei, uma carta de guia, um roteiro do pensamento humano, na eterna região artística do belo, do bom e do justo." ([2])

([2]) Segundo a reconstituição a que procedeu António Salgado Júnior; *apud* Carlos Reis, *As Conferências do Casino*. Lisboa: Publicações Alfa, 1990, pp. 139-141.

15

A sintonia deste projeto com os romances dos anos 70 é evidente. E é-o também com o conto *Singularidades de uma Rapariga Loura* (1874), relato quase de iniciação em que vai emergindo um conceção realista da literatura e da sua relação com a vida social. Antes deles, contudo, e de certa forma preparando-os, acontece a aventura d'*As Farpas*, de novo com Ramalho Ortigão, em 1871 e 1872. *As Farpas,* depois reeditadas, em 1890, com profundas alterações e sob o título "suavizado" de *Uma Campanha Alegre* são, antes de mais, um conjunto de folhetos, de publicação periódica, onde Eça e Ramalho fazem a crítica dos costumes da sociedade portuguesa, com o intuito de a espicaçar, levando-a a corrigir-se. Com *As Farpas*, Eça como que prepara, em regime de "laboratório" pré-ficcional, as suas obras realistas e naturalistas; e assim, surgem n'*As Farpas* temas sociais, trabalhados em termos que anunciam os romances que estão para vir: a condição social do clero, o parlamentarismo, a literatura, o teatro, a educação, a condição da mulher, o adultério ou o jornalismo são os mais destacados desses temas.

3. Entretanto, a vida profissional de Eça leva-o ao estrangeiro, como cônsul de Portugal. Por outras palavras: este é um escritor que, tendo feito do seu país e da sua vida social o tema central da sua obra, acaba por viver a maior parte da vida longe dele.

Depois de uma passagem por Havana, Eça de Queirós fixa-se por alguns anos em Newcastle, no que foi um tempo de árdua dedicação à literatura, bem atestada em diversas cartas a amigos e confidentes. É em Newcastle que Eça escreve os seus dois romances naturalistas: *O Primo Basílio* (1878) e *O Crime do Padre Amaro* (1880), este último objeto de três versões, no decurso de um laborioso e sofrido processo de escrita. Mas é também porque normalmente está ausente de Portugal que Eça se vai convencendo das dificuldades de uma entrega plena à causa realista, uma causa que exigia observação atenta da realidade, dos costumes e dos seus protagonistas sociais. Seja como for, *O Primo Basílio* corresponde ainda ao fundamental da doutrinação naturalista, interiorizada por um Eça então consciente das responsabilidades sociais da arte; e assim, *O Primo Basílio* vem a ser um típico romance de adultério oitocentista, enquadrado pela atmosfera morna e medíocre da Lisboa da Regeneração que tem na monotonia dos serões familiares e no Passeio Público praticamente os seus únicos divertimentos.

Pode dizer-se que, do ponto de vista ideológico, *O Primo Basílio* veicula uma mensagem de reprovação de atitudes mentais e culturais bem representadas não apenas na protagonista Luísa, mas também em figuras como Leopoldina e Ernestinho Ledesma. No que à primeira diz respeito, deve notar-se que ela vem acentuar, na vida da amiga Luísa, um sentimentalismo doentio, patente nos termos em que vive os seus oscilantes amores. Já a intervenção de Ernestinho traduz uma crítica ao Romantismo e à sua influência deletéria. Para além disso, através de Ernestinho inscreve-se no romance um drama intitulado "Honra e Paixão", que dialoga com a ação do romance: discutindo-se a questão do adultério feminino, Jorge pronuncia-se pela morte da adúltera, contra a opinião, mais complacente, dos frequentadores do serão lisboeta (o Conselheiro Acácio, D. Felicidade, etc.), que advogam o perdão. Antecipa-se assim o que mais tarde há-de passar-se; só que então, sabendo já do adultério da própria mulher, Jorge acaba por rever a sua posição, trocando a vingança pelo perdão. A energia da vingança anunciada cede, assim, lugar às conveniências de uma vida burguesa pacata, regida pelo culto das aparências e pela cedência à sua lógica perversa.

4. O trajeto realista e naturalista de Eça de Queirós refina-se com *O Crime do Padre Amaro*, romance escrito em três sucessivas versões. Relato longa e arduamente trabalhado, *O Crime do Padre Amaro* chega, na sua terceira versão (1880), a um estádio de maturidade, justamente como resultado da demorada elaboração a que o escritor o submeteu (³). Trata-se agora da história de um padre sem vocação, padre que é colocado em Leiria, num típico cenário provinciano e beato. Em Leiria, Amaro junta-se aos padres que desfrutam de nefasto ascendente sobre a comunidade de beatas e devotos, o que a breve trecho o leva a uma relação amorosa com Amélia. Por fim e no desenlace de uma gravidez, Amélia morre, a criança é entregue a uma "tecedeira de anjos" que supostamente a mata e Amaro parte, com algum remorso, mas sem punição visível; reaparece em Lisboa, em 1871, refeito e instalado no cinismo com que gere a supremacia exercida sobre as beatas que dele dependem espiritual e emocionalmente.

O Crime do Padre Amaro procura, assim, demonstrar duas teses: a de que o sacerdócio sem vocação leva o padre à dissolução moral e a de que a fanatização religiosa da mulher provoca a sua destruição. Para que estas teses sejam convincentemente demonstradas, o narrador investe atenção considerável na caracterização dos dois protagonistas; os capítulos III e V são-lhes consagrados, num e noutro caso com incidência nos temas fundamentais que ao Naturalismo interessavam: a persistência da hereditariedade, a influência do ambiente religioso e o temperamento sensual. Como se isso não bastasse, Amaro não entra no seminário por escolha própria: "Nunca ninguém consultara as suas tendências ou a sua vocação. Impunham-lhe uma sobrepeliz; a sua natureza passiva, facilmente dominável, aceitava-a, como aceitaria uma farda". (⁴)

5. Ainda nos anos 70, Eça de Queirós esboça um projeto literário que não chega a concretizar. Trata-se de um conjunto de doze volumes, sob o título genérico *Cenas da Vida Portu-*

(³) Veja-se a edição crítica do romance, publicada em 2000 pela Imprensa Nacional-Casa da Moeda, e o abundante aparato que a acompanha.

(⁴) Eça de Queirós, *O Crime do Padre Amaro*; edição de Carlos Reis e Maria do Rosário Cunha. Lisboa: Imprensa Nacional-Casa da Moeda, 2000, p. 143.

guesa (ou *Cenas Portuguesas)*, conjunto que inclui *A Capital, O Milagre do Vale de Reriz, A Linda Augusta, O Rabecaz, O Bom Salomão, A Casa n° 16, O Gorjão, primeira dama, A Ilustre Família Estarreja, A Assembleia da Foz, O Conspirador Matias, História dum Grande Homem* e *Os Maias*. De tudo isto ficaram os títulos d'*Os Maias* e d'*A Capital* e a sugestão de que *A Ilustre Família Estarreja* e *História dum Grande Homem* "escondem" provavelmente *A Ilustre Casa de Ramires* e *O Conde d'Abranhos*. E assim, pode conjeturar-se que o relativo fracasso do projeto ocorre quando Eça, consciente das exigências metodológicas do Naturalismo, reconhece que a ausência da pátria inviabilizava o cumprimento das exigências naturalistas – apontando alternativa e momentaneamente no sentido de um fantástico que *O Mandarim* (1880) viria a contemplar.

Configura-se, assim, uma evolução a diversos títulos esperada. Essa evolução é atestada também pela via do silêncio, uma vez que Eça deixa por publicar textos que, em diferentes estádios de elaboração, ocupam a sua atenção nos anos 70 e 80, ou seja, *A Capital!, O Conde d'Abranhos* e *Alves & C.ª*, todos contemplando ainda temas e tipos estreitamente relacionados com a estética e com a ideologia realista e naturalista.

Para bem entendermos a evolução de que estamos a falar, bastar lembrar o seguinte: muito atento à evolução da cultura europeia e vivendo próximo dos seus centros difusores (Londres, Paris), Eça aperceber-se-ia de que o Naturalismo (tal como a voga do Positivismo) estava em crise, a partir de finais dos anos 80. O que não significa que esteja radicalmente abolido d'*Os Maias* o magistério naturalista: tal como noutros romances ocorre, é ao nível do tratamento das personagens que essa permanência se observa; neste aspeto, Pedro da Maia constitui um caso óbvio de sobrevivência de procedimentos que provêm do Naturalismo, como bem se vê no cuidado que o narrador coloca na descrição da educação da personagem.

O romance *Os Maias* é, em boa parte, aquilo a que é usual chamar-se um "romance-fresco", uma vez que nele perpassam tipos, mentalidades e atitudes culturais de diversas épocas, ilustrando os movimentos e contradições de uma sociedade historicamente bem caracterizada. A política, a vida financeira, a Literatura, o jornalismo, a diplomacia, a administração pública representam-se em jantares, saraus, serões e corridas de cavalos; assim se configura uma vasta crónica social, anunciada no subtítulo "Episódios da Vida Romântica" – o que indicia também o peso de que o Romantismo continua a desfrutar numa Sociedade que se aproxima do fim do século, em ritmo de decadência e de crise institucional, a vários níveis.

Aquilo que n'*Os Maias* sobrevive do Realismo faz-se de certo modo Realismo subjetivo, porque a representação do espaço social se articula a partir de um olhar inserido na história: o olhar de Carlos da Maia, episodicamente complementado pelo de João da Ega. Esse olhar é o de uma personagem que, parecendo estranha àquela sociedade, parece desfrutar de um estatuto de certa superioridade, no limiar da sobranceria, o que lhe permite arvorar-se em crítico discreto do espaço social em que circula. Isto não quer dizer que Carlos se conserva asseticamente acima dos defeitos que observa; quando aparece em Lisboa, em 1875, o jovem médico vem cheio de projetos profissionais e culturais, por fim prejudicados pelo diletantismo e por uma espécie de estigma do ócio que conspiram no sentido de neutralizarem aqueles projetos.

Por outro lado, a intriga principal d'*Os Maias* – o incesto trágico entre Carlos e Maria Eduarda, conduzindo à dissolução da família – define-se, em relação ao meio, numa posição de autonomia. Que esta intriga em nada depende de fatores de ordem material, exteriores às personagens e suscetíveis de explicarem com pertinência o desenrolar dos factos, provam-no vários passos em que a responsabilidade oculta da intriga é atribuída a forças que as personagens não controlam e que parecem apostadas em encaminhá-las para o trágico desenlace: é uma fatalidade transcendente (que não é a fatalidade naturalista) que determina o trajeto de vida das personagens.

6. Do ponto de vista ideológico, o episódio final d'*Os Maias*, centrado no regresso de Carlos a Lisboa, em 1887, remete para Fradique Mendes e para o fradiquismo: a dispersão e o diletantismo, a regular referência a Paris como lugar de residência, o regresso "retemperador" ao genuíno das origens, tudo isso lembra o poeta das "Lapidárias", figura já tipicamente pós-naturalista.

Pode dizer-se que o fundamental da atitude crítica cultivada por Fradique Mendes decorre do seu posicionamento ideológico em relação a Portugal, à sua cultura e à sua evolução histórica recente. Para Fradique, o Liberalismo surge como responsável por uma lamentável descaracterização de costumes; a democratização da vida pública, a igualização de comportamentos e indumentárias, os hábitos políticos da Regeneração, tornam Lisboa insuportável para Fradique. E nessa "náusea suprema [que] vem da politiquice e dos politiquetes" [5] percebe-se facilmente a crítica a um sistema político-ideológico que destruíra o "Portugal vernáculo"; por outro lado, o fradiquismo pode ser entendido como alternativa ideológica ao pensamento da Geração de 70, de que o Eça dos anos 80 se ia distanciando, sem assumir claramente esse distanciamento como rutura: em certa medida, é ao fradiquismo que cabe cumprir essa função, com todas as ambiguidades que um tal processo evidencia.

Seja como for, o facto é que Fradique não se dispensa de elaborar uma série de notações críticas sobre o Portugal da Regeneração, notações particularmente significativas quanto estão em causa tipos e costumes sociais. Por outro lado, o perfil psicológico de Fradique, o seu dandismo estreme, a proclamada independêncua intelectual, a incansável curiosidade

---

[5] Eça de Queirós, *A Correspondência de Fradique Mendes*. Lisboa: Livros do Brasil, s/d., p. 79.

cultural, o culto das viagens e do exotismo, a procura da originalidade, os comportamentos não raro extravagantes, constituem atitudes reveladoras de uma personalidade obcecada pela fuga à "normalizada" vulgaridade burguesa; nesse registo inequivocamente tardo-romântico avulta um esboço de poética, também ele muito significativo. Pelo que se conhece dos seus fundamentos estético-literários, Fradique Mendes distancia-se do estafado lirismo romântico, de extração lamartiniana. E assim, pode bem dizer-se, por fim, que Fradique Mendes abre caminho para a Modernidade emergente.

7. O que ficou escrito não significa que o Realismo, como atitude de representação de costumes e crítica social, se encontra abolido do horizonte cultural de Eça. Ainda nos anos 80 da produção queirosiana deparamos com duas obras, *O Mandarim* e *A Relíquia,* em que o mítico e o fantástico, o simbólico e o alegórico se combinam com a tendência para o exercício da crítica de costumes. É ainda alguma coisa da vida social lisboeta que perpassa n'*O Mandarim*, novela publicada no *Diário de Portugal* e em livro em 1880; o facto, porém, é que a novela aposta na moralização, mais do que na crítica social propriamente dita, assim se traduzindo, no plano da ficção, o que num prólogo dialogado se anunciava: o culto sóbrio da fantasia, de mistura com uma "moralidade discreta". E esta é uma orientação que vem a ser confirmada, já depois de publicada a novela, na importante carta-prefácio ao redator da *Revue Universelle,* escrita por Eça a propósito d' *O Mandarim,* em 1884.

Com *A Relíquia* (1887), reafirma-se, nos termos explícitos que uma famosa epígrafe regista ("Sobre a nudez forte da verdade – o manto diáfano da fantasia"), a tendência para conjugar a observação dos costumes com elementos lendários, míticos e oníricos, de novo em cenários exóticos: o Egito e a Terra Santa. Agora, no entanto, a história reveste-se de um pendor mais acentuadamente crítico e satírico: Teodorico Raposo orienta a sua vida de potencial herdeiro da severa e fanática D. Patrocínio das Neves sob o signo da duplicidade, alternando missas e devoções com boémia e aventuras amorosas. Se *A Relíquia* é uma obra profundamente satírica, ela é algo mais do que isso: para além da crítica dos costumes religiosos, que encontramos também noutros momentos do trajeto queirosiano, e para além da incursão no imaginário bíblico, *A Relíquia* constitui uma reflexão sobre temas fundamentais que afetam a condição humana: ela é um relato de moralidade sobre a inutilidade da hipocrisia e sobre a coragem de afirmar.

8. As últimas obras de Eça, ou seja *A Ilustre Casa de Ramires* (1900) e *A Cidade e as Serras* (1901), revelam ainda traços da atenção que o escritor nunca deixou de consagrar à realidade envolvente; e de novo, ultrapassada a rigidez programática dos anos naturalistas, a escrita queirosiana contempla elementos de natureza histórica, simbólica e mítica. De qualquer forma, não podemos ignorar que a escrita destas obras finais – e também dos contos, das crónicas de imprensa e até das cartas que Eça escreveu nos últimos dez anos da sua vida – ocorre num tempo de mudança ideológica. Assim devemos considerá-lo, se confrontarmos este *último Eça* com aquele que defendeu as posições do tempo (e mesmo depois) das Conferências do Casino.

A transformação ideológica atesta-se ainda em textos doutrinários desse tempo. Um desses textos, pertencente à colaboração enviada para a *Gazeta de Notícias*, intitula-se "Positivismo e Idealismo" (1893) e representa o reencontro de Eça com questões que, na sua reflexão metaliterária, eram, afinal, anteriores à última década do trajeto literário queirosiano, como se sabe pela já mencionada carta-prefácio d'*O Mandarim*. Eça confirma agora a pertinência da imaginação, quando procura explicar a revolta antipositivista a que assiste em Paris. Para além disso, a evolução dos movimentos artísticos desse tempo, assim como o rumo que vai tomando a criação literária constituem, desde logo, sintomas de uma revivescência idealista que assinala também o definitivo colapso do Naturalismo.

No contexto de um devir estético-cultural que compreendia também o parnasianismo, o decadentismo, o simbolismo e o impressionismo pictórico, o pensamento estético queirosiano do fim do século contempla também (e procura explicar) a atmosfera de intolerância ideológica e mesmo de violência antijacobina e antipositivista em que se movia a juventude estudantil parisiense. Mas, por outro lado e permitindo um juízo de inegável sedução e apreço, isso a que Eça chamava "nevoeiro místico que em França e em Inglaterra está lentamente envolvendo a literatura e a arte" ([6]) favorecia o renascer da bondade cristã e a afirmação de uma espécie de socialismo cristão, a que não era estranha uma certa simpatia pela mensagem franciscana. É nesse registo de adesão que deparamos com o fascínio queirosiano pelas vidas de santos. S. Cristóvão, Santo Onofre e S. Frei Gil ocupam agora a imaginação de um Eça que esboça *Lendas de Santos* (postumamente publicadas nas *Últimas Páginas*), relatos em que o escritor deixa transparecer o seu fascínio por temas e por um imaginário relacionados com os valores da solidariedade, da bondade e da abnegação de inspiração cristã.

9. Pode dizer-se que alguma coisa do Realismo crítico queirosiano persiste ainda no romance *A Ilustre Casa de Ramires*. Estão agora em causa temas relacionados com uma questão melindrosa, assim vivida desde os anos de afirmação da Geração de 70: a relação do intelectual com o seu passado histórico ou, noutros termos, a dialéctica entre tradição e renovação e, por extensão, a relação com Portugal e com a sua memória histórica.

Convém recordar que a reflexão crítica levada a cabo pela Geração de 70 pretendia conduzir à revitalização da consciên-

---

([6]) Eça de Queirós, *Notas Contemporâneas*. Lisboa: Livros do Brasil, s.d., p. 195.

cia cultural, cívica e histórica do País. Não raro, porém, esse labor derivou para questões marginais, às vezes desencadeando reações exaltadas. Um exemplo paradigmático disso mesmo é a controvérsia de Eça com Pinheiro Chagas, a propósito da problemática do patriotismo ([7]). Ao mesmo tempo, a oposição de escritores como Eça, Oliveira Martins e Guerra Junqueiro ao Ultra-Romantismo incidia, com frequência, no artificialismo e no empolamento com que os poetas da segunda geração romântica assumiam uma atitude de nostálgica evocação do passado histórico.

Privilegiando uma temática de índole histórica, a *A Ilustre Casa de Ramires* (que traz consigo a velha sedução queirosiana pela História de Portugal e pelo imaginário medieval) tende a superar uma visão estática e nostálgica do passado nacional. Para ficcionalmente representar a relação com esse passado e a sua projeção no presente, Eça concebe não uma história, mas duas, que habilmente se articulam ao longo do romance: a história da vida monótona de Gonçalo Mendes Ramires, cujas origens familiares remontam aos primórdios da nacionalidade, e a do episódio relatado por esse fidalgo na novela "Torre de D. Ramires", episódio em que se destaca a personalidade do antepassado Tructesindo Ramires, exemplo de fidelidade a princípios de lealdade e honra senhorial.

A história da família Ramires segue de muito perto, à escala reduzida, a história de Portugal, cumprindo-se nela um processo de ascensão e decadência em que se projetam a ascensão e decadência da pátria. No presente do protagonista Gonçalo Mendes Ramires, *A Ilustre Casa de Ramires* cumpre o modelo do romance de encenação relativamente alargada, envolvendo uma casa, o seu passado, a família e as transformações que nesse universo surpreendemos. De certa forma aprofunda-se aqui o que se encontra n'*Os Maias*, pelo que toca ao paralelo entre o devir de uma família e o da história de

---

([7]) Veja-se o texto de Eça "Brasil e Portugal", publicado em 1880 e postumamente inserto no volume *Notas Contemporâneas*.

Portugal; ao mesmo tempo, este romance de Eça não esquece nem anula a vocação do autor para a análise de cenários e de tipos sociais: o pequeno mundo em que Gonçalo vive, à sombra da Torre, a cidade de Oliveira, as relações familiares e os incidentes que as atravessam, as personagens secundárias que convivem com o protagonista permitem esboçar um retrato de costumes tocado, contudo, por alguma complacência que vem atenuar rigores críticos do passado.

Em todo o caso, é Gonçalo quem domina a cena do romance. A sua ociosidade, a abulia que não raro o afeta, o surdo ressentimento por ver a decadência da casa e mesmo da família são traços característicos, silenciosamente lembrados pela presença tutelar da Torre como símbolo evidente de um poder de que pouco mais resta do que a memória. É justamente a memória da família que, pelo caminho enviesado de uma novela histórica, o protagonista trata de recuperar. A escrita da novela "Torre de D. Ramires" explica-se, então, pelo desejo de evidência pública de Gonçalo, feito escritor de circunstância. Mas essa escrita desenrola-se em oscilação constante entre momentos de entusiasmo e momentos de desânimo, num processo não isento de projeções autobiográficas vindas do lado do autor empírico.

O que *A Ilustre Casa de Ramires*, por fim, mostra é que não basta fixar a atenção passivamente no passado, ignorando-se alternativas de regeneração histórica que o presente propõe e mesmo exige. A solução africana buscada por Gonçalo Mendes Ramires ao partir para Moçambique remete, no extra-texto da história do Portugal finissecular, para a necessidade de encontrar modos de superação da debilidade que afetava a Nação. Desde o Ultimato inglês de 1890, uma tal superação passava pela questão de África e pela regeneração do nosso poder colonial. Hipotecar as propriedades da Metrópole e conseguir em África, como faz Gonçalo, proventos para restaurar propriedades seculares parece ser uma orientação esboçada no capítulo final do romance, orientação não destituída de ambiguidades, até porque discutida pelas personagens, mas não comentada pelo narrador omnisciente. Assim, *A Ilustre Casa de Ramires* fica disponível para as respostas interpretativas que o leitor lhe dará, respostas que dependem também da aceitação de uma outra proposta interpretativa, segundo a qual Gonçalo encerra em si as contradições do próprio Portugal.

10. O romance *A Cidade e as Serras* (que, tal como *A Ilustre Casa de Ramires,* Eça não chegou a ver publicado) retoma o registo da ambiguidade: Zé Fernandes, assumindo um posicionamento de observador do protagonista, relata a existência de Jacinto em Paris, rodeada de todos os instrumentos que a Civilização do fim do século oferece; só que essa existência é progressivamente marcada por um tédio e por um desencanto que contradizem o progresso envolvente. Regressado a Portugal, mais propriamente ao Douro dos seus antepassados, Jacinto reencontra, entre perplexo e fascinado, uma paz e uma autenticidade aparentemente perdidas.

D'*A Cidade e as Serras* (tal como d'*A Ilustre Casa de Ramires*) dificilmente se dirá ser um romance realista, na aceção mais genuína e exigente do termo. Mas esta é, sem dúvida, uma obra que testemunha fundamentais preocupações emergentes em finais do século XIX, nos primórdios do Modernismo, preocupações esboçadas já em contos como *Civilização* e, mais difusamente, em *A Perfeição*. O cansaço e o sentimento de excesso provocados por uma civilização aparentemente perfeita começam a ser evidenciados quando Zé Fernandes penetra no 202 e contempla a existência abúlica do super-civilizado Jacinto. O regresso deste às serras será o reencontro com uma espécie de origem perdida e com uma alegria de viver que Paris tinha atrofiado. Articulado em termos dialéticos, o romance não se resolve, no entanto, na linear apologia da pobreza campestre contra os luxos da cidade: nas serras, Jacinto revolta-se contra a rudeza dos casebres em que vivem famílias miseráveis e procura atenuar essa miséria. Ao mesmo tempo, entreabre Tormes à civilização, buscando um equilíbrio que é a síntese do processo dialético mencionado.

11. Dizemos de Eça (como de Camões, de Garrett, de Herculano, de Cesário Verde ou de Fernando Pessoa) que é um escritor do cânone, na aceção hoje relativamente trivial que é aquela que designa "o elenco de autores e obras incluídos em cursos básicos de literatura por se acreditar que representam o nosso legado cultural" ([8]). Trata-se, a partir desta espécie de definição, de reconhecer que Eça de Queirós (ou pelo menos *um certo* Eça) constitui um fator de legitimação dos valores, dos grande temas e das ideias estruturantes de uma comunidade que a literatura, sobretudo através do sistema de ensino, ajuda a conformar e a manter.

Mas para além desta aceção de *cânone* (e de um Eça *canónico*) há uma outra, que a precede e influencia, que também deve ser considerada quando está em causa Eça de Queirós. Nesta segunda aceção, falamos em *cânone* para nos reportarmos genericamente à questão da autenticidade autoral: tratamos, então, de determinar que textos são da autoria material de Eça de Queirós e quais aqueles que, embora presuntivamente escritos por ele, o não são ou só o são de forma precária e, por assim dizer, acidentalmente condicionada.

Os termos em que a questão é colocada parecerão talvez estranhos, especialmente para quantos ignorem os incidentes (e não foram poucos) que hoje sabemos terem influído no estabelecimento do cânone autoral queirosiano. Noutros termos: os títulos O *Crime do Padre Amaro*, *A Cidade e as Serras*, *Prosas Bárbaras* ou O *Conde d'Abranhos* reportam-se a obras de Eça de Queirós, mas isso não significa que os textos daquelas obras tenham conhecido uma fortuna semelhante ou até que sejam todos de Eça nos mesmos termos e com o mesmo índice de fidelidade autoral.

([8]) C. Kaplan e Ellen C. Rose, *The Canon and the Common Reader*. Knoxville: The Univ. of Tenessee Press, 1990, p. XVII.

Eça é o escritor que é, tendo-se fixado numa imagem difícil de alterar, porque os seus textos tiveram o trajeto editorial que lhes conhecemos; esse trajeto foi, todavia, acidentado e pejado de erros, em parte por estarmos perante um escritor com enorme popularidade, muitas vezes editado e reeditado, nem sempre com cuidados e às vezes sem critério. O facto de o legado autoral e a reivindicação do direito de publicar Eça terem mesmo dado lugar a processos judiciais diz bem do significado e da dimensão (também económica) da fortuna editorial queirosiana; uma fortuna editorial que não reconhecemos noutros escritores contemporâneos do autor d'*Os Maias* (alguns deles nesse tempo bem famosos...) como Pinheiro Chagas, Abel Botelho ou Bulhão Pato.

12. Ao longo de cerca de 35 anos de vida literária (entre 1866 e 1900), Eça de Queirós escreveu textos ficcionais (que são o grande eixo identificador da sua obra), que incluem romances, uma novela e contos; escreveu também e de forma regular textos de imprensa, sobretudo crónicas; redigiu ainda muitas centenas de cartas de natureza, finalidades e temas muito distintos; esboçou relatos de viagens; colaborou em diversas publicações de circunstância; por fim, traduziu uma peça de teatro e reviu (ou reescreveu) a tradução de um romance. Particularizando: em vida, Eça publicou um número relativamente escasso de livros. Por junto e de sua exclusiva autoria, temos cinco títulos, a saber: *O Crime do Padre Amaro* (1876 e 1880), *O Primo Basílio* (1878), *O Mandarim* (1880), *A Relíquia* (1887) e *Os Maias* (1888). O romance epistolar *O Mistério da Estrada de Sintra* (1870) surgiu em co-autoria com Ramalho Ortigão; por sua vez, os dois volumes de *Uma Campanha Alegre. De "As Farpas"* (1890-91) resultam também da colaboração com o mesmo Ramalho, embora, neste caso, Eça tenha autonomizado e refundido o que fora a sua participação n'*As Farpas*. Para além disso, verifica-se que, em contraste com os intensos anos 70, os anos 90 parecem (enganadoramente, diga-se desde já) estéreis: depois d'*Os Maias* e excluindo reedições, Eça não voltou a publicar, em vida, nenhum outro volume de ficção. E quase todas as vezes que teve que republicar um dos seus livros Eça introduziu no texto substanciais alterações: a mais conhecida e drástica destas situações é a d'*O Crime do Padre Amaro,* com três versões distintas num lapso de tempo relativamente curto, ou seja, entre 1875 e 1880.

Quando entramos na zona editorial dos títulos póstumos, a questão torna-se mais complexa e a autenticidade do cânone queirosiano torna-se mais discutível. Se nos reportarmos, por agora, a textos ficcionais, verificamos que o elenco de póstumos inclui, publicados como tais, oito títulos, a saber: *A Correspondência de Fradique Mendes* (1900), *A Ilustre Casa de Ramires* (1900), *A Cidade e as Serras* (1901), *Lendas de Santos* (incluído em *Últimas Páginas,* 1916), *A Capital* (1925), *O Conde d'Abranhos* (1925, incluindo *A Catástrofe*), *Alves & Ci.ª* (1925) e *A Tragédia da Rua das Flores* (1980).

Este panorama requer clarificações adicionais, confirmando a singularidade do cânone autoral queirosiano, as assimetrias que o caracterizam e os reajustamentos que nele há que introduzir. Assim, três dos sete títulos acima mencionados encontram-se numa situação peculiar e relativamente rara: refiro-me ao facto de *A Correspondência de Fradique Mendes, A Ilustre Casa de Ramires* e *A Cidade e as Serras* não serem, em rigor e de forma plenamente consumada, póstumos. De facto, o que acerca destes títulos sabemos, em termos genéricos, é que nos últimos anos da sua vida Eça trabalhou na reescrita de textos já em parte publicados (*A Correspondência de Fradique Mendes* e *A Ilustre Casa de Ramires*) e na composição de um romance (*A Cidade e as Serras*) que por sua vez ampliava um conto (*Civilização,* 1892); que esse trabalho estava por concluir, à data da morte do escritor; que nalguns casos ele estaria relativamente adiantado; que, por fim, outras pessoas completaram o que o escritor deixou inacabado, intervindo essas pessoas nos textos em termos que é difícil precisar, mas indo muito além do que seria determinado por um critério de prudente cuidado em relação à (suposta) vontade do escritor ([9]).

13. Importa agora explanar o elenco dos títulos queirosianos, organizado por grandes géneros literários e paraliterários e configurando um conjunto que praticamente corresponde ao que costumamos designar por *obra completa* do autor ([10]). Assim:

1. Ficção narrativa
   1.1 Não-póstumos
   O *Mistério da Estrada de Sintra* (com R. Ortigão)
   O *Crime do Padre Amaro*
   O *Primo Basílio*
   O *Mandarim*
   A *Relíquia*
   Os *Maias*

   1.2 Semi-póstumos e póstumos
   A *Correspondência de Fradique Mendes*
   A *Ilustre Casa de Ramires*
   A *Cidade e as Serras*
   Contos ([11])

([9]) Cf. Helena Cidade Moura, "A prosa de Eça de Queirós emendada pelos seus contemporâneos", in *Estética do Romantismo em Portugal*, Lisboa: Grémio Literário, s.d., pp. 163-167.

([10]) O elenco que a seguir se enuncia e as considerações que o sustentam relacionam-se directamente com o desenvolvimento da Edição Crítica das Obras de Eça de Queirós, em curso de publicação (11 volumes já editados); os títulos aqui adoptados são os que apareceram ou aparecerão naquela série.

([11]) Note-se que o volume de *Contos*, editado postumamente em 1902, incluía relatos todos eles já publicados em vida do escritor; falta integrar no conjunto quatro relatos que Eça deixou inéditos (*Um Dia de Chuva*, *A Catástrofe*, *Enghelberto* e *Sir Galahad*) e que foram publicados em edição crítica por Marie-Hélène Piwnik (*Contos II*. Lisboa: Imprensa Nacional-Casa da Moeda, 2003).

Lendas de Santos
   A Capital!
   O Conde d'Abranhos
   Alves & Cia.
   A Tragédia da Rua das Flores

2. Textos de Imprensa
   Uma Campanha Alegre. De "As Farpas"
   Textos de Imprensa (da Gazeta de Portugal)
   Textos de Imprensa (do Distrito de Évora)
   Textos de Imprensa (d'A Atualidade)
   Textos de Imprensa (d' A Gazeta de Notícias)
   Textos de Imprensa (da Revista Moderna)
   Textos de Imprensa (da Revista de Portugal)

3. Epistolografia
   Cartas públicas
   Cartas privadas

4. Narrativas de Viagens
   O Egito e outros relatos

5. Vária
   Almanaques e outros dispersos

6. Traduções
   Philidor
   As Minas de Salomão

Ao que ficou já dito importa agora juntar algumas outras considerações. Assim, o relativamente extenso conjunto de textos de imprensa confirma o que amplamente se sabe já: que há um Eça cronista e, em geral, colaborador de jornais e de revistas. Foi esse Eça que deu largas à sua arguta e sugestiva forma de olhar o mundo, ao mesmo tempo que muitas vezes antecipou ou glosou nos textos de imprensa o que depois modelou na ficção. Antes de passar a outras questões, há que chamar a atenção para o facto de o título *Uma Campanha Alegre*. De *"As Farpas"* ocupar, no conjunto, um lugar singular: por um lado, os textos que aqui se recolhem obedecem, em boa medida, à lógica e às estratégias discursivas dos textos de imprensa; por outro lado, eles provêm de um regime de publicação não exatamente jornalístico, uma vez que os pequenos folhetos aparecidos em 1871 e em 1872 eram publicados de forma autónoma e em parte cumprindo uma regularidade serial. Para além disso e diferentemente de todos os restantes textos de imprensa, eles conheceram uma publicação em vida de Eça, já que o escritor resgatou para essa edição em livro os textos de sua autoria, dissociando-os dos de Ramalho. E sempre, claro está, com drásticas alterações e mesmo supressões de textos inteiros, de forma, neste caso, a suavizar a agressividade crítica original, conforme sugere o título *Uma Campanha Alegre*.

É de certa forma pacífica a ordenação e a designação dos restantes títulos e subtítulos dos *Textos de Imprensa*, tendo-se em atenção o jornal ou a revista em que foram publicados. Parece óbvio que assim seja, uma vez que os temas, a tonalidade estilística e em geral as estratégias discursivas que enformam os textos de imprensa são direta ou indiretamente, linear ou enviesadamente condicionadas pelo lugar e pelo tempo da escrita, pelos destinatários e pela feição do órgão em que surgem. Noutros termos: os textos escritos pelo jovem Eça, em Évora, em 1867, são de cariz inevitavelmente distinto dos textos que um escritor maduro, vivendo em Paris no fim de século europeu, mandava para um jornal brasileiro. Retomam-se assim e reajustam-se volumes póstumos como *Cartas de Inglaterra* (1905), *Ecos de Paris* (1905) ou *Notas Contemporâneas* (1909) que não são, em bom rigor, títulos escolhidos por Eça.

14. Mas há ainda outros textos de Eça a considerar, textos que, à sua maneira e com a sua feição própria, importa conhecer. É o caso das cartas que, como se sabe, Eça cultivou de forma exímia. Mas não são todas da mesma natureza as cartas queirosianas: o título *Cartas públicas* reporta-se àquelas cartas a que Eça deu a ampla circulação e a alargada divulgação que é própria de textos publicados na imprensa ou em lugar prefacial. Podendo corresponder, no seu propósito e na sua estratégia discursiva, à tipologia da chamada *carta aberta*, as cartas públicas de Eça visam questões de ordem literária, cultural, política ou ideológica e são evidentemente distintas das *Cartas privadas:* pelos destinatários, pelos temas e até mesmo pela extensão, estas são cartas que só esporádica e acidentalmente podemos considerar como documentos com relevância literária, na aceção mais exigente da expressão; o que não impede que, nalguns casos (por exemplo, o da carta que o romancista endereçou a Teófilo Braga, em 12 de Março de 1878, a propósito d'*O Primo Basílio)*, estas cartas em princípio particulares possam encontrar-se no limiar da carta pública, para isso faltando exatamente a publicação por parte do escritor.

Por fim algumas referências a textos "marginais" ou de circunstância. De acordo com uma vocação desde cedo revelada, Eça esboçou, muito jovem ainda, verdadeiros relatos de viagem. Cumpria-se, assim, um ritual romântico (embora não apenas romântico, como é óbvio), que certamente fascinava o jovem Eça que nos fins de 1869 viajou pelo Egipto (onde testemunhou esse grande acontecimento da época que foi a abertura do Canal de Suez) e pela Palestina, tendo certamente (e epigonalmente...) presente o exemplo de outros viajantes célebres: Chateubriand, Renan, Flaubert, etc. Desses e também do Taine autor de uma *Voyage en Italie* de que Eça traduzira e publicara fragmentos no *Distrito de Évora*. E assim, o título póstumo *O Egito,* forma, de facto, um volume que acolhe também *outros relatos*, alguns já publicados em vida, no *Diário de Notícias* (em 1870) e no *Almanaque das Senhoras para 1872* (em 1871), bem como notas de viagem deixadas inéditos e dados à estampa em 1966, em *Folhas Soltas*.

Esta espécie de lógica dos dispersos confirma-se num outro título que compreende textos apesar de tudo muito importantes no cânone da literatura queirosiana. Pode chamar-se a esse volume *Almanaques e outros dispersos;* e realça-se assim, logo no título, um aspeto interessante do labor cultural de Eça no fim de século: a edição de almanaques, por razões, como é óbvio, de caráter económico. Para além disso, este volume de dispersos acolhe textos tão relevantes como "Idealismo e realismo", o prefácio das *Aquarelas* de João Dinis, "O Francesismo" ou "Um Génio que era um Santo", textos muito distintos, quando à sua motivação, à conformação e ao fim que Eça lhes deu. Textos que, assim, aparecem sob uma designação e de acordo com um critério certamente mais coerente do que os daquele estranho livro *Notas Contemporâneas*.

E Eça de Queirós também traduziu – ou até mais do que isso – certamente e de novo por razões económicas, mas não sem incidência estético-literária. Foi assim com *Philidor*, de Joseph Bouchardy, e com *As Minas de Salomão*, de Rider Haggard. Se a primeira é mal conhecida (só em 1982 foi publicada, com leitura de Pedro da Silveira), já a segunda configura um caso muito interessante de reelaboração e mesmo de enriquecimento estilístico de um romance que na época teve grande sucesso.

15. Tendo vivido, escrito e publicado no tempo em que a literatura e o romance conheceram um destaque sócio-cultural quase únicos como fenómenos diretamente relacionados com a vida social envolvente, Eça de Queirós situou-se no centro desse tempo e empenhou-se na procura de soluções de linguagem que se ajustassem aos propósitos que enformavam os seus projetos literários. Mais premente se tornava essa procura quando o escritor se identificava, ainda que nem sempre de forma canónica, com as normas programáticas dos mais destacados movimentos literários do seu tempo literário, ou seja, o Realismo e o Naturalismo. E assim, antecipando efeitos

a produzir, o escritor recorria aos critérios e processos mais eficazes: certos géneros e subgéneros, determinados tipos de personagem, situações narrativas devidamente ponderadas, soluções estilísticas calculadas, etc. A consciência de que assim deveria ser está patente em testemunhos que Eça foi deixando, ao longo da sua vida literária, bem como em materiais deixados no seu espólio.

Nos primeiros anos da sua vida literária, Eça é um escritor em tempo de aprendizagem. Acontece assim desde a colaboração para a *Gazeta de Portugal*, editada depois da morte do escritor no volume *Prosas Bárbaras,* conforme ficou dito. E contudo, dificilmente se apreendem, neste primeiro Eça, estratégias ou géneros literários definidos e estáveis; as prosas queirosianas da *Gazeta de Portugal* oscilam entre a narrativa curta (quase embriões de contos), o ensaio, a carta e a autobiografia, sem excluir fragmentos de poesia em prosa, tudo isto no regime folhetinesco que bem correspondia à disponibilidade do público da época para uma leitura que temática e formalmente transcendia a limitada função de informar que ao jornal cabia. O que nestes textos se vai notando é já a emergência de categorias literárias e narrativas que virão a ser determinantes no tempo de maturidade: conforme recentemente já foi demonstrado, a personagem é uma dessas categorias; do mesmo modo, é nestes textos que desde logo o fantástico faz a sua aparição. ([12])

Esgotada a experiência da *Gazeta de Portugal*, só relativamente tarde, em 1876, Eça veio a ser, por si só, autor de um livro: a segunda versão d'*O Crime do Padre Amaro,* de que em 1875 fora publicada uma primeira e incipiente versão nas páginas da *Revista Ocidental*. Até lá chegar, o jovem escritor trabalhou o discurso de imprensa, como diretor, redactor e

---

([12]) Cf. os estudos de Ana Teresa Peixinho, *A génese da personagem queirosiana em Prosas Bárbaras.* Coimbra: Minerva, 2002 e de Maria do Carmo Castelo Branco, *Prosas Bárbaras. A germinação da escrita queirosiana.* Porto: Univ. Fernando Pessoa, 2006.

editor d'*O Distrito de Évora*; viveu a aventura poética do primeiro Fradique Mendes, de parceria com Antero e com Jaime Batalha Reis; cultivou o folhetim e o romance epistolar quando compôs, com Ramalho Ortigão, *O Mistério da Estrada de Sintra*, aparecido originalmente nas páginas do *Diário de Notícias*; e ainda com Ramalho, Eça enunciou o discurso satírico, panfletário e de certa forma de novo jornalístico, na aventura d'*As Farpas*.

Estas incursões por linguagens várias antecedem (e nalguns casos preparam) o culto do romance. Dentre elas merece referência, também pelas suas consequências futuras, a constituição do poeta imaginário Carlos Fradique Mendes, aparentemente (e de facto) afastado do que viria a ser a lógica do romance queirosiano. Apresentado em 1869 como um poeta satânico, este primeiro Fradique [13] surge então dotado de traços biográficos, trajecto literário, influências recebidas (designadamente a de Baudelaire) e obra própria, os *Poemas do Macadam*.

No momento em que surge, Fradique corresponde a uma primeira e ainda precária tentativa de desdobramento, que Eça há-de recuperar mais tarde, quando nos anos 80 fizer reaparecer o Fradique Mendes autor de cartas, dandy e aventureiro incansável, por lugares e por ideias exóticas. O que quer dizer que, no final dos anos 60, o primeiro Fradique Mendes configura embrionariamente uma estratégia de autonomização ideológica de alguém que não é exactamente (e apenas) uma personagem de ficção.

16. Falta muito, contudo, para o tempo do fradiquismo maduro, tempo que acontecerá de meados dos anos 80 em diante. Antes disso, importa falar de outras experiências que estimulam o aparecimento do romance como linguagem. Uma viagem ao Egito e à Palestina, iniciada em Outubro de 1869,

---

[13] Cf. Joel Serrão, *O Primeiro Fradique Mendes*. Lisboa: Livros Horizonte, 1985.

faculta a Eça o contacto com uma realidade que depois há-de reaparecer em textos de ficção, designadamente n'*A Relíquia*. Ao partir de Lisboa, Eça de Queirós não vai só; acompanha-o um amigo e futuro cunhado, o conde de Resende, nessa que será uma viagem a todos os títulos histórica, antes de mais por permitir ao jovem Eça testemunhar um acontecimento de vastíssimas e complexas consequências políticas, económicas e sociais: a inauguração do Canal do Suez.

Para além disso, contudo, a viagem de Eça ao Egito e à Palestina será crucial também no plano do amadurecimento literário, que é o que aqui importa considerar, por ocorrer num tempo de aprendizagem, em que um escritor em formação investe a sua experiência recente de jornalista e de repórter na observação daquilo que o rodeia; tempo em que, em simultâneo, a narrativa vai ganhando consistência como linguagem fundamental, capaz de modelar literariamente fenómenos, coisas, pessoas e situações.

A viagem ao Oriente suscita uma atenta observação do real, com registo e desenho de cenários e figuras observadas, a par da reflexão sobre costumes e fenómenos sociais. Ficaram dessa experiência projetos não concretizados de livros (*Jerusalém e o Cairo* e *De Lisboa ao Cairo*), bem como inúmeras notas de viagem, postumamente publicadas sob os títulos *O Egito* (1926) e *Folhas Soltas* (1966); e ficaram também procedimentos que anunciam estratégias narrativas e realistas, por vezes em tom determinista: personagens esboçadas, conflitos entrevistos, temperamentos explicados, espaços desenhados, etc.

A necessidade do romance e a pertinência do Realismo agudizam-se com *As Farpas*. Antes delas, contudo, Eça participa, com Ramalho Ortigão, na aventura literária que foi *O Mistério da Estrada de Sintra*, engenhosa mistificação a quatro mãos em que um suposto crime é amplamente reconstituído, comentado e analisado em cartas enviadas ao *Diário de Notícias*. Esse que vem a ser, afinal, um romance epistolar de hábil montagem e de dupla autoria, traz consigo temas e processos em maturação: o adultério, a epistolaridade, a gestão das expectativas do leitor, a narrativa como instrumento doutrinário, etc. Inerente e de certa maneira subjazendo a tudo isso é o culto da narrativa enquanto fundamental modo de discurso, concretizado em função de protocolos de género que, neste caso, muito têm que ver com a moda e com a sedução pelo policial, pelo detetivesco e pelo mistério não isento de propósito paródico. ([14])

Os folhetos d'*As Farpas* confirmam, nalguns aspetos significativos, o que ficou dito. De novo com Ramalho Ortigão, Eça desenvolve uma regular e agressiva atividade crítica, em função da qual aborda as debilidades mais gritantes da sociedade do seu tempo. Conforme anteriormente ficou sugerido, trata-se aqui de olhar em volta, com o propósito de denunciar o que na vida pública parece digno de reparo, com o auxílio de um riso implacável, que não anulava o propósito da reforma das mentalidades e das instituições. Assim se esboçam temas e problemas que motivaram também o romancista que Eça veio a ser e que nestes textos parece testar a sua vocação narrativa e descritiva.

17. Como ficou dito, os primeiros romances queirosianos – *O Crime do Padre Amaro* e *O Primo Basílio* – são caracteristicamente obras de tese. Neles os grandes temas do celibato sacerdotal, da educação religiosa ou da condição cultural e mental da mulher burguesa desenvolvem-se em articulação com a modelação de tipos que evidenciam uma representatividade social ajustada ao propósito crítico que inspirava ambos os romances: o conselheiro Acácio, D. Josefa Dias, Julião Zuzarte, o cónego Dias, o padre Natário, Ernestinho Ledesma, o Dr. Godinho ou Basílio de Brito representam comportamentos e mentalidades típicas que fazem de ambos os roman-

---

([14]) Sobre *O Mistério da Estrada de Sintra,* veja-se o livro recente de Maria de Lurdes Sampaio, *Aventuras literárias de Eça de Queirós e Ramalho Ortigão.* Coimbra: Angelus Novus, 2005.

ces repositórios muito sugestivos de cenários humanos que deveriam ser corrigidos. Na já mencionada carta a Teófilo Braga, o romancista revela com clareza aquele propósito crítico, bem expresso nos termos em que se refere à "sociedade que cerca estes personagens", ou seja, Basílio, Luísa e também Juliana: "o formalismo oficial (Acácio), a beatice parva de temperamento irritado (D. Felicidade), a literaturinha acéfala (Ernestinho), o descontentamento azedo e o tédio da profissão (Juliana), e às vezes, quando calha, um pobre bom rapaz (Sebastião)" [15]. Por fim, pode dizer-se que em ambos os romances a que temos vindo a aludir está em equação um tratamento da personagem que, em diferentes patamares e funções (dos protagonistas aos tipos sociais), faz dela uma categoria fundamental para a consecução de um projeto literário bem definido.

No que a outras questões técnicas diz respeito, há-de notar-se que ambos os romances cultivam estratégias narrativas de um modo geral articuladas com os princípios ideológico-literários que os motivam. Assim, tanto n'*O Crime do Padre Amaro* como n'*O Primo Basílio* manifesta-se de forma dominante um narrador omnisciente que controla os acontecimentos, fundamentando, explicando e ajuizando os comportamentos das personagens, figuras sujeitas a caracterização minuciosa e orientada para aspetos (hábitos educativos, hereditariedade, meio) que determinam as suas acções; do mesmo modo, os espaços (físicos, mas também os sociais e os culturais) são descritos a partir do critério de rigor que a poética do Realismo e do Naturalismo requeria. Culminando tudo isto, o tempo narrativo obedece a ritmos e a ordenações causalistas: significa isto que uma temporalidade explicativa, com recurso

---

[15] Eça de Queirós, "Carta a Teófilo Braga (12 de Março de 1878)" in *Correspondência*; leitura, coord., pref. e notas de G. de Castilho. Lisboa: Imp. Nacional – Casa da Moeda, 1983, 1.º vol., pp. 134-135. Pelo contexto, parece poder deduzir-se um lapso de Eça (ou de quem leu o manuscrito): o "tédio da profissão" ajusta-se bem a Julião Zuzarte.

frequente à representação do passado, projeta sobre o presente das personagens traumas, estigmas e desvios que esse passado guarda.

Quando tudo parece bater certo e Eça domina os instrumentos e as estratégias que ficaram referidas, começam a evidenciar-se sintomas de uma mudança de atitude literária e ideológica, com reflexos visíveis no plano da linguagem narrativa. Isto quer dizer, por outro lado, que, no plano da linguagem como no dos temas que cultiva e no dos valores que os regem, Eça jamais foi um escritor estaticamente acomodado, muito menos estagnado na rotina de convenções literárias estabilizadas. Um dos sintomas dessa espécie de síndroma da instabilidade e da satisfação encontra-se numa carta a Ramalho Ortigão, carta em que é revelada uma espécie de impossibilidade prática, com efeitos no plano da escrita, traduzida nestes termos:

> Convenci-me de que um artista não pode trabalhar longe do meio em que está a sua matéria artística: Balzac (*si licitus est...*, etc.) não poderia escrever a *Comédia Humana* em Manchester, e Zola não lograria fazer uma linha dos *Rougon* em Cardife. ([16])

Um outro episódio, ainda mais significativo: em 1879, Eça escreveu um texto doutrinário e de interpelação polémica, motivado pelas crítica endereçadas por Machado de Assis aos romances *O Crime do Padre Amaro* (segunda versão) e *O Primo Basílio*. Pois bem, esse texto, de que se conhece, a partir da publicação póstuma em *Cartas inéditas de Fradique Mendes e mais páginas esquecidas* (1929), uma versão por fixar, ficou inédito. As críticas de Machado tinham a sua pertinência e por certo que Eça o reconheceria; e começava provavelmente a vacilar nele a confiança nas qualidades do romance naturalista. Também por isso (mas talvez não só por isso) emerge, na escrita narrativa queirosiana, a relativa novidade que é *O Mandarim*.

([16]) Eça de Queirós, *Correspondência*, ed. cit., p. 143.

18. A novela O *Mandarim* parece desmentir, tendo em vista as estratégias narrativas que nela emergem, o Eça que, na década de 70, laboriosamente se fizera romancista. Do ponto de vista temático, o relato deriva para a fantasia e para o exotismo oriental, acrescentando-se a isto a velha sedução queirosiana pelo diabo, delineado agora como figura burguesa, de sobrecasaca, chapéu alto e luvas negras. Para além disso, a situação narrativa instaurada n'*O Mandarim* é regida por um narrador autodiegético, de forte carga testemunhal e subjetiva: é Teodoro quem conta a história da sua ambição, da sua riqueza, do seu tédio e do seu remorso, com todas as implicações confessionais e subjetivas que advêm daquela situação narrativa. O que, obviamente, está muito longe do rigor e da cientificidade que orientavam os narradores naturalistas, ambos postos em causa também por um importante texto doutrinário que esta novela suscitou, a carta-prefácio escrita por Eça em 1884 a pretexto de uma tradução francesa d'*O Mandarim*.

Em certos aspetos, *A Relíquia* confirma a deriva post-naturalista que *O Mandarim* expressa. Reafirmando embora claros objetivos de intervenção e crítica social (sobretudo motivados pela análise da vida religiosa e da devoção que a acompanhava), *A Relíquia* retoma o fascínio pelo imaginário e pelos cenários bíblicos da Palestina como berço do Cristianismo. O que agora importa, contudo, notar, no que à linguagem narrativa diz respeito, é que o trajeto do protagonista d'*A Relíquia* – o dúplice e calculista Teodorico Raposo – é relatado, de novo, em função de uma ativa subjetividade: a do próprio "Raposão", ele mesmo narrador de um relato de forte componente autobiográfica. É a subjetividade inerente a esse registo autobiográfico e memorial que permite ao narrador apresentar o decurso das suas proezas e desventuras num discurso atravessado por ambiguidades: são essas ambiguidades que, por um lado, apresentam a hipocrisia e a duplicidade como causa de consideráveis (e merecidos) dissabores, mas que, por outro lado, levam a enunciar um elogio final da "coragem de afirmar", mesmo quando ela redunda em mistificação e em "universal ilusão".

O romance *Os Maias*, constituindo um marco de capital significado na produção literária queirosiana, não representa, contudo, uma rutura radical com as obras anteriores. N'*Os Maias* encontra-se ainda o grande retrato de costumes que a estética realista e naturalista contemplava: não tem outro sentido o subtítulo "Episódios da Vida Romântica", apontando claramente para a representação de um mundo social amplo e culturalmente dominado pelo Romantismo; do mesmo modo, é muito significativo que ao retrato de uma das personagens mais sugestivas do romance (o poeta Tomás de Alencar) tenha sido atribuído, por Pinheiro Chagas, o intuito de caricaturar o poeta Bulhão Pato, acusação de que Eça se defendeu no tom irónico que lhe era habitual [17]. Ao mesmo tempo, o tema da educação assume, nesta obra, uma relevância considerável, em estreita conexão com mecanismos de condicionamento das personagens, lembrando uma conceção causalista da construção do romance; referimo-nos à evolução e ao destino de Pedro da Maia, de Eusebiozinho e até, nalguns aspetos, de Carlos da Maia. No que aos dois primeiros diz respeito, parece claro que é ainda efetiva e consequente aquela conceção causalista do trajeto de personagens condicionadas pela educação.

Aquilo que muda n'*Os Maias* é a presença, na intriga do incesto, de elementos que escapam ao determinismo materia-

---

[17] Declara Eça, no final dessa carta pública, datada de 1889 e inserta no jornal *Tempo*: "Nada há de comum entre Tomás de Alencar e o sr. Bulhão Pato, além daqueles traços literários pelos quais um poeta romântico é sempre parecido com outro poeta romântico. (...) E visto que nada agora pode justificar a permanência do Sr. Bulhão Pato no interior do sr. Tomás de Alencar, causando-lhe manifesto desconforto e empanturramento – o meu intuito final com esta carta é apelar para a conhecida cortesia do autor da «Sátira», e rogar-lhe o obséquio extremo de se retirar de dentro do meu personagem." (*Notas Contemporâneas*. Lisboa: Livros do Brasil, s.d., p. 161).

lista, tendendo a fazer derivar o romance para além das fronteiras de um tal paradigma ideológico e literário. Insuscetível de ser explicada de forma racional, a trágica ligação de Carlos com Maria Eduarda (dois irmãos separados por um golpe da fortuna e muito mais tarde, ignorando a sua relação familiar, unidos numa relação amorosa) parece obedecer ao arbítrio de uma fatalidade que a vontade humana não controla; significativamente, num passo do capítulo XVI, ao saber da terrível notícia, um perturbado e contraditório João da Ega é forçado a reconhecer, que "não estava no feitio da vida contemporânea que duas crianças, separadas por uma loucura da mãe, depois de dormirem um instante no mesmo berço, cresçam em terras distantes, se eduquem, descrevam as parábolas remotas dos seus destinos – para quê? Para virem tornar a dormir juntas no mesmo ponto, num leito de concubinagem! Não era possível." ([18]) E contudo, por muito que João da Ega resista à ideia, o que os factos mostram, na sua trágica crueza, é que está em causa a ilusão positivista de conhecer, explicar e condicionar racionalmente o destino dos homens e das sociedades. Articula-se esta deriva antirracionalista com procedimentos de representação em que predomina a subjetividade crítica do protagonista, instância de mediação dos episódios sociais e culturais que ilustram a "vida romântica": jantares, corridas de cavalos, passeios a Sintra, saraus literários, idas ao teatro, em suma, muito daquilo em que se consumia uma sociedade ociosa, estéril e já decadente.

O episódio final d'*Os Maias* constitui o momento privilegiado para a crítica um tanto arrogante e mesmo nostálgica que Carlos da Maia enuncia quando, no seu reencontro com Lisboa, em 1887, observa um cenário afetado pela decadência de costumes e pelo francesismo que Eça também criticara. Dez anos depois de ter partido, atingido então pelo drama familiar e pelo fracasso amoroso que o haviam atingido, ditando praticamente o fim dos Maias, é um Carlos cosmo-

---

([18]) E. de Queirós, *Os Maias*. Lisboa: Livros do Brasil, s.d., p. 621.

polita, elistista, sobranceiro e *blasé* que lança sobre o cenário humano da capital um juízo extremamente cruel: "Isto é horrível, quando se vem de fora! (...) Não é a cidade, é a gente. Uma gente feíssima, encardida, molenga, reles, amarelada, acabrunhada!..." Por fim, a Lisboa renovada – a dos Restauradores e da avenida – que Carlos vê pela primeira vez, dificilmente se transforma, agarrada como está à memória das "famílias que outrora se imobilizavam em filas, dos dois lados do Passeio, depois da missa «da uma», ouvindo a Banda, com casimiras e sedas, no catitismo domingueiro." ([19])

19. Como ficou sugerido, este Carlos da Maia não pode deixar de remeter para o pensamento e mesmo para a pose crítica do segundo Fradique Mendes. A partir de 1885, Eça recupera Fradique e propõe-no a Oliveira Martins como sugestivo e talentoso autor de cartas que merecem ser reveladas, quando o seu (suposto) autor morreu já; o desenvolvimento deste projeto-Fradique envolve, entretanto, um conjunto de estratégias compositivas que vale a pena recordar, estratégias naturalmente indissociáveis de elementos temáticos e psico-culturais a que acima se fez já referência.

A introdução "Memórias e Notas", que constitui a primeira parte d'*A Correspondência de Fradique Mendes,* compreende uma componente biográfica em que se incute consistência e aparência de veracidade a Fradique, cuja personalidade depois se aprofunda num minucioso retrato intelectual, tudo completado com a apresentação das cartas e com o critério editorial adotado. Diz o biógrafo-editor: "Nestes pesados maços das cartas de Fradique, escolho apenas algumas, soltas, de entre as que mostram traços de caráter e relances da existência activa; de entre as que deixam entrever algum instrutivo episódio da sua vida de coração; de entre as que, revolvendo noções gerais sobre a literatura, a arte, a sociedade e os costumes, caracterizam o feitio do seu pensamento, e ainda, pelo interesse espe-

---

([19]) E. de Queirós, *Os Maias,* ed. cit., pp. 697 e 702.

cial que as realça, de entre as que se referem a coisas de Portugal, como as suas «impressões de Lisboa», transcritas com tão maliciosa realidade para regalo de Madame de Jouarre." ([20])

Convém notar, entretanto, que o retrato de Fradique, bem como a preparação editorial do epistolário são da responsabilidade de um narrador anónimo, inserido na história. Trata-se de um narrador eminentemente testemunhal – a não confundir com Eça de Queirós, apesar de algumas semelhanças que com ele mantém –, que projeta sobre o relato a pessoalidade que afeta o seu relacionamento com Fradique Mendes. Do fascínio inicial, à cumplicidade e à admiração que, a partir de 1880, se instalam na relação com Fradique Mendes, vai todo um trajeto de aproximações e de afastamentos, requerendo também os depoimentos de diversas personalidades que colaboram na construção da biografia. Esses depoimentos são, em geral, favoráveis, com a exceção (que confirma a regra) de J. Teixeira de Azevedo, nome que por certo corresponde ao de Jaime Batalha Reis, aqui reduzido a uma sua denominação pouco conhecida ([21]). Por fim, a figura de Fradique Mendes não se fixa numa imagem acabada e objetivamente estabelecida: ela é o resultado da articulação de várias subjetividades, a começar pela do biógrafo anónimo, passando pela do burlesco Marcos Vidial ("parente, patrício e parceiro" de Fradique) e completando-se com as intervenções, às vezes em fragmentos de cartas, de personalidades conhecidas: Ramalho Ortigão, Carlos Mayer, Oliveira Martins, Guerra Junqueiro, etc.

Deste modo, Fradique Mendes ganha uma consistência ideológico-cultural que o coloca numa posição diversa da que é própria das personagens dos romances. Fradique aproxima-se, de facto, do estatuto e da linguagem da heteronímia,

---

([20]) *A Correspondência de Fradique Mendes*, Lisboa: Livros do Brasil, s.d., p. 111.

([21]) O nome completo deste que foi amigo de juventude de Eça era Jaime Teixeira de Azevedo Batalha Reis.

tendendo a ser um *outro*, autónomo em relação a quem o criou e não confundível com uma personagem de ficção ([22]). É essa autonomia que consente que de Fradique se diga que possui um pensamento próprio, a que temos chamado fradiquismo e que podemos entender como mais um dos *ismos* que proliferaram na nossa cultura e na cultura europeia do fim do século.

20. Para além do que acima ficou dito acerca dos romances finais de Eça – *A Ilustre Casa de Ramires* e *A Cidade e as Serras* –, importa agora acrescentar alguma coisa relativamente a aspectos de ordem formal e compositiva que caracterizam esses romances.

Já se sabe que *A Ilustre Casa de Ramires* representa um alargamento das preocupações de Eça com a História e com o destino de Portugal, num final de século muito conturbado. Do ponto de vista formal, que é o que agora importa, o romance parece (e é) construído nos termos equilibrados e internamente coerentes dos outros grandes romances queirosianos; o que signifca que a matriz genericamente realista que os enformou nunca foi definitivamente cancelada.

A novidade relativa d'*A Ilustre Casa de Ramires* encontra-se na recuperação do tema da História e no modo como se concretiza. Uma recuperação que agora contempla procedimentos mais elaborados do que aqueles que podemos observar nos finais d'*O Crime do Padre Amaro* e d'*Os Maias*, atravessados também por figuras e por episódios históricos tão proeminentes como Camões ou a Restauração. O contacto do protagonista-novelista Gonçalo Mendes Ramires com um passado quase esquecido acaba por lhe incutir um sentido de responsabilidade e mesmo um vigor pessoal que pareciam impossíveis, antes dessa experiência redentora. Para que tais

---

([22]) Cf. o meu ensaio "Fradique Mendes: origem e modernidade de um projecto heteronímico", in *Estudos Queirosianos. Ensaios sobre Eça de Queirós e a sua obra*. Lisboa: Presença, 1999, pp. 137-155.

sentidos devidamente se afirmem, *A Ilustre Casa de Ramires* constrói-se sob o signo de uma estruturação narrativa relativamente complexa e de matriz dialética: em tal estruturação, os eventos e figuras do presente dialogam com eventos e com figuras do passado, através do relato segundo, embutido no primeiro, que é a novela histórica escrita por Gonçalo. No final do romance, emergem grandes significados que passam pelo crivo da simbolização e da alegoria: Gonçalo pode ser entendido como imagem de Portugal e das suas contradições. Uma afirmação que, entretanto, há-de ser relativizada, tendo em atenção dois condicionamentos: que ela provém de uma voz inserida na ação principal (a da personagem João Gouveia), não de um narrador omnisciente; e que Eça, porque entretanto morreu, não chegou a rever este seu texto até às últimas consequências que uma tal revisão arrastava, não raro levando a substanciais alterações.

Uma semelhante incompletude afeta *A Cidade e as Serras*. Trata-se agora de um romance que Eça preparou, pode dizer-se, a dois níveis, passando por dois estádios de ativação do género narrativo: ele começou por ser um conto, intitulado *Civilização*, cujo título desde logo representa um sentido crucial que *A Cidade e as Serras*, como romance, trata de aprofundar. Não é só esse sentido, contudo, que faz d'*A Cidade e as Serras* uma narrativa atravessada por ambiguidades várias e suscetível também de leituras esquemáticas e, por isso, inevitavelmente redutoras.

O romance *A Cidade e as Serras* liga-se ao conto *Civilização* em termos de permanência e em termos de ampliação, desembocando numa síntese conclusiva mais trabalhada do que a do conto. Com efeito, n'*A Cidade e as Serras* reinstaura-se a situação narrativa vigente em *Civilização*: um narrador-testemunha, tendo sido personagem secundária no tempo da história, modeliza essa história e a imagem do protagonista, em função do seu estatuto de secundariedade e da sua dominante subjetividade. Mais: olhando o passado a partir de um presente de maduro conhecimento dos factos e das situações da história, Zé Fernandes (comparsa que no romance tem nome próprio, o que no conto não acontecia) projeta sobre o discurso que enuncia as marcas da mencionada subjetividade.

O que encontramos n'*A Cidade e as Serras* é um narrador que, sendo amigo e companheiro do protagonista Jacinto, desenvolve todo um discurso de argumentação contra os equívocos e os excessos da Cidade que ao mesmo tempo o maravilha e assusta: a Cidade das máquinas que parecem dominadas por uma perversa vontade própria e também a Cidade das modas frenéticas e fugazes, que o homem vindo das Serras observa, invariavelmente entre espantado e divertido, mas reagindo sempre em registo de ironia.

A linguagem do diálogo revela-se, neste contexto, decisiva. De facto, mesmo quando não dialoga verbal e expressamente com Jacinto, Zé Fernandes desempenha um importante papel interativo, que requer uma estratégia dialógica: ele é o *outro*, quer dizer, a outra visão das coisas, que assim se revelam irredutíveis a uma ponderação singular e monológica. Em última instância, o discurso da euforia em relação ao poder da ciência vem a ser paciente e ativamente desmontado por Zé Fernandes; e assim, não parecendo ser a personagem central da história, Zé Fernandes é, contudo, a sua voz ideológica mais forte.

A um nível mais profundo, pode dizer-se que a estratégia dialógica se relaciona com uma dialética insinuada logo no título do romance: a dualidade Cidade/Serras que, em última instância, aponta para uma síntese. Essa síntese encontra-se no final do romance; emerge nesse final aquele que parece ser um sentido conclusivo, o sentido do equilíbrio entre o cenário regenerador das Serras e o moderado contributo que a Civilização traz a esse cenário, tudo representado na chegada do telefone a Tormes e a Guiães.

21. Conforme ficou dito, Eça de Queirós projetou, no conto e nos termos em que o cultivou, algumas das qualidades de contador de histórias que no romance largamente evidenciou. A isto junta-se o facto de, como contista (e também como cronista), Eça ter esboçado temas e figuras que na sua ficção de mais amplo fôlego veio a aprofundar, fazendo-o com uma perícia técnica admirável e tanto mais notável quanto é certo ser o conto um género narrativo bem mais complexo do que a sua singeleza aparenta. Alguns exemplos atestam bem o que fica dito.

O conto *Singularidades de uma Rapariga Loura*, publicado em 1874, pode ser considerado um ensaio pré-realista, num tempo em que o escritor estava, por assim dizer, a fazer a aprendizagem do Realismo. O ritmo narrativo que naquele conto se cultiva aproxima-o dos registos que serão dominantes nos romances realistas e naturalistas; ao mesmo tempo, ele denota já uma atenção muito significativa ao espaço, ao pormenor descritivo, ao envolvimento social das personagens e às suas transformações ao longo da história. Algo de semelhante encontra-se no conto *No Moinho* (1880): trata-se agora da história concisa de uma personagem feminina atingida pelos males do Romantismo, tendo muito que ver com os procedimentos de análise a que Eça recorre n'*O Primo Basílio*, quando caracteriza Luísa. Por sua vez, o conto *A Perfeição* (1897) prolonga, em certos aspetos, a temática de *Civilização*, embora no enquadramento de um cenário ancestral, que é o dos mitos da Antiguidade Clássica de filiação homérica; aí, Eça de Queirós demonstra, através do desencanto de Ulisses confinado à ilha de Ogígia e manietado pelos encantos de Calipso, as insuficiências da perfeição, num cenário em que tudo parece talhado para satisfazer o herói. *Frei Genebro* (1894) corresponde ao imaginário da santidade que o Eça de propensão hagiográfica cultivou em três relatos que ficaram inacabados e inéditos, *São Cristóvão*, *Santo Onofre* e *São Frei Gil*. Por fim, o conto *José Matias* (1897) institui uma singular situação narrativa: um narrador anónimo narra, a um narratário cuja curiosidade ecoa no discurso daquele narrador, o trajeto amoroso de um idealista José Matias, sendo o relato enunciado precisamente durante o funeral do protagonista; e é esse trajeto amoroso platónico, lembrando alguma coisa da relação de Fradique com Clara e dos termos em que ela se expressa (na carta XIII d'*A Correspondência de Fradique Mendes)*, que estabelece um interessante contraponto com a representação do amor e do seu apelo carnal, tal como predominantemente o encontramos na ficção queirosiana.

22. Ficaríamos com uma imagem limitada do que foram as linguagens privilegiadas pelo escritor Eça de Queirós, se limitássemos o discurso queirosiano (expressão utilizada numa aceção deliberadamente muito lata) aos géneros narrativos ficcionais que ficaram mencionados. Para além deles, Eça consagrou-se também a outros géneros, que podemos considerar paraliterários, uma vez que eles confinam com aqueloutros que reconhecemos como institucionalmente literários.

A crónica foi um desses géneros. Desde os começos da sua vida literária, logo n'*O Distrito de Évora*, em 1867, o jovem Eça, escritor em formação, descobre e cultiva, na crónica, um género que, pelas suas funções e características específicas, exige um contacto estreito com a realidade circundante, e também com o tempo fluente dos eventos que a ilustram. Logo no número 1 do jornal, Eça revela a clara consciência do que era e do que significava a escrita cronística:

> A crónica é como que a conversa íntima, indolente, desleixada, do jornal com os que o lêem: conta mil coisas, sem sistema, sem nexo; espalha-se livremente pela natureza, pela vida, pela literatura, pela cidade; fala das festas, dos bailes, dos teatros, das modas, dos enfeites, fala em tudo, baixinho, como se faz ao serão, ao braseiro, ou ainda de verão, no campo, quando o ar está triste. [23]

---

[23] Eça de Queirós, *Páginas de Jornalismo. "O Distrito de Évora" (1867)*; nota introdutória e revisão do texto por Aníbal Pinto de Castro. Porto: Lello & Irmão – Editores, 1981, vol. II, p. 7.

Depois d'*O Distrito de Évora*, pode dizer-se que Eça quase nunca deixou de lado um género que, além dos proventos económicos que lhe facultava, requeria uma contínua atenção ao real, nele se exercitando também a atitude do romancista interessado no contemporâneo e nos seus acontecimentos mais destacados. Jornais e revistas como a *Gazeta de Notícias*, *A Atualidade*, a *Revista Moderna* e naturalmente a *Revista de Portugal* foram órgãos privilegiados por uma escrita cronística que propiciou aos leitores portugueses e brasileiros um contacto estreito com a vida cultural, política e social de Portugal e de uma Europa que sempre ocupou a atenção de Eça.

Não raro, as crónicas queirosianas assumiram forma epistolar, tendo que ver com o propósito de criar, na relação com o leitor ausente, uma atmosfera comunicativa ao mesmo tempo íntima, informal e interpelativa. Os títulos dos volumes *Cartas de Inglaterra* e *Cartas Familiares e Bilhetes de Paris* retomam, em publicação ocorrida já depois da morte de Eça, o espírito das secções em que regularmente apareciam os textos que integram estes volumes. Mas para além disso, deve dizer-se que a forma epistolar parece sempre ter seduzido Eça: logo na sua juventude, um dos folhetins da *Gazeta de Portugal* assume a feição de carta (a Carlos Mayer); depois disso, são frequentes os episódios epistolares nos romances queirosianos; e em diversas ocasiões o escritor recorreu à carta pública, divulgada em jornais para expressar os seus pontos de vista, normalmente no decurso de polémicas; textos doutrinários importantes, designadamente prefácios, são elaborados como cartas; e na maturidade, a estratégia epistolar constitui o privilegiado veículo de afirmação de Fradique Mendes, na sua correspondência fictícia, correspondência cuja pertinência cultural o próprio Fradique confirma e avaliza *ante mortem*.

3.

LUGARES SELETOS

LUGARES SELETOS

Os textos que a seguir apresentamos, em regime de *antologia,* representam três aspetos distintos do pensamento estético e da escrita literária queirosiana, a saber:

1. **Aforismos**: afirmações normalmente breves, que remetem para princípios e crenças genéricas, de alcance moral, ideológico ou social, subscritas por Eça ou pelas suas personagens; a sua ordenação obedece a um critério temático, com arrumação alfabética.

2. **Textos doutrinários**: textos que, em relação direta ou indireta com a produção literária queirosiana, estabelecem ou caracterizam orientações para essa produção literária, tendendo a configurar a *poética* do autor; a seleção contempla grandes áreas temáticas e os textos são organizados cronologicamente, por forma a ilustrar a evolução de Eça.

3. **Textos literários**: textos extraídos de obras queirosianas, com predomínio das narrativas ficcionais, testemunhando passos fundamentais dessas obras; os textos são contextualizados de forma breve e a sua arrumação é cronológica.

1. AFORISMOS

África
A África é como essas quintarolas, meio a monte, que a gente herda de uma tia velha, numa terra muito bruta, muito distante, onde não se conhece ninguém, onde não se encontra sequer um estanco, só habitada por cabreiros, e com sezões todo o ano. Boa para vender.

(João Gouveia, in *A Ilustre Casa de Ramires,* cap. XII)

Almanaque
É que o almanaque contém essas verdades iniciais que a humanidade necessita saber, e constantemente rememorar, para que a sua existência, entre uma Natureza que a não favorece e a não ensina, se mantenha, se regularize, e se perpetue.
("Almanaques" [1896], in *Notas Contemporâneas*)

Arte I
A arte é a história da alma. (...) A arte é simplesmente a representação dos carateres tais quais eles seriam – abandonados à sua vontade inteligente e livre, sem as redes sociais.
("Uma Carta. A Carlos Mayer" [1867], in *Gazeta de Portugal*, inserido em *Prosas Bárbaras*)

Arte II
A arte é um resumo da Natureza feito pela imaginação.
(Carlos Fradique Mendes, *A Correspondência de Fradique Mendes,* cap. V)

Brasil
Se o Brasil, pois, tem essa qualidade eminente de se interessar pelo que diz o mundo culto, deve-o às excelências da sua natureza, de modo nenhum ao seu sangue português (...).
("Um artigo do *Times* sobre o Brasil", in *Gazeta de Notícias,* 1880; inserido em *Cartas de Londres*)

Brasileiro
Porque, enfim, o que é o Brasileiro [o português que emigrou para o Brasil]? É simplesmente a expansão do Português.
(*Uma Campanha Alegre. De "As Farpas";* Fevereiro, 1872)

Católico
O bom católico, como a tua pequena, não se pertence; não tem razão, nem vontade, nem arbítrio, nem sentir próprio; o seu cura pensa, quer, determina, sente por ela.
(Dr. Gouveia, in *O Crime do Padre Amaro,* cap. XIII)

Civilização
Foi a enorme civilização que nós criámos nestes derradeiros oitenta anos, a civilização material, a política, a económica, a social, a literária, a artística que matou o nosso riso, como o desejo de reinar e os trabalhos sangrentos em que se envolveu para o satisfazer mataram o sono de Lady Macbeth.
("A decadência do riso", in *Gazeta de Notícias*, 1891, inserido em *Notas Contemporâneas*)

Colónias
Sem contar as alianças que teríamos a troco das colónias – das colónias que só nos servem, como a prata de família aos morgados arruinados, para ir empenhando em casos de crise...
(João da Ega, in *Os Maias,* cap. VI)

Confissão
O que eu quero dizer é que [a confissão] é um meio de persuasão, de saber o que se passa, de dirigir o rebanho para aqui ou para ali... E quando é para o serviço de Deus, é uma arma. Aí está o que é – a absolvição é uma arma!
(Padre Natário, in *O Crime do Padre Amaro,* cap. XIII)

Consciência
Eu não preciso dos padres no mundo, porque não preciso do Deus do Céu. Isto quer dizer, meu rapaz, que tenho o meu Deus dentro em mim, isto é, o princípio que dirige as minhas ações e os meus juízos. Vulgo Consciência...
(Dr. Gouveia, in *O Crime do Padre Amaro,* cap. XIII)

Coração
O coração é ordinariamente um termo de que nos servimos, por decência, para designar outro órgão. É precisamente esse órgão o único que está interessado, a maior parte das vezes, em questões de sentimento.
(Dr. Gouveia, in *O Crime do Padre Amaro,* cap. XIII)

Doença
Num país em que a ocupação geral é estar doente, o maior serviço patriótico é incontestavelmente saber curar.
(Afonso da Maia, in *Os Maias*, cap. III)

Educação I
A valia de uma geração depende da educação que recebeu das mães. O homem é «profundamente filho da mulher», disse Michelet.
(*Uma Campanha Alegre. De "As Farpas"*; Março, 1872)

Educação II
Toda a educação sensata consiste nisto: criar a saúde, a força e os seus hábitos, desenvolver exclusivamente o animal, armá-lo de uma grande superioridade física. Tal qual como se não tivesse alma. A alma vem depois... A alma é outro luxo. É um luxo de gente grande...
(Afonso da Maia, in *Os Maias*, cap. III)

Educação religiosa I
Ao mesmo tempo vai-se-lhe ensinando o catecismo e a doutrina. É a educação moral. A pequerrucha aprende a persignar-se, a ajoelhar com gravidade, a recitar o *padre-nosso*. (...) A religião de que tanto fala, e que tanto usa, aos domingos na Igreja, e à sexta-feira na cozinha, não lhe serve muito mais do que a um canário ou a uma rola. Porque no fim, o que a governa – é o instinto.
(*Uma Campanha Alegre. De "As Farpas"*; Março, 1872)

Educação religiosa II
Voltei-me para ele e disse-lhe isto: «Creia o digno par que nunca este país retomará o seu lugar à testa da civilização, se, nos liceus, nos colégios, nos estabelecimentos de instrução, nós outros, os legisladores, formos, com mão ímpia, substituir a cruz pelo trapézio...»
(Conde de Gouvarinho, in *Os Maias*, cap. IX)

Emoção
Ideias justas, expressas de maneira sóbria de forma alguma nos interessam: o que nos encanta são emoções excessivas traduzidas com um grande luxo plástico de linguagem (...) Somos homens de emoção, não de raciocínio. ([1])
(«À propos du *Mandarin*. Lettre qui aurait dû être une préface»)

Emprego
O essencial, para um rapaz (...) é ter padrinhos e apanhar um emprego; fica logo arrumado, o trabalho é pouco e o ordenadozinho está certo ao fim do mês.
(D. Paulina Soriana, *A Correspondência de Fradique Mendes*, carta X, a Madame de Jouarre)

Espanha I
Mas a salvação da Península era a república federativa!... E além disso, para fazer república, é necessário dinheiro e armas... Donde havia de vir? De Espanha!
– Nada de espanhóis, nada de espanholas.
– Espanholas sim, disse um gracejador.
(*A Capital!*, cap. VI)

Espanha II
– Portugal não necessita reformas, Cohen, Portugal o que precisa é a invasão espanhola.
(João da Ega, in *Os Maias*, cap. VI)

Europa
Não há país no universo, onde se despreze mais, creio eu, o julgamento da Europa que em Portugal: (...) porque eu chamo desdenhar a opinião da Europa não fazer nada para lhe merecer o respeito.
("Um artigo do *Times* sobre o Brasil", in *Gazeta de Notícias*, 1880; inserido em *Cartas de Londres*)

([1]) Tradução de C. R.

Fantasia

O que [nos] atrai é a fantasia, sob todas as suas formas, da canção à caricatura; por isso, em arte, produzimos sobretudo líricos e satíricos. (²)

(«À propos du *Mandarin. Lettre qui aurait dû être une préface*»)

Francesismo

Essa «saloia macaqueação», superiormente denunciada por ele numa carta que me escreveu em 1885, e onde assenta, num luminoso resumo, que «*Lisboa é uma cidade traduzida do francês em calão*» – tornava-se para Fradique, apenas transpunha Santa Apolónia, um tormento sincero.

(*A Correspondência de Fradique Mendes*, cap. V)

Línguas

Um homem só deve falar, com impecável segurança e pureza, a língua da sua terra: – todas as outras as deve falar mal, orgulhosamente mal, com aquele acento chato e falso que denuncia logo o estrangeiro.

(*A Correspondência de Fradique Mendes*, carta IV, a Madame S.)

Lisboa I

Atenas produziu a escultura, Roma fez o direito, Paris inventou a revolução, a Alemanha achou o misticismo. Lisboa que criou?

O Fado.

("Lisboa" [1867], in *Gazeta de Portugal*, inserido em *Prosas Bárbaras*)

Lisboa II

Lisboa é uma cidade doceira, como Paris é uma cidade intelectual. Paris cria a ideia e Lisboa o pastel.

(*Uma Campanha Alegre*. De "*As Farpas*"; Março, 1872)

(²) Tradução de C. R.

Lisboa III
– Lisboa é Portugal – gritou o outro. – Fora de Lisboa não há nada. O país está todo entre a Arcada e S. Bento!...
(João da Ega, in *Os Maias,* cap. VI)

Mulher I
As mulheres vivem nas consequências desta decadência. Pobres, precisam casar. A *caça ao marido* é uma instituição.
(*Uma Campanha Alegre. De "As Farpas";* Junho, 1871*)*

Mulher II
Entre nós nenhuma senhora se dá às sérias leituras de ciência. Não da profunda ciência (o seu cérebro não a suportaria), mas mesmo dos lados pitorescos da ciência, curiosidades da botânica, história natural dos animais, maravilhas dos mares e dos céus.
(*Uma Campanha Alegre. De "As Farpas";* Março, 1872*)*

Natureza
Na Natureza nunca eu descobriria um contorno feio ou repetido! Nunca duas folhas de hera, que, na verdura ou recorte, se assemelhassem! Na Cidade, pelo contrário, cada casa repete servilmente a outra casa; todas as faces reproduzem a mesma indiferença ou a mesma inquietação; as ideias têm todas o mesmo valor, o mesmo cunho, a mesma forma, como as libras (...).
(Jacinto, in *A Cidade e as Serras,* cap. IX)

Poder político
Doze ou quinze homens, sempre os mesmos, alternadamente possuem o *poder,* perdem o *poder,* reconquistam o *poder,* trocam o *poder...* O *poder* não sai de uns certos grupos, como uma péla que quatro crianças, aos quatro cantos de uma sala, atiram umas às outras, pelo ar, num rumor de risos.
(*Uma Campanha Alegre. De "As Farpas";*
Junho, 1871*)*

Portugal I
É uma Nação talhada para a ditadura – ou para a conquista.
(Uma Campanha Alegre. De "As Farpas";
Maio, 1871)

Portugal II
Tendo abandonado o seu feitio antigo, à D. João VI, que tão bem lhe ficava, este desgraçado Portugal decidira arranjar-se à moderna: mas, sem originalidade, sem força, sem caráter para criar um feitio seu, um feitio próprio, manda vir modelos do estrangeiro – modelos de ideias, de calças, de costumes, de leis, de arte, de cozinha...
(João da Ega, in Os Maias, cap. XVIII)

Portugal III
Portugal é uma fazenda, uma bela fazenda, possuída por uma parceria. Como vocês sabem há parcerias comerciais e parcerias rurais. Esta de Lisboa é uma «parceria política», que governa a herdade chamada Portugal...
(Gonçalo Mendes Ramires, in A Ilustre
Casa de Ramires, cap. IV)

Religião I
Ora para que se ensina a religião a um homem ou a uma mulher? Para lhe dar um guia para a sua consciência e um guia para a sua inteligência; uma doutrina que lhe mostre o que deve pensar e que lhe aponte o que deve fazer: critério para bem-julgar e critério para bem-viver.
(Uma Campanha Alegre. De "As Farpas",
Março, 1872)

Religião II
Creio em Deus. Mas reconheço que a religião é um freio...
– Para os que o precisam – interrompeu Julião.
(Conselheiro Acácio, in O Primo Basílio, cap. XI)

Representação
Porque o verbo humano, tal como o falamos, é ainda impotente para encarnar a menor impressão intelectual ou reproduzir a simples forma de um arbusto...
(Carlos Fradique Mendes, *A Correspondência de Fradique Mendes*, cap. VII)

Riso
Eu penso que o riso acabou – porque a humanidade entristeceu. E entristeceu – por causa da sua imensa civilização. (...) Quanto mais uma sociedade é culta – mais a sua face é triste.
("A decadência do riso", in *Gazeta de Notícias*, 1891, inserido em *Notas Contemporâneas*)

Romantismo
Qual vale mais, esta doença magnífica, ou a saúde vulgar e inútil que se goza no clima tépido que vai desde Racine até Scribe? Eu prefiro corajosamente o hospital, sobretudo quando a primeira febre se chama Julieta e a última Margarida!
("Uma Carta. A Carlos Mayer" [1867], in *Gazeta de Portugal*, inserido em *Prosas Bárbaras*)

Teatro
O teatro entre nós não é uma curiosidade de espírito, é um ócio de sociedade.
(*Uma Campanha Alegre. De "As Farpas"*; Dezembro, 1871)

Tédio
O tédio enfraquece, anula o espírito, a vontade, e só deixa viva e exigente – a curiosidade.
(*Uma Campanha Alegre. De "As Farpas"*; Março, 1872)

Universidade
A Universidade, que em todas as nações é para os estudantes uma *Alma Mater*, a mãe criadora, por quem sempre se conserva através da vida um amor filial, era para nós uma

madrasta amarga, carrancuda, rabugenta, de quem todo o espírito digno se desejava libertar, rapidamente, desde que lhe tivesse arrancado pela astúcia, pela empenhoca, pela sujeição à «sebenta», esse *grau* que o Estado, seu cúmplice, tornava a chave das carreiras.

("Um Génio que era um Santo" [1896], inserido em *Notas Contemorâneas)*

2. TEXTOS DOUTRINÁRIOS

Romantismo I

Mas os que desceram para regiões românticas ficaram com a alma doente, febril, ansiada, nostálgica. Aí está como se explica toda esta geração moderna, contemplativa e doente! Porque – digamos a verdade – hoje a vida do pensamento é um vasto hospital de almas. E os gemidos que saem dos leitos são os dramas, os poemas, os romances modernos. Hoje, incontestavelmente, pensar é sofrer. A enfermeira, que se chama Democracia, consegue curar a poucos. Os poetas clássicos, esses, não obrigam a pensar: são a simplicidade, a frieza, a narrativa, a superfície, a afetação, a convenção – tudo menos a alma, com a sua tragicomédia de dores e de dúvidas! (...)

Qual vale mais, esta doença magnífica, ou a saúde vulgar e inútil que se goza no clima tépido que vai desde Racine até Scribe? Eu prefiro corajosamente o hospital, sobretudo quando a primeira febre se chama Julieta e a última Margarida!

Os outros, os saudáveis, os doutrinários da arte, os petrificadores da paixão, os sacerdotes da tradição e do *magister dixit*, não pertencem à arte pura, pertencem aos arquivos. São documentos históricos. São momentos sociais vistos através da arte. Racine explica Luís XIV. E como na história livre e pura se não pode conceber Luís XIV, na arte pura e livre não se pode admitir Racine. Toda a nossa Arcádia explica os reinos de D. João V, e de D. José I, e de D. Maria I. Por essa literatura se podem conhecer todos os sentimentos monárquicos do tempo, o espírito cortesão, a influência clerical, a sujeição de antecâmaras, as subtilezas morais, a serenidade enfática, a majestade teatral, toda essa soma de falsos sentimentos e de falsos costumes que era o Antigo Regime. E aquela literatura falsa, ridícula – sendo excelente como documento, é grotesca como arte.

Na arte só têm importância os que criam almas, e não os que reproduzem costumes.
"Uma Carta. A Carlos Mayer" [*Gazeta de Portugal*, 1867],
in *Prosas Bárbaras*.

Arte I

A arte é a história da alma. Queremos ver o homem: não o homem dominado pela sociedade, entorpecido pelos costumes, deformado pelas instituições, transformado pela cidade – mas o homem livre, colocado na livre Natureza, entre as livres paixões. A arte é simplesmente a representação dos caracteres tais quais eles seriam – abandonados à sua vontade inteligente e livre, sem as redes sociais. Aí está o que dá a Shakespeare a supremacia na arte. Foi o maior criador de almas. Revelou a Natureza espontânea: soltou as paixões em liberdade, e mostrou a sua livre ação. É aí que se pode estudar o homem. É o que faz também a grandeza de certos tipos capitais de Balzac, o «Barão Hulot», «Goriot», «Grandet». Realizam o seu destino, longe da associação humana, sob a livre lógica das paixões.
"Uma Carta. A Carlos Mayer" [*Gazeta de Portugal*, 1867],
in *Prosas Bárbaras*.

Patriotismo

Há em primeiro lugar o nobre patriotismo dos patriotas: esses amam a pátria, não dedicando-lhe estrofes, mas com a serenidade grave e profunda dos corações fortes. Respeitam a tradição, mas o seu esforço vai todo para a nação viva, a que em torno deles trabalha, produz, pensa e sofre: e, deixando para trás as glórias que ganhámos nas Molucas, ocupam-se da pátria contemporânea, cujo coração bate ao mesmo tempo que o seu, procurando perceber-lhe as aspirações, dirigir-lhe as forças, torná-la mais livre, mais forte, mais culta, mais sábia, mais próspera, e por todas estas nobres qualidades elevá-la entre as nações. Nada do que pertence à pátria lhes é estranho: admiram decerto Afonso Henriques, mas não ficam para todo o sempre petrificados nessa admiração: vão por entre o povo, educando-o e melhorando-o, procurando-lhe mais trabalho e organizando-lhe mais instrução, promovendo sem descanso os dois bens supremos – ciência e justiça.

Põem a pátria acima do interesse, da ambição, da gloríola; e se têm por vezes um fanatismo estreito, a sua mesma paixão diviniza-os. Tudo o que é seu o dão à pátria: sacrificam-lhe vida, trabalho, saúde, força, o melhor de si mesmo. Dão-lhe sobretudo o que as nações necessitam mais, e o que só as faz grandes: dão-lhe a verdade. A verdade em tudo, em história, em arte, em política, nos costumes. Não a adulam, não a iludem: não lhe dizem que ela é grande porque tomou Calecute, dizem-lhe que é pequena porque não tem escolas. Gritam-lhe sem cessar a verdade, rude e brutal. Gritam-lhe: – «Tu és pobre, trabalha; tu és ignorante, estuda; tu és fraca, arma-te! E quando tiveres trabalhado, estudado e armado, eu, se for necessário, saberei morrer contigo!»

Eis o nobre patriotismo dos patriotas.

O outro patriotismo é diferente: para esse, a pátria não é a multidão que em torno dele palpita na luta da vida moderna – mas a outra pátria, a que há trezentos anos embarcou para a Índia, ao repicar dos sinos, entre as bênçãos dos frades, a ir arrasar aldeias de mouros e traficar na pimenta. Esse, a sua maneira de amar a pátria é tomar a lira e dar-lhe lânguidas serenatas. Esse sobe à tribuna do Parlamento ou ao artigo de fundo, e de lá exclama, com os olhos em alvo e o lábio em luxúria: *Oh pátria! Oh filha! Ai querida! Oh pequena! que linda que és!* – exatamente como tinha dito na véspera, no Restaurante Mata, a uma andaluza barata. Esse, coisa pavorosa!, não ama a pátria, namora-a; não lhe dá obras, impinge-lhe odes. Esse, quando a pátria se aproxima dele, com as mãos vazias, pedindo-lhe que coloque nelas o instrumento do seu renascimento – põe lá (ironia magana!) o quê? os louros de

Ceuta! Quando o povo lhe pede mais pão e mais justiça, responde-lhe, torcendo o bigode: – *Deixa lá... Tu tomaste Cochim.*

É esse patriotismo que, quando alguém solta uma verdade, acode de mão à cinta, e com a «Monarquia» de Frei Bernardo de Brito apertada ao coração, exclamando: – *Olá, que injúria é essa à pátria? Pois não sabes tu, ignorante, que nós somos ainda temidos na Índia? E a prova tenho-a neste in-fólio!* E querendo garantir a indolência própria, por uma grande inércia pública, esse patriotismo aconselha que se não faça nada, nada se estude, nada se crie – porque o senhor D. Manuel foi outrora um grande rei! E apenas um homem sincero tenta despertar a alma portuguesa e o seu génio do sono em que ela se afunda – esse patriotismo corre, debruça-se, e procura tornar esse sono da pátria mais pesado e mais profundo, cantando-lhe ao ouvido a lenda embaladora da tomada de Arzila!

Este patriotismo, caro Chagas, é o dos brigadeiros vestidos à moderna. E, lamento ter de dizê-lo, parece-se muito com o seu. Os Franceses chamam-lhe *chauvinisme*: eu chamar-lhe-ia entre nós patriotice. E aos que o cultivam daria os nomes (segundo os seus diferentes temperamentos) de – *patrotaças, patrotinheiros, patriotadores,* ou *patriotarrecas*.

"Brasil e Portugal" [*O Atlântico*, 1880],
in Notas Contemporâneas

Leitor e leitura

Nos tempos em que Voltaire, já depois de «Candide», mesmo já depois da «Pucelle», se contentava com cem leitores – tempos que nos devem parecer bem incultos, neste ano da Graça e de voraz leitura em que o «Petit Journal» tira oitocentos mil números, e «Germinal» é traduzido em sete línguas para que o bendigam sete povos – esses cem homens que liam e que satisfaziam Voltaire, eram tratados pelos escritores com um cerimonial e uma adulação, que se usavam somente para com os príncipes de sangue e as favoritas. Em verdade o leitor de então, «o amigo leitor», pertencia sempre aos altos corpos do Estado: o alfabeto ainda se não tinha democratizado: quase apenas sabiam ler as Academias, alguns da nobreza, os Parlamentos, e Frederico, rei da Prússia: e naturalmente o homem de letras, mesmo quando fosse um poeta parasita do melancólico tipo de Nicolau Tolentino, ao entrar em relações com esse leitor de grandes maneiras, emplumado, vestido talvez de arminho, empregava todas as formas e todas as graças do respeito e punha sempre, genuínos ou fingidos, os punhos de renda de Mr. de Buffon.

Mas esta cortesia, em que havia emoção, provinha sobretudo de que o escritor, há cem anos, dirigia-se particularmente a uma pessoa de saber e de gosto, amiga da eloquência e da tragédia, que ocupava os seus ócios luxuosos a ler, e que se chamava «o Leitor»: e hoje dirige-se esparsamente a uma multidão azafamada e tosca que se chama «o público».

Esta expressão, «a leitura», há cem anos, sugeria logo a imagem de uma livraria silenciosa, com bustos de Platão e de Séneca, uma ampla poltrona almofadada, uma janela aberta sobre os aromas de um jardim: e neste retiro austero de paz estudiosa, um homem fino, erudito, saboreando linha a linha o *seu livro*, num recolhimento quase amoroso. A ideia de leitura, hoje, lembra apenas uma turba folheando páginas à pressa, no rumor de uma praça. (...)

Depois, numa manhã de Julho, tomou-se a Bastilha. Tudo se revolveu: e mil novidades violentas surgiram, alterando a configuração moral da Terra. Veio a democracia: fez-se a iluminação a gás: assomou a instrução gratuita e obrigatória: instalaram-se as máquinas Marinoni que imprimem cem mil jornais por hora: vieram os clubes, o romantismo, a política, a liberdade e a fototipia. Tudo se começou a fazer por meio de vapor e de rodas dentadas – e para as grandes massas. Essa cousa tão maravilhosa, de um mecanismo tão delicado, chamada o *indivíduo*, desapareceu; e começaram a mover-se as multidões, governadas por um instinto, por um interesse ou por um entusiasmo. Foi então que se sumiu o leitor, o antigo leitor, discípulo e confidente, sentado longe dos ruídos incultos sob o claro busto de Minerva, o leitor amigo, com quem se conversava deliciosamente em longos, loquazes «Proémios»: e em lugar dele o homem de letras viu diante de si a turba que se chama o *público*, que lê alto e à pressa no rumor das ruas.

Prefácio dos *Azulejos* do Conde de Arnoso [1886], in *Notas Contemporâneas*.

Naturalismo

Ah! se a nossa amada Lisboa, velha criada de abade que se arrebica à francesa, tivesse já compreendido o que, neste ano da Graça de 86, já largamente compreendeu a aldeia da Carpentras, famosa pela sua caturrice – que o naturalismo consiste apenas em pintar a tua rua como ela é na sua *realidade* e não como tu a poderias idear na *tua* imaginação – seria honrar o teu livro suspeitá-lo de naturalismo! Obra naturalista significaria então, para a nossa bondosa Lisboa – obra observada e não sonhada; obra modelada sobre as formas da Natureza, não recortada sobre moldes de papel; obra pousada nas eternas bases da vida, e não nesse monturo mole, feito de sentimentalismo bolorento e de cascalho de retórica, que ainda atravanca um canto da arte, e onde se vê ainda, por vezes, brotar uma florzinha triste e melada que pende e que cheira a mofo.

Mas como tu sabes, amigo, nesta capital do nosso reino permanece a opinião cimentada a pedra e cal, entre leigos e entre letrados, que naturalismo, ou, como a capital diz, realismo – *é grosseria e sujidade!* Não tens tu reparado que, quando um jornalista, copiando no seu jornal com pena hábil a parte de polícia, que é o *roastbeef* da imprensa, menciona um bruto que proferiu palavras imundas, nunca deixa de lhe chamar com uma ironia cujo brilho raro o enche de justo orgulho – *discípulo de Zola?* Não tens notado que nos periódicos, quando se quer definir uma maneira especial de ser torpe, se emprega esta expressão consagrada – *à Zola?* Não tens tu visto que, ao descrever um caso sórdido ou bestial, o homem de gazeta acrescenta sempre, com um desdém grandioso: «Para contar bem como tudo se passou precisávamos saber manejar a pena de *Zola*»? Assim é, assim é! Estranha maravilha da asneira! O nome do épico genial de «Germinal» e da «Œuvre» serve para simbolizar tudo que, em atos e palavras, é grosseiro e imundo! Isto passa-se numa terra que na geografia política é uma capital e se chama Lisboa – mas que, na ordem do pensamento e do saber, é um lugarejo sem nome!

Prefácio dos *Azulejos* do Conde de Arnoso [1886],
in *Notas Contemporâneas*.

Conto

No conto tudo precisa ser apontado num risco leve e sóbrio: das figuras deve-se ver apenas a linha flagrante e definidora que revela e fixa uma personalidade; dos sentimentos apenas o que caiba num olhar, ou numa dessas palavras que escapa dos lábios e traz todo o ser; da paisagem somente os longes, numa cor unida.

Prefácio dos *Azulejos* do Conde de Arnoso [1886],
in *Notas Contemporâneas*.

Arte II

Só a arte realmente pode dizer aos seus eleitos, com firmeza e certeza: – «Tu não morrerás inteiramente: e mesmo amortalhado, metido entre as tábuas de um caixão, regado de água benta, tu poderás continuar por mim a viver. O teu pensamento, manifestação melhor e mais completa da tua vida, permanecerá intacto, sem que contra ele prevaleçam todos os vermes da terra; e ainda que, fixado definitivamente na tua obra, pareça imobilizado nela como uma múmia nas suas ligaduras, ele terá todavia o supremo sintoma da vida, a renovação e o movimento, porque fará vibrar outros pensamentos e através das criações deles estará perpetuamente criando. Mesmo o teu riso, de um momento, reviverá nos risos que for despertando; e as tuas lágrimas não secarão porque farão correr outras lágrimas. Ficarás para sempre vivo, para te misturares perpetuamente à vida dos outros; e as mesmas linhas do teu rosto, o teu traje, os teus modos, não morrerão, constantemente rememorados pela curiosidade das gerações. Assim, não desaparecerás nem na tua forma mortal: e serás desses eternos viventes, mais eternos que os deuses, que são os contemporâneos de todas as gerações, e vão sempre marchando no meio da humanidade que marcha, espíritos originais a que se acendem os outros espíritos, para que se não apague o fogo perene da inteligência – iguais a essas quatro ou cinco lâmpadas que leva a grande caravana de Meca, para que a elas se acendam lareiras e tochas, e a caravana possa sempre marchar, orando sempre, e segura.» (...)

A arte é tudo – tudo o resto é nada. Só um livro é capaz de fazer a eternidade de um povo. Leónidas ou Péricles não bastariam para que a velha Grécia ainda vivesse, nova e radiosa, nos nossos espíritos: foi-lhe preciso ter Aristófanes e Ésquilo. Tudo é efémero e oco nas sociedades – sobretudo o que nelas mais nos deslumbra. Podes-me tu dizer quem foram, no tempo de Shakespeare, os grandes banqueiros e as formosas mulheres? Onde estão os sacos de ouro deles e o rolar do seu luxo? Onde estão os claros olhos delas? Onde estão as rosas de York que floriram então? Mas Shakespeare está realmente tão vivo como quando, no estreito tablado do Globe, ele dependurava a lanterna que devia ser a Lua, triste e amorosamente invocada, alumiando o jardim dos Capuletos. Está vivo de uma vida melhor, porque o seu espírito fulge com um sereno e contínuo esplendor, sem que o perturbem mais as humilhantes misérias da carne!

Prefácio dos *Azulejos* do Conde de Arnoso [1886],
in *Notas Contemporâneas*.

Brasileiro

Apenas voltava, porém, com o dinheiro que juntara carregando todos os fardos da servidão – o *saudoso emigrante* passava logo a ser o *brasileiro*, o bruto, o reles, o alvar. Desde que ele deixara de soluçar e ser sensível, para labutar duramente de marçano nos armazéns do Rio, o romantismo repelia-o como criatura baixa e soez. O trabalho despoetizara o triste emigrante. E era então que o romantismo se apossava dele já rico e *brasileiro*, para o mostrar no livro e no palco, em caricatura, sempre material, sempre rude, sempre risível – não por um justo ódio social contra um inútil que engorda, mas por aversão romanesca ao burguês positivo, videiro e ordeiro, que não lê versos, que se ocupa de câmbios, só olha a Lua quando ela anuncia chuva, e só repara em Beatriz e Elvira quando elas são roliças e fáceis.

Em contraste com este «materialão» estava o homem de poesia e de sonho, magro, altivo, malfadado, eloquente, e «trazendo (como diziam a sério os estilos de então) um inferno dentro do peito». Este permanecia pobre, ou desdenhava liricamente o dinheiro: a sua ocupação especial e única era a paixão: por ele as mulheres pálidas, todas de branco, iam chorar, agarradas às grades dos mosteiros. Nos finais de atos, ele, só ele, lançava, num gesto sombrio, «as palavras sublimes», dolentemente sublinhadas pelos violoncelos, ao rumor dos prantos abafados. O *brasileiro*, esse, dizia as sandices que nas farsas mais francas eram também sublinhadas – com um estouro sobre o tambor. (...)

E o curioso, meu caro Luís, é que, de todos os tipos habituais do nosso romance romântico – só o *brasileiro* tem origem genuinamente portuguesa, de raiz. O homem fatal e poético; a mulher de negros cabelos revoltos que perde; a mulher de pestanas baixas que salva; o arrogante fidalgo, com longos nomes e hostil ao século; o padre risonho que bendiz e afaga – todos esses vieram importados de França: e as suas dores, as suas descrenças, os seus murmúrios de amor, tudo chegou pelo

paquete, e pagou direitos na Alfândega, misturado aos couros ingleses e às peças de pano de Sedan. O nosso romantismo não é responsável por essas gentis criações de além dos Pirenéus. Elas já aportavam ao Tejo e ao Douro, assim e malfeitas, fora da Natureza e da verdade. O romantismo acolhia-as com uma submissa reverência provinciana: e assim as mandava imprimir à Casa Moré e à Casa Roland, tais como as recebia, traduzindo-lhes apenas em vernáculo os martírios e os júbilos.
Prefácio do *Brasileiro Soares* de Luís de Magalhães [1886], in *Notas Contemporâneas*.

Romantismo II

O romantismo deduzira uma vez do seu ódio à ação e ao «homem que sua» um tipo simbólico de brasileiro gordalhufo e abrutado – e assim o apresentava invariavelmente, implacavelmente, em novela, em drama, em poema, como se não houvesse existido jamais senão aquele *brasileiro*, e fosse tão impossível mostrá-lo sem os atributos de materialidade que o individualizavam, como é impossível pintar Marte sem a sua armadura, ou contar Tibério sem esboçar Cápreas ao longe, nas brumas do mar... O *brasileiro* da rua a cada passo desmentia o *brasileiro* do livro? Que importa! O bom romântico não cuida da rua: se é um mestre marcha altivamente, com os olhos alçados às nuvens; se é um discípulo segue cautelosamente, com os olhos atentos às pegadas dos mestres.

Extraordinários, estes românticos! E bem simpáticos – os primeiros, os grandes, os que tinham talento e uma veia soberba – com este inspirado, magnífico desdém pela Natureza, pelos factos, pelo real e pelo exato! Os discípulos, esses, louvado seja Nosso Senhor, são bem pecozinhos, e bem chochinhos!
Prefácio do *Brasileiro Soares* de Luís de Magalhães [1886], in *Notas Contemporâneas*.

Academia

Desde que uma Academia existe, qual é, no fundo, a sua missão? Evidentemente constituir um diretório intelectual que mantenha na literatura o gosto impecável, a delicadeza, a finura do tom sóbrio, as purezas de forma, o decoroso comedimento, todas as qualidades de distinção, de proporção e de ordem. Daqui se deduz logo que as Academias devem ter uma regra, uma medida, uma poética, dentro da qual seja o seu encargo fazer entrar, pelo exemplo e pela autoridade, toda a produção do seu tempo. E simultaneamente se depreende que elas devem condenar, como tribunal intransigente, toda a obra que, brotando do vigor inventivo de um temperamento indisciplinado, se apresente em revolta contra essa poética, revestida, para os que têm o privilégio de a conservar, da sacrossantidade duma escritura.

Ora eu não afirmo nem nego a influência literária das Academias, e a sua utilidade na vida pensante de uma nação. Sem Academias a Inglaterra produziu, produz, uma literatura de incomparável nobreza e originalidade. Mas, no dizer de dois mestres, Saint-Beuve e Renan, à Academia deve a literatura francesa aquelas qualidades perfeitas que a tornaram em todos os tempos e em todos os géneros um modelo, e que no século XVIII fizeram dela o mais persuasivo e efetivo agente da civilização que houve na Europa. Por outro lado, nos países do Sul, a Espanha tem uma Academia muito pomposa e uma literatura muito medíocre. E em Portugal não se pode avaliar a eficácia da Academia – como se não pode apreciar a utilidade de um instrumento durante longos anos esquecido ao canto de um casarão, enferrujando-se e apodrecendo sob a escuridade e o bolor.

Em todo o caso concedo que, se a uma literatura faltar, sempre presente e sempre ativa, uma consciência literária, representada por uma Academia que dê a regra e o tom, essa literatura pode por vezes cair na extravagância – sobretudo se nela abundam os génios veementemente enérgicos, sinceros e apaixonados, como na literatura inglesa. Mas sobretudo sustento que, se a uma literatura faltarem os inovadores, revolucionando incessantemente a Ideia e o Verbo, essa literatura, sujeita a uma disciplina canónica, bem cedo se imobilizará sem remissão numa mediocridade castigada e fria – sobretudo se nela predominam as inteligências claras, flexíveis, comedidas e imitativas, como na literatura francesa. De sorte que, para possuir uma literatura ideal, forte mas fina, original mas equilibrada, fecunda mas sóbria, será necessário que nela de certo modo se contrabalancem estas duas forças – a Tradição e a Invenção; que de um lado, antes de tudo, surjam os revoltosos, dando as emoções novas e criando as formas novas, e que do outro, secundariamente, atuem as Academias canalizando dentro do gosto, da elegância, e do purismo, estas correntes inesperadas de sensação e de ideia. Isto será, de resto, na esfera intelectual, o que é na esfera social o equilíbrio da Tradição e da Revolução.

"A Academia e a Literatura
(Carta a Mariano Pina)" [*O Repórter*, 1888],
in *Notas Contemporâneas*.

Europa

De todas as cinco partes do mundo, a Europa, apesar de tão gasta, permanece incontestavelmente a mais interessante; – e só ela, entre todos os continentes, constitui na realidade um continente geral de instrução e recreio. Não tem, é certo, como sua mãe, a Ásia, essa esplêndida diversidade de raças, de instituições, de mitologias, de arquiteturas, de trajes, de cerimoniais, que oferece aos olhos maravilhados do artista, desde Jafa até Iedo, e desde Ceilão até ao Tibete, um incomparável tesouro de formas e de cores: – nós aqui somos todos indo-germânicos, usamos todos o mesmo chapéu alto, vivemos todos dentro do mesmo estuco caiado, e o tom das nossas multidões é pardacento. Não tem também como a África a irresistível sedução do Desconhecido; de um vasto solo que os africanistas afirmam estar cheio do divino ouro: – aqui não há monte ou vale de que não se fizesse já uma fotografia, ou uma descrição nos guias Baedeker, e de ouro não possuímos uma parcela – tudo é papel. Não podemos também, como a América, ofertar ao diletantismo crítico, o sugestivo espetáculo de povos velhos transportados para um torrão novo, e ocupados uns no Sul em construir com ânsia uma ordem social, que constantemente se lhes desfaz entre as mãos, outros no Norte em unificar tanto a ordem material, e tanto mecanizar a vida, que, só com pousar o dedo sobre um botão, o homem possa, segundo a necessidade especial da hora, tomar banho ou constituir família: – nós, aqui na Europa, ainda conservamos a nossa antiga e desgraciosa estrutura social, burgueses por cima e plebeus por baixo, que de vez em quando rebocamos com sangue e lama, e os nossos confortos materiais vão tão atrasados, que no Inverno, quando o nordeste sopra, ainda há homens de génio que dependuram os casacos diante das fendas das portas. Não existem também nesta pobre Europa, como na Oceânia, essas maravilhas da Natureza, que são, ao que parece, as obras mais originais e mais fortemente inspiradas do grande Paisagista que está nos Céus: – hoje a Europa toda, desde a costa do Atlântico até à fronteira da Tartária, forma uma massa compacta de casas e bicos de gás.

"A Europa em resumo" [*Gazeta de Notícias*, 1892], in *Textos de Imprensa IV* e *Notas Contemporâneas*

Naturalismo e fim de século

Em literatura, estamos assistindo ao descrédito do naturalismo. O romance experimental, de observação positiva, todo estabelecido sobre documentos, findou (se é que jamais existiu, a não ser em teoria), e o próprio mestre do naturalismo, Zola, é cada dia mais épico, à velha maneira de Homero. A simpatia, o favor vão todos para o romance de imaginação, de psicologia sentimental ou humorista, de ressurreição arqueológica (e pré-histórica!) e até de capa e espada, com maravilhosos imbróglios, como nos robustos tempos de D'Artagnan.

No teatro, além de uma recrudescência de fidelidade à tragédia clássica (Racine é definitivamente deus), e de uma renovação no gosto pelo drama romântico («Hernâni» retomou posse dos corações), vemos com espanto a multidão culta correr ao melodrama de 1830 e atulhar os teatrinhos populares, onde ele se refugiara com as suas incomensuráveis paixões e terrores. E ao passo que algumas raras tentativas de comédia naturalista, repuxada até aos confins da lógica naturalista, são apupadas, repelidas para a polícia correcional, – o parisiense cético vai chorar com os dramas sacros, os piedosos autos e mistérios, em que Cristo, amarrado numa cruz de papelão, sobre um Gólgota de tabique, promete em versos alexandrinos o sumo progresso espiritual, a evolução do homem ao anjo, e um Paraíso que sublimemente nos compense dos *boulevards* deste mundo. Em poesia a reacção é tão larga, que Coppée e os poetas da realidade estão, apesar de vivos, mais esquecidos que Florian e os bucolistas do século XVIII.

"Positivismo e Idealismo" [*Gazeta de Notícias,* 1893],
in *Textos de Imprensa IV* e *Notas Contemporâneas.*

3. TEXTOS LITERÁRIOS

A cena do adultério

> [Num momento dramático da complicada intriga do romance, a protagonista, a misteriosa de condessa de W., enuncia uma reflexão centrada no tema do adultério. Funcionando quase em tom doutrinário, o discurso da condessa vale também como manifestação da crítica queirosiana ao adultério e às suas causas culturais e mentais.]

A cena é simples, de três personagens. Eu, por exemplo, sou a mulher. Meu marido é um homem honesto e trabalhador. Cansa-se, luta, prodigaliza-se: logo de manhã sai para o seu escritório, ou para o seu jornal, ou para o seu ofício, ou para o seu ministério; cerceia o seu sono, almoça à pressa, quebra o seu descanso. Todo ele é atenção, vigília, trabalho, sacrifício. Para quê?

Para que os nossos filhos tenham uns bibes brancos, e uma ama asseada; para que as minhas cadeiras sejam de estofo, e não de pau; para que os meus vestidos sejam de seda e talhados na *Marie*, e não de chita e cosidos pelas minhas mãos, de noite, a um candeeiro amortecido.

Meu marido é um homem honesto, simpático, sério, afável. Não usa pó-de-arroz, nem brilhantina, não tem gravatas de aparato, não tem a extrema elegância de ser moço de forcado, não escreve folhetins; trabalha, trabalha, trabalha! Ganha com o seu cansaço, com os seus tédios, em horas pesadas e longas, o jantar de todos os dias, o vestuário de todas as estações. A sua consolação sou eu, o centro da sua vida sou eu, o seu ideal e o seu absoluto sou eu! Não faz poemas românticos, porque eu sou o seu poema íntimo, a musa dos seus sacrifícios; não tem aventuras porque eu sou a sua esposa; não tem viagens gloriosas pelos desertos nem o prestígio das distâncias, porque o seu mundo não é maior do que o espaço que enche o som da minha voz; não ganhou a batalha de Sadova mas ganha todos os dias a terrível e obscura batalha do pão dos seus filhos...

É justo, é bom, é dedicado. Dorme profundamente porque o seu cansaço é legítimo e puro; gosta da sua *robe de chambre* porque trabalhou todo o dia. Julga-se dispensado de trazer uma flor na *boutonnière* porque traz sempre no coração a presença da minha imagem.

Pois bem! Que faço eu?

Aborreço-me.

Logo que ele sai, bocejo, abro um romance, ralho com as criadas, penteio os filhos, torno a bocejar, abro a janela, olho.

Passa um rapaz, airoso ou forte, louro ou trigueiro, imbecil ou medíocre. Olhamo-nos. Traz um cravo ao peito, uma gravata complicada. Tem o cabelo mais bonito do que o de meu marido, o talhe das suas calças é perfeito, usa botas inglesas, pateia as dançarinas!

Estou encantada! Sorrio-lhe. Recebo uma carta sem espírito e sem gramática. Enlouqueço, escondo-a, beijo-a, releio-a, e desprezo a vida.

Manda-me uns versos – uns versos, meu Deus! e eu então esqueço meu marido, os seus sacrifícios, a sua bondade, o seu trabalho, a sua doçura; não me importam as lágrimas nem as desesperações do futuro; abandono probidade, pudor, dever, família, conceitos sociais, relações, e os filhos, os meus filhos! tudo – vencida, arrastada, fascinada por um soneto errado, copiado da *Grinalda*!

Realmente! É a isto, minhas pobres amigas, que vós chamais – *fatalidade da paixão!*

(*O Mistério da Estrada de Sintra*, "A confissão dela", III)

O progresso da decadência

> [No início de *Uma Campanha Alegre* (onde são reunidos textos antes publicados sob o título *As Farpas*) traça-se um retrato extremamente mordaz da decadência social, cultural e moral do Portugal da segunda metade do século XIX. A este texto genérico seguem-se as "farpas", onde aspetos e episódios específicos da sociedade portuguesa são criticamente analisados]

Leitor de bom senso, que abres curiosamente a primeira página deste livrinho, sabe, leitor celibatário ou casado, proprietário ou produtor, conservador ou revolucionário, velho patuleia ou legitimista hostil, que foi para ti que ele foi escrito – se tens bom senso! E a ideia de te dar assim todos os meses, enquanto quiseres, cem páginas irónicas, alegres e justas, nasceu no dia em que pudemos descobrir, através da ilusão das aparências, algumas realidades do nosso tempo.

Aproxima-te um pouco de nós, e vê.

O País perdeu a inteligência e a consciência moral. Os costumes estão dissolvidos e os carateres corrompidos. A prática da vida tem por única direção a conveniência. Não há princípio que não seja desmentido, nem instituição que não seja escarnecida. Ninguém se respeita. Não existe nenhuma solidariedade entre os cidadãos. Já se não crê na honestidade dos homens públicos. A classe média abate-se progressivamente na imbecilidade e na inércia. O povo está na miséria. Os serviços públicos vão abandonados a uma rotina dormente. O desprezo pelas ideias aumenta em cada dia. Vivemos todos ao acaso. Perfeita, absoluta indiferença de cima a baixo! Todo o viver espiritual, intelectual, parado. O tédio invadiu as almas. A mocidade arrasta-se, envelhecida, das mesas das secretarias para as mesas dos cafés. A ruína económica cresce, cresce, cresce... O comércio definha. A indústria enfraquece. O salário diminui. A renda diminui. O Estado é considerado na sua ação fiscal como um ladrão e tratado como um inimigo.

Neste *salve-se quem puder* a burguesia proprietária de casas explora o aluguel. A agiotagem explora o juro.

De resto a ignorância pesa sobre o povo como um nevoeiro. O número das escolas só por si é dramático. O professor tornou-se um empregado de eleições. A população dos campos, arruinada, vivendo em casebres ignóbeis, sustentando-se de sardinha e de ervas, trabalhando só para o imposto por meio de uma agricultura decadente, leva uma vida de misérias, entrecortada de penhoras. A intriga política alastra-se por sobre a sonolência enfastiada do País. Apenas a devoção perturba o silêncio da opinião, com *padre-nossos* maquinais.

Não é uma existência, é uma expiação.

E a certeza deste rebaixamento invadiu todas as consciências. Diz-se por toda a parte: «o País está perdido!» Ninguém se iluda. Diz-se nos conselhos de ministros e nas estalagens. E que se faz? Atesta-se, conversando e jogando o voltarete, que de norte a sul, no Estado, na economia, na moral, o País está desorganizado – e pede-se conhaque!

Assim todas as consciências certificam a podridão; mas todos os temperamentos se dão bem na podridão!

Nós não quisemos ser cúmplices na indiferença universal. E aqui começamos, sem azedume e sem cólera, a apontar dia por dia o que poderíamos chamar – o progresso da decadência. Devíamos fazê-lo com a indignação amarga de panfletários? Com a serenidade experimental de críticos? Com a jovialidade fina de humoristas?

Não é verdade, leitor de bom senso, que neste momento histórico só há lugar para o humorismo? Esta decadência tornou-se um hábito, quase um bem-estar, para muitos uma indústria. Parlamentos, ministérios, eclesiásticos, políticos, exploradores, estão de pedra e cal na corrupção. O áspero Veillot não bastaria; Proudhon ou Vacherot seriam insuficientes. Contra este mundo é necessário ressuscitar as gargalhadas históricas do tempo de Manuel Mendes Enxúndia. E mais uma vez se põe a galhofa ao serviço da justiça!

(*Uma Campanha Alegre*, I, Maio de 1871)

Entre a realidade e a imaginação

> [Estando o marido ausente de Lisboa, Luísa retoma contacto com Basílio, acabado de chegar a Lisboa. Um encontro com Basílio, no Passeio Público, põe em evidência o contraste entre o provincianismo da Lisboa burguesa e a imagem cosmopolita de Paris; vão-se caldeando, em Luísa, o fascínio por essa imagem idealizada, a partir das leituras românticas, e a sedução que nela é exercida pelo primo.]

Luísa olhava, calada. A multidão crescera. Nas ruas laterais, mais espaçosas, frescas, passeavam apenas, sob a penumbra das árvores, os acanhados, as pessoas de luto, os que tinham o fato coçado. Toda a burguesia domingueira viera amontoar-se na rua do meio, no corredor formado pelas filas cerradas das cadeiras do asilo: e ali se movia entalada, com a lentidão espessa de uma massa mal derretida, arrastando os pés, raspando o *macadam*, num amarfanhamento plebeu, a garganta seca, os braços moles, a palavra rara. Iam, vinham, incessantemente, para cima e para baixo, com um bamboleamento relaxado e um rumor grosso, sem alegria e sem bonomia, no arrebatamento passivo que agrada às raças mandrionas: no meio da abundância das luzes e das festividades da música, um tédio morno circulava, penetrava como uma névoa: a poeirada fina envolvia as figuras, dava-lhes um tom neutro; e nos rostos que passavam sob os candeeiros, nas zonas mais diretas de luz, viam-se desconsolações de fadiga e aborrecimentos de dia santo.

Defronte as casas da Rua Ocidental tinham na sua fachada o reflexo claro das luzes do Passeio; algumas janelas estavam abertas; as cortinas de fazenda escura destacavam sobre a claridade interior dos candeeiros. Luísa sentia como uma saudade de outras noites de Verão, de serões recolhidos. Onde? Não se lembrava. O movimento então retraía-a; e encontrava em face, fitando-a numa atitude lúgubre, o sujeito da pêra longa. (...)

No Rossio, sob as árvores, passeava-se: pelos bancos, gente imóvel parecia dormitar; aqui e além pontas de cigarro reluziam; sujeitos passavam, com o chapéu na mão, abanando-se, o colete desabotoado; a cada canto se apregoava água fresca «do Arsenal»; em torno do largo, carruagens descobertas rodavam vagarosamente. O céu abafava, – e na noite escura, a coluna da estátua de D. Pedro tinha o tom baço e pálido de uma vela de estearina colossal e apagada.

Basílio, ao pé de Luísa, ia calado. Que horror de cidade! – pensava – Que tristeza! E lembrava-lhe Paris, de Verão: subia, à noite, no seu *faeton*, os Campos Elísios devagar: centenares de vitórias descem, sobem rapidamente, com um trote discreto e alegre; e as lanternas fazem em toda a avenida um movimento jovial de pontos de luz; vultos brancos e mimosos de mulheres reclinam-se nas almofadas, balançadas nas molas macias; o ar em redor tem uma doçura aveludada, e os castanheiros espalham um aroma subtil. Dos dois lados, de entre os arvoredos, saltam as claridades violentas dos cafés cantantes, cheios do *brouhaha* das multidões alegres, dos *brios* impulsivos das orquestras; os restaurantes flamejam; há uma intensidade de vida amorosa e feliz; e, para além, sai das janelas dos palacetes, através dos *stores* de seda, a luz sóbria e velada das existências ricas. Ah! se lá estivesse! – Mas ao passar junto dos candeeiros olhava de lado para Luísa: o seu perfil fino sob o véu branco tinha uma grande doçura; o vestido prendia bem a curva do seu peito; e havia no seu andar uma lassidão que lhe quebrava a linha da cinta de um modo lânguido e prometedor.

(*O Primo Basílio*, cap. IV)

A lei natural nas relações amorosas

> [Tendo-se sabido que João Eduardo é o autor de um artigo que atacava os padres de Leiria, Amélia rompe o noivado. Sabendo da influência nefasta exercida pelo padre Amaro sobre Amélia, João Eduardo procura a ajuda do respeitado Dr. Gouveia; as explicações do médico baseiam-se numa análise darwinista e naturalista das relações humanas. Segue-se inexoravelmente a relação amorosa entre Amaro e Amélia, que conduzirá à morte da jovem]

João Eduardo então tartamudeou a sua história, insistindo sobretudo na perfídia do padre, exagerando a inocência de Amélia...

O doutor escutava-o, cofiando a barba.

– Vejo o que é. Tu e o padre, disse ele, quereis ambos a rapariga. Como ele é o mais esperto e o mais decidido, apanhou-a ele. É lei natural: o mais forte despoja, elimina o mais fraco; a fêmea e a presa pertencem-lhe.

Aquilo pareceu a João Eduardo um gracejo. Disse com a voz perturbada:

– Vossa Excelência está a caçoar, senhor doutor, mas a mim retalha-se-me o coração!

– Homem, acudiu o doutor com bondade, estou a filosofar, não estou a caçoar... Mas enfim, que queres tu que eu te faça?

Era o que o doutor Godinho lhe tinha dito, também, com mais pompa!

– Eu tenho a certeza que se Vossa Excelência lhe falasse...

O doutor sorriu:

– Eu posso receitar à rapariga *este ou aquele xarope*, mas não lhe posso impor *este ou aquele homem*! Queres que lhe vá dizer: «A menina há-de preferir aqui o sr. João Eduardo»? Queres que eu vá dizer ao padre, um maganão que eu nunca vi: «O senhor faz favor de não seduzir esta menina»?

– Mas caluniaram-me, senhor doutor, apresentaram-me como um homem de maus costumes, um patife...

– Não, não te caluniaram. Sob o ponto de vista do padre e daquelas senhoras que jogam à noite o *quino* na Rua da Misericórdia tu és um patife: um cristão que nos periódicos vitupera abades, cónegos, curas, personagens tão importantes para se comunicar com Deus e para se salvar a alma, é um patife. Não te caluniaram, amigo!

– Mas, senhor doutor...

– Escuta. E a rapariga, descartando-se de ti em obediência às instruções do senhor padre fulano ou sicrano, comporta-se como uma boa católica. É o que te digo. Toda a vida do bom católico, os seus pensamentos, as suas ideias, os seus sentimentos, as suas palavras, o emprego dos seus dias e das suas noites, as suas relações de família e de vizinhança, os pratos do seu jantar, o seu vestuário e os seus divertimentos – tudo isto é regulado pela autoridade eclesiástica (abade, bispo ou cónego), aprovado ou censurado pelo confessor, aconselhado e ordenado pelo *diretor da consciência*. O bom católico, como a tua pequena, não se pertence; não tem razão, nem vontade, nem arbítrio, nem sentir próprio; o seu cura pensa, quer, determina, sente por ela. O seu único trabalho neste mundo, que é ao mesmo tempo o seu único direito e o seu único dever, é aceitar esta direção; aceitá-la sem a discutir; obedecer-lhe, dê por onde der; se ela contraria as suas ideias, deve pensar que as suas ideias são falsas; se ela fere as suas afeições, deve pensar que as suas afeições são culpadas. Dado isto, se o padre disse à pequena que não devia nem casar, nem sequer falar contigo, a criatura prova, obedecendo-lhe, que é uma boa católica, uma devota consequente, e que segue na vida, logicamente, a regra moral que escolheu. Aqui está, e desculpa o sermão.

João Eduardo ouvia com respeito, com espanto estas frases, a que a face plácida, a bela barba grisalha do doutor davam uma autoridade maior. Parecia-lhe agora quase impossível recuperar Amélia, se ela pertencia assim tão absolutamente, alma e sentidos, ao padre que a confessava. Mas enfim, porque era ele considerado um marido prejudicial?

— Eu compreenderia, disse, se fosse um homem de maus costumes, senhor doutor. Mas eu porto-me bem; eu não faço senão trabalhar; eu não frequento tabernas, nem troças; eu não bebo, eu não jogo. As minhas noites passo-as na Rua da Misericórdia, ou em casa a fazer serão para o cartório...

— Meu rapaz, tu podes ter socialmente todas as virtudes; mas, segundo a religião de nossos pais, todas as virtudes que não são católicas são inúteis e perniciosas. Ser trabalhador, casto, honrado, justo, verdadeiro, são grandes virtudes; mas para os padres e para a Igreja não contam. Se tu fores um modelo de bondade mas não fores à missa, não jejuares, não te confessares, não te desbarretares para o senhor cura — és simplesmente um maroto. Outros personagens maiores que tu, cuja alma foi perfeita e cuja regra de vida foi impecável, têm sido julgados verdadeiros canalhas porque não foram batizados antes de terem sido perfeitos. Hás-de ter ouvido falar de Sócrates, dum outro chamado Platão, de Catão, etc... Foram sujeitos famosos pelas suas virtudes. Pois um certo Bossuet, que é o grande chavão da doutrina, disse que das virtudes desses homens estava cheio o Inferno... Isto prova que a moral católica é diferente da moral natural e da moral social... Mas são coisas que tu compreendes mal... Queres tu um exemplo? Eu sou, segundo a doutrina católica, um dos grandes desavergonhados que passeiam as ruas da cidade; e o meu vizinho Peixoto, que matou a mulher com pancadas e que vai dando cabo pelo mesmo processo de uma filhita de dez anos, é entre o clero um homem excelente porque cumpre os seus deveres de devoto e toca figle nas missas cantadas. Enfim, amigo, estas coisas são assim. E parece que são boas, porque há milhares de pessoas respeitáveis que as consideram boas, o Estado mantém-as, gasta até um dinheirão para as manter, obriga-nos mesmo a respeitá-las — eu, que estou aqui a falar, pago todos os anos um quartinho para que elas continuem a ser assim. Tu naturalmente pagas menos...

– Pago sete vinténs, senhor doutor.

– Mas enfim vais às festas, ouves música, sermão, desforras-te dos teus sete vinténs. Eu, o meu quartinho perco-o; consolo-me apenas com a ideia de que vai ajudar a manter o esplendor da Igreja – da Igreja que em vida me considera um bandido, e que para depois de morto me tem preparado um Inferno de primeira classe. Enfim, parece-me que temos cavaqueado bastante... Que queres mais? (...)

À porta do pátio, João Eduardo disse-lhe ainda:

– Vossa Excelência então desculpe, senhor doutor.

– Não há de quê... Manda a Rua da Misericórdia ao diabo!

João Eduardo interrompeu com calor:

– Isso é bom de dizer, senhor doutor, mas quando a paixão está a roer cá por dentro!...

– Ah! fez o doutor, é uma bela e grande coisa a paixão! O amor é uma das grandes forças da civilização. Bem dirigida levanta um mundo e bastava para nos fazer a revolução moral... – E mudando de tom: – Mas escuta. Olha que isso às vezes não é paixão, não está no coração... O coração é ordinariamente um termo de que nos servimos, por decência, para designar outro órgão. É precisamente esse órgão o único que está interessado, a maior parte das vezes, em questões de sentimento. E nesses casos o desgosto não dura. Adeus, estimo que seja isso!

(*O Crime do Padre Amaro*, cap. XIII)

O começo de uma carreira

[Mergulhado na mediocridade monótona de Oliveira, Artur Corvelo sonha com uma carreira de escritor, na capital. O projeto de um drama intitulado *Amores de Poeta* representa o início de um trajeto que o há-de levar a dissipar uma herança que lhe permite instalar-se em Lisboa por algum tempo; por fim, regressará a Oliveira, de novo pobre e desiludido.]

Foi como a aparição duma luz salvadora! Um drama, o teatro! Atraía-o por todos os seus resultados: era a glória direta, mais palpavelmente gozada, recebida na face, em palmas e *bouquets*: era a celebridade rápida, penetrando todas as classes, ou letradas ou apenas impressionáveis: era o dinheiro cobrado todas as manhãs, na caixa, de contado!... E *Clara* viria ver o *seu* drama, ele diria *tu*, como um camarada, às atrizes... O Rabecaz tinha razão, devia escrever pra o teatro!...

Veio para casa, todo no delírio desta esperança. Mas que escreveria? Uma comédia à Sardou, um drama à Hugo? Pensou toda uma semana, sem achar: entrevia títulos, lances, decorações; ouvia bem as rebecas gemerem nos finais dos actos; via-se, curvado, agradecendo... Sentia as palmas – mas não tinha a ideia!

O seu temperamento atraía-o para o drama histórico em verso, ornado de arquiteturas curiosas e de chapéus de plumas. Mas que facto, que paixão dramatizaria? Sabia tão pouco a história de Portugal! Empreendera outrora lê-la, mas desde as primeiras páginas, o estudo das raças iberas, godas, visigodas, galo-romanas, lusitanas, todo aquele mundo bárbaro e defunto, sem episódios e sem personalidades, enfastiava-o prodigiosamente; desistiu; e todo o passado da sua pátria era para ele como uma vasta treva, onde destacava, aqui e além, num débil relevo gasto do tempo – Egas Moniz e a sua corda ao pescoço; Inês de Castro, morta num trono; um facto vago que era a Revolução de 1640; outro libertino que era o processo de D. Afonso VI; D. João V e o seu serralho freirático de Celas; o Marquês de Pombal e o terramoto... Mas nenhum destes factos, destes personagens, mal entrevistos, continha para ele a ideia dum drama!

Decidiu-se pelo moderno. E tendo facilmente achado um título – *Amores de Poeta* – deduziu dele uma ação.

O poeta Álvaro (que era ele mesmo, Artur) pobre e sublime, fanatizava e possuía a linda, a doce duquesa de S. Romualdo (que era a senhora Baronesa de Pedralva). O duque, um caçador obtuso e brutal com avós até aos visigodos (a que o valente Teodósio servira de modelo) insultava o poeta, arremessando-lhe a luva branca num sarau de máscaras; batiam-se de madrugada num cemitério, depois dum monólogo em que, à maneira de Hamlet, Álvaro, tomando crânios na mão, meditava na Morte; ferido, ia morrer no regaço da duquesa, que corria, vestida de branco, dentre os ciprestes: o drama passava-se ora num castelo junto a Sintra, ora num vago palácio nas proximidades da rua do Ouro! Em torno da ação moviam-se numerosos personagens subalternos, uns fidalgos vis e embrutecidos, outros plebeus invariavelmente nobres e eloquentes: todo o drama era assim um desabafo amoroso, e uma propaganda revolucionária: ele sentia-o; e parecia-lhe hábil e profundo, pôr na obra, todos os lirismos da sua paixão por Clara, e lançar ao povo, ao mesmo tempo, os *avantes* duma Marselhesa. Ela choraria, compreenderia quanto um ardente peito democrático ama melhor que um ressequido coração de barão. E por outro lado, o grande Damião aprovaria o drama. E serviria o seu amor, serviria a República. E, entusiasmado pela sua ideia, começou ardentemente a trabalhar. Foi um período muito exaltado, decerto o mais feliz da sua vida: compunha o papel de Álvaro de tudo o que sentia em si de mais sentimental quando pensava em Clara, e de mais revoltado quando pisava linhaça no almofariz da farmácia: deu à duquesa todas as graças e todas as dedicações, encheu-a de reminiscências de Julieta, de Carlota, de Lélia, da Dama das

Camélias: acumulou no duque os prosaísmos, as materialidades que o indignavam nos burgueses de Oliveira: um dos seus fidalgos era o Vasco, para quem a poesia consistia na habilidade de fazer acrósticos; e pulava pelo quarto, esfregando as mãos radioso, quando achava réplicas eloquentes para alguns dos seus plebeus. Não duvidava então que o seu drama faria um *escândalo social*! Relia-se, extasiado; e ia olhar-se ao espelho, como admirando na expressão das suas feições o esplendor das suas faculdades!

(*A Capital! Começos duma Carreira*, cap. II)

Teodoro e o sofrimento do remorso

[Já no final do relato, Teodoro, desesperado pelo remorso, reencontra o demónio vestido de burguês que o desafiara a enriquecer, matando o Mandarim. Os parágrafos finais da novela revestem-se, então, do teor discretamente moralizante que no prólogo se anunciara]

Uma noite, recolhendo só por uma rua deserta, vi diante de mim o Personagem vestido de preto com o guarda-chuva debaixo do braço, o mesmo que no meu quarto feliz da Travessa da Conceição me fizera, a um *ti-li-tim* de campainha, herdar tantos milhões detestáveis. Corri para ele, agarrei-me às abas da sua sobrecasaca burguesa, bradei:

– Livra-me das minhas riquezas! Ressuscita o Mandarim! Restitui-me a paz da miséria!

Ele passou gravemente o seu guarda-chuva para debaixo do outro braço, e respondeu com bondade:

– Não pode ser, meu prezado senhor, não pode ser...

Eu atirei-me aos seus pés numa suplicação abjeta: mas só vi diante de mim, sob uma luz mortiça de gás, a forma magra de um cão farejando o lixo.

Nunca mais encontrei este indivíduo. – E agora o mundo parece-me um imenso montão de ruínas onde a minha alma solitária, como um exilado que erra por entre colunas tombadas, geme, sem descontinuar...

As flores dos meus aposentos murcham e ninguém as renova: toda a luz me parece uma tocha: e quando as minhas amantes vêm, na brancura dos seus penteadores, encostar-se ao meu leito, eu choro – como se avistasse a legião amortalhada das minhas alegrias defuntas...

Sinto-me morrer. Tenho o meu testamento feito. Nele lego os meus milhões ao Demónio; pertencem-lhe; ele que os reclame e que os reparta ...

E a vós, homens, lego-vos apenas, sem comentários, estas palavras: «*Só sabe bem o pão que dia a dia ganham as nossas mãos: nunca mates o Mandarim!*»

E todavia, ao expirar, consola-me prodigiosamente esta ideia: que do Norte ao Sul e do Oeste a Leste, desde a Grande Muralha da Tartária até às ondas do Mar Amarelo, em todo o vasto Império da China, nenhum Mandarim ficaria vivo, se tu, tão facilmente como eu, o pudesses suprimir e herdar-lhe os milhões, ó leitor, criatura improvisada por Deus, obra má de má argila, meu semelhante e meu irmão!

(*O Mandarim*, cap. VI)

O descarado heroísmo de afirmar

> [No final d'*A Relíquia*, Teodorico Raposo decide comprar uma propriedade que fora parar à posse de Negrão, o padre que acabara por se apossar do "melhor da fortuna de G. Godinho". Tendo sido deserdado pela tia Patrocínio (quando, por engano, exibe como relíquia trazida da Terra Santa a camisa de dormir da amante e não a coroa de espinhos), Teodorico acaba, finalmente, por constituir um apreciável património; e só agora entende que, para além da duplicidade que sempre cultivara, lhe faltara a cínica capacidade de persistir na mentira, isso a que chama "o descarado heroísmo de afirmar"]

Agora, pai, comendador, proprietário, eu tinha uma compreensão mais positiva da vida: e sentia bem que fora esbulhado dos contos de G. Godinho simplesmente por me ter faltado no oratório da titi – a coragem de afirmar!

Sim! Quando, em vez de uma coroa de martírio, aparecera sobre o altar da titi uma camisa de pecado – eu deveria ter gritado, com segurança: «Eis aí a relíquia! Quis fazer a surpresa... Não é a coroa de espinhos. É melhor! É a camisa de Santa Maria Madalena!... Deu-ma ela no deserto...»

E logo o provava com esse papel, escrito em letra perfeita: «Ao meu portuguesinho valente, pelo muito que gozámos...» Era essa a carta em que a santa me ofertava a sua camisa. Lá brilhavam as suas iniciais – M. M. Lá destacava essa clara, evidente confissão – *o muito que gozámos*: o muito que eu gozara em mandar à santa as minhas orações para o Céu, o muito que a santa gozara no Céu em receber as minhas orações!

E quem o duvidaria? Não mostram os santos missionários de Braga, nos seus sermões, bilhetes remetidos do Céu pela Virgem Maria, sem selo? E não garante *A Nação* a divina autenticidade dessas missivas, que têm nas dobras a fragrância do paraíso? Os dois sacerdotes, Negrão e Pinheiro, cônscios do seu dever, e na sua natural sofreguidão de procurar esteios para a fé oscilante – aclamariam logo na camisa, na carta e nas iniciais um miraculoso triunfo da Igreja! A tia Patrocínio cairia sobre o meu peito, chamando-me «seu filho e seu herdeiro». E eis-me rico! Eis-me beatificado! O meu retrato seria pendurado na sacristia da Sé. O Papa enviar-me-ia uma bênção apostólica, pelos fios do telégrafo.

Assim ficavam saciadas as minhas ambições sociais. E quem sabe? Bem poderiam ficar também satisfeitas as ambições intelectuais que me pegara o douto Topsius. Porque talvez a Ciência, invejosa do triunfo da Fé, reclamasse para si esta camisa de Maria de Magdala, como documento arqueológico... Ela poderia alumiar escuros pontos na história dos costumes contemporâneos do Novo Testamento – o feitio das camisas na Judeia no primeiro século, o estado industrial das rendas da Síria sob a administração romana, a maneira de abainhar entre as raças semíticas... Eu surgiria, na consideração da Europa, igual aos Champollions, aos Topsius, aos Lepsius, e outros sagazes ressuscitadores do Passado. A Academia logo gritaria: «A mim, o Raposo!» Renan, esse heresiarca sentimental, murmuraria: «Que suave colega, o Raposo!» Sem demora se escreveriam sobre a camisa da Mary sábios, ponderosos livros em alemão, com mapas da minha romagem em Galileia... E eis-me aí benquisto pela Igreja, celebrado pelas Universidades, com o meu cantinho certo na Bem-Aventurança, a minha página retida na História, começando a engordar pacificamente dentro dos contos de G. Godinho!

E tudo isto perdera! Porquê? Porque houve um momento em que me faltou esse *descarado heroísmo de afirmar*, que, batendo na Terra com pé forte, ou palidamente elevando os olhos ao Céu – cria, através da universal ilusão, ciências e religiões.

(*A Relíquia*, cap. V)

As paredes do Ramalhete

> [No início d'*Os Maias* a casa do Ramalhete estabelece-se como cenário de uma parte (a parte final) da história familiar dos Maias. Esboça-se aqui uma premonição de desgraça que o tempo se encarregará de confirmar.]

A casa que os Maias vieram habitar em Lisboa, no Outono de 1875, era conhecida na vizinhança da Rua de S. Francisco de Paula, e em todo o bairro das Janelas Verdes, pela Casa do *Ramalhete*, ou simplesmente o *Ramalhete*. Apesar deste fresco nome de vivenda campestre, o *Ramalhete*, sombrio casarão de paredes severas, com um renque de estreitas varandas de ferro no primeiro andar, e por cima uma tímida fila de janelinhas abrigadas à beira do telhado, tinha o aspeto tristonho de residência eclesiástica que competia a uma edificação do reinado da senhora D. Maria I: com uma sineta e com uma cruz no topo, assemelhar-se-ia a um colégio de Jesuítas. O nome de Ramalhete provinha decerto de um revestimento quadrado de azulejos fazendo painel no lugar heráldico do Escudo de Armas, que nunca chegara a ser colocado, e representando um grande ramo de girassóis atado por uma fita onde se distinguiam letras e números de uma data.

Longos anos o *Ramalhete* permanecera desabitado, com teias de aranha pelas grades dos postigos térreos, e cobrindo-se de tons de ruína. Em 1858, Monsenhor Buccarini, Núncio de Sua Santidade, visitara-o com ideia de instalar lá a Nunciatura, seduzido pela gravidade clerical do edifício e pela paz dormente do bairro: e o interior do casarão agradara-lhe também, com a sua disposição apalaçada, os tetos apainelados, as paredes cobertas de frescos onde já desmaiavam as rosas das grinaldas e as faces dos Cupidinhos. Mas Monsenhor, com os seus hábitos de rico prelado romano, necessitava na sua vivenda os arvoredos e as águas de um jardim de luxo e o *Ramalhete* possuía apenas, ao fundo de um terraço de tijolo, um pobre quintal inculto, abandonado às ervas bravas, com um cipreste, um cedro, uma cascatazinha seca, um tanque entulhado, e uma estátua de mármore (onde Monsenhor reconheceu logo Vénus Citereia) enegrecendo a um canto na lenta humidade das ramagens silvestres. Além disso, a renda que pediu o velho Vilaça, procurador dos Maias, pareceu tão exagerada a Monsenhor, que lhe perguntou sorrindo se ainda julgava a Igreja nos tempos de Leão X. Vilaça respondeu – que também a nobreza não estava nos tempos do senhor D. João V. E o *Ramalhete* continuou desabitado.

Este inútil pardieiro (como lhe chamava Vilaça Júnior, agora, por morte de seu pai, administrador dos Maias) só veio a servir, nos fins de 1870, para lá se arrecadarem as mobílias e as louças provenientes do palacete de família em Benfica, morada quase histórica, que, depois de andar anos em praça, fora então comprada por um comendador brasileiro. Nessa ocasião vendera-se outra propriedade dos Maias, a *Tojeira*; e algumas raras pessoas que em Lisboa ainda se lembravam dos Maias, e sabiam que desde a Regeneração eles viviam retirados na sua quinta de Santa Olávia, nas margens do Douro, tinham perguntado a Vilaça se essa gente estava atrapalhada.

– Ainda têm um pedaço de pão – disse Vilaça sorrindo – e a manteiga para lhe barrar por cima. (...)

A venda da *Tojeira* fora realmente aconselhada por Vilaça: mas nunca ele aprovara que Afonso se desfizesse de Benfica – só pela razão de aqueles muros terem visto tantos desgostos domésticos. Isso, como dizia Vilaça, acontecia a todos os muros. O resultado era que os Maias, com o *Ramalhete* inabitável, não possuíam agora uma casa em Lisboa; e se Afonso naquela idade amava o sossego de Santa Olávia, seu neto, rapaz de gosto e de luxo que passava as férias em Paris e Londres, não quereria, depois de formado, ir sepultar-se nos penhascos do Douro. E com efeito, meses antes de ele deixar Coimbra, Afonso assombrou Vilaça anunciando-lhe que decidira vir habitar o *Ramalhete*! O procurador compôs logo um relatório a enumerar os inconvenientes do casarão: o maior era necessitar tantas obras e tantas despesas; depois, a falta de um jardim devia ser muito sensível a quem saía dos arvoredos de Santa Olávia; e por fim aludia mesmo a uma lenda, segundo a qual eram sempre fatais aos Maias as paredes do *Ramalhete*, «ainda que (acrescentava ele numa frase meditada) até me envergonho de mencionar tais frioleiras neste século de Voltaire, Guizot e outros filósofos liberais...»

Afonso riu muito da frase, e respondeu que aquelas razões eram excelentes – mas ele desejava habitar sob tetos tradicionalmente seus; se eram necessárias obras, que se fizessem e largamente; e enquanto a lendas e agouros, bastaria abrir de par em par as janelas e deixar entrar o sol.

(*Os Maias*, cap. I)

Tomás de Alencar e a querela do Naturalismo

[Num jantar literário (como então se dizia), Carlos da Maia encontra-se com Tomás de Alencar. Com ele chega um pouco do passado da família (porque Alencar foi amigo de Pedro da Maia, pai de Carlos) e sobretudo manifesta-se uma atitude de vida romântica nunca abolida do romance. Essa atitude desencadeia aqui uma polémica literária em que transparece um começo de descrença nas virtudes do naturalismo. Depois deste episódio, não mais Alencar (e com ele o romantismo) sai da cena do romance.]

Esse mundo de fadistas, de faias, parecia a Carlos merecer um estudo, um romance... Isto levou logo a falar-se do *Assommoir*, de Zola e do realismo: – e o Alencar imediatamente, limpando os bigodes dos pingos de sopa, suplicou que se não discutisse, à hora asseada do jantar, essa literatura *latrinária*. Ali todos eram homens de asseio, de sala, hem? Então, que se não mencionasse o *excremento*!

Pobre Alencar! O naturalismo; esses livros poderosos e vivazes, tirados a milhares de edições; essas rudes análises, apoderando-se da Igreja, da Realeza, da Burocracia, da Finança, de todas as coisas santas, dissecando-as brutalmente e mostrando-lhes a lesão, como a cadáveres num anfiteatro; esses estilos novos, tão precisos e tão dúcteis, apanhando em flagrante a linha, a cor, a palpitação mesma da vida; tudo isso (que ele, na sua confusão mental, chamava a *Ideia Nova*), caindo assim de chofre e escangalhando a catedral romântica, sob a qual tantos anos ele tivera altar e celebrara missa, tinha desnorteado o pobre Alencar e tornara-se o desgosto literário da sua velhice. Ao princípio reagiu. «Para pôr um dique definitivo à torpe maré», como ele disse em plena Academia, escreveu dois folhetins cruéis; ninguém os leu; a «maré torpe» alastrou-se, mais profunda, mais larga. Então Alencar refugiou-se na *moralidade* como numa rocha sólida. O naturalismo, com as suas aluviões de obscenidade, ameaçava corromper o pudor social? Pois bem. Ele, Alencar, seria o paladino da Moral, o gendarme dos bons costumes. Então o poeta das *Vozes de Aurora*, que durante vinte anos, em cançoneta e ode, propusera comércios lúbricos a todas as damas da capital; então o romancista de *Elvira* que, em novela e drama, fizera a propaganda do amor ilegítimo, representando os deveres conjugais como montanhas de tédio, dando a todos os maridos formas gordurosas e bestiais, e a todos os amantes a beleza, o esplendor e o génio dos antigos Apolos; então Tomás Alencar, que (a acreditarem-se as confissões autobiográficas da *Flor do Martírio*) passava ele próprio uma existência medonha de adultérios, lubricidades, orgias, entre veludos e vinhos de Chipre – de ora em diante austero, incorruptível, todo ele uma torre de pudicícia, passou a vigiar atentamente o jornal, o livro, o teatro. E mal lobrigava sintomas nascentes de realismo num beijo que estalava mais alto, numa brancura de saia que se arregaçava de mais – eis o nosso Alencar que soltava por sobre o país um grande grito de alarme, corria à pena, e as suas imprecações lembravam (a académicos fáceis de contentar) o rugir de Isaías. Um dia, porém, Alencar teve uma destas revelações que prostram os mais fortes: quanto mais ele denunciava um livro como imoral, mais o livro se vendia como agradável! O Universo pareceu-lhe coisa torpe, e o autor de *Elvira* encavacou...

Desde então reduziu a expressão do seu rancor ao mínimo, a essa frase curta, lançada com nojo:

– Rapazes, não se mencione o *excremento*!

Mas nessa noite teve o regozijo de encontrar aliados. Craft não admitia também o naturalismo, a realidade feia das coisas e da sociedade estatelada nua num livro. A arte era uma idealização! Bem: então que mostrasse os tipos superiores de uma humanidade aperfeiçoada, as formas mais belas do viver e do sentir... Ega, horrorizado, apertava as mãos na cabeça – quando do outro lado Carlos declarou que o mais intolerável no realismo eram os seus grandes ares científicos, a sua pretensiosa estética deduzida de uma filosofia alheia, e a invocação de Claude Bernard, do experimentalismo, do positivismo, de Stuart Mill e de Darwin, a propósito de uma lavadeira que dorme com um carpinteiro!

Assim atacado, entre dois fogos, Ega trovejou: justamente o fraco do realismo estava em ser ainda pouco científico, inventar enredos, criar dramas, abandonar-se à fantasia literária! A forma pura da arte naturalista devia ser a monografia, o estudo seco de um tipo, de um vício, de uma paixão, tal qual como se se tratasse de um caso patológico, sem pitoresco e sem estilo...

– Isso é absurdo – dizia Carlos –, os caracteres só se podem manifestar pela ação...

– E a obra de arte – acrescentou Craft – vive apenas pela forma...

(*Os Maias*, cap. VI)

O princípio do fim

> [Depois de uma noite passada com Maria de Eduarda, Carlos regressa ao Ramalhete já de madrugada. Cruzando-se com o avô, percebe nele a dolorida reprovação do incesto, porque ambos sabem já que é disso que se trata. O episódio seguinte, na sequência da morte de Afonso, representa o princípio do fim da família Maia, confirmando a fatalidade que Vilaça anunciara no início do romance]

Quando o Ega voltou do cemitério encontrou Carlos no quarto, rasgando papéis, enquanto o Batista, atarefado, de joelhos no tapete, fechava uma mala de couro. E como Ega, pálido e arrepiado de frio, esfregava as mãos, Carlos fechou a gaveta cheia de cartas, lembrou que fossem para o *fumoir*, onde havia lume.

Apenas lá entraram, Carlos correu o reposteiro, olhou para o Ega:

– Tens dúvida em lhe ir falar, a ela?

– Não. Para quê?... Para lhe dizer o quê?

– Tudo.

Ega rolou numa poltrona para junto da chaminé, despertou as brasas. E Carlos, ao lado, prosseguiu devagar, olhando o lume:

– Além disso, desejo que ela parta, que parta já para Paris... Seria absurdo ficar em Lisboa... Enquanto se não liquidar o que lhe pertence, há-de-se-lhe estabelecer uma mesada, uma larga mesada... Vilaça vem daqui a bocado para falar desses detalhes... Em todo o caso, amanhã, para ela partir, levas-lhe quinhentas libras.

Ega murmurou:

– Talvez para essas questões de dinheiro fosse melhor ir lá o Vilaça...

– Não, pelo amor de Deus! Para que se há-de fazer corar a pobre criatura diante do Vilaça?

Houve um silêncio. Ambos olhavam a chama clara que bailava.

– Custa-te muito, não é verdade, meu pobre Ega?...

– Não... Começo a estar embotado. É fechar os olhos, tragar mais essa má hora, e depois descansar. Quando voltas tu de Santa Olávia?

Carlos não sabia. Contava que Ega, terminada essa missão à Rua de S. Francisco, fosse aborrecer-se uns dias com ele a Santa Olávia. Mais tarde era necessário trasladar para lá o corpo do avô...

– E passado isso, vou viajar... Vou à América, vou ao Japão, vou fazer esta coisa estúpida e sempre eficaz que se chama *distrair*...

Encolheu os ombros, foi devagar até à janela, onde morria palidamente um raio de Sol na tarde que clareara. Depois, voltando para o Ega, que de novo remexia os carvões:

– Eu, está claro, não me atrevo a dizer-te que venhas, Ega... Desejava bem, mas não me atrevo!

Ega pousou devagar as tenazes, ergueu-se, abriu os braços para Carlos, comovido:

– Atreve, que diabo... Porque não?

– Então vem!

Carlos pusera nisto toda a sua alma. E ao abraçar o Ega, corriam-lhe na face duas grandes lágrimas. (...)

Recolhendo ao *Ramalhete* com o Vilaça, que ia nessa noite coligir e selar os papéis de Afonso da Maia, Ega falou logo nas quinhentas libras que ele devia entregar na manhã seguinte a Maria Eduarda. Vilaça recebera, com efeito, essa ordem de Carlos. Mas francamente, entre amigos, não lhe parecia excessiva a soma, para uma jornada? Além disso, Carlos falara em estabelecer a essa senhora uma mesada de quatro mil francos, cento e sessenta libras! Não achava também exagerado? Para uma mulher, uma simples mulher...

Ega lembrou que essa simples mulher tinha direito legal a muito mais...

– Sim, sim – resmungou o procurador. Mas tudo isso de legalidade tem ainda de ser muito estudado. Não falemos nisso. Eu não gosto de falar nisso!...

Depois, como Ega aludia à fortuna que deixava Afonso da Maia – Vilaça deu detalhes. Era decerto uma das boas casas de Portugal. Só o que viera da herança de Sebastião da Maia representava bem quinze contos de renda. As propriedades do Alentejo, com os trabalhos que lá fizera o pai dele Vilaça, tinham triplicado de valor, Santa Olávia era uma despesa. Mas as quintas ao pé de Lamego, um condado.

– Há muito dinheiro! – exclamou ele com satisfação, batendo no joelho do Ega. E isto, amigo, digam lá o que disserem, sempre consola de tudo.

– Consola de muito, com efeito.

Ao entrar no *Ramalhete*, Ega sentia uma longa saudade pensando no lar feliz e amável que ali houvera e que para sempre se apagara. Na antecâmara, os seus passos já lhe pareceram soar tristemente, como os que se dão numa casa abandonada. Ainda errava um vago cheiro de incenso e de fenol. No lustre do corredor havia uma luz só e dormente.

– Já anda aqui um ar de ruína, Vilaça.

– Ruinazinha bem confortável, todavia! – murmurou o procurador, dando um olhar às tapeçarias e aos divãs, e esfregando as mãos, arrepiado da friagem da noite.

Entraram no escritório de Afonso, onde durante um momento se ficaram aquecendo ao lume. O relógio Luís XV bateu finalmente as nove horas – depois a toada argentina do seu minuete vibrou um instante e morreu. Vilaça preparou-se para começar a sua tarefa. Ega declarou que ia para o quarto arranjar também a sua papelada, fazer a limpeza final de dois anos de mocidade...

Subiu. E pousara apenas a luz sobre a cómoda, quando sentiu ao fundo, no silêncio do corredor, um gemido longo, desolado, de uma tristeza infinita. Um terror arrepiou-lhe os cabelos. Aquilo arrastava-se, gemia no escuro, para o lado dos aposentos de Afonso da Maia. Por fim, reflectindo que toda a casa estava acordada, cheia de criados e de luzes, Ega ousou dar alguns passos no corredor, com o castiçal na mão trémula.

Era o gato! Era o «Reverendo Bonifácio», que diante do quarto de Afonso, arranhando a porta fechada, miava doloridamente. Ega escorraçou-o, furioso. O pobre «Bonifácio» fugiu, obeso e lento, com a cauda fofa a roçar o chão: mas voltou logo, e esgatanhando a porta, roçando-se pelas pernas do Ega, recomeçou a miar, num lamento agudo, saudoso como o de uma dor humana, chorando o dono perdido que o acariciava no colo e que não tornara a aparecer.

Ega correu ao escritório a pedir ao Vilaça que dormisse essa noite no Ramalhete. O procurador acedeu, impressionado com aquele horror do gato a chorar. Deixara o montão de papéis sobre a mesa, voltara a aquecer os pés ao lume dormente. E voltando-se para o Ega, que se sentara, ainda todo pálido, no sofá bordado a matiz, antigo lugar de D. Diogo, murmurou devagar, gravemente:

– Há três anos, quando o Sr. Afonso me encomendou aqui as primeiras obras, lembrei-lhe eu que, segundo uma antiga lenda, eram sempre fatais aos Maias as paredes do *Ramalhete*. O Sr. Afonso da Maia riu de agouros e lendas... Pois fatais foram!

(*Os Maias*, cap. XVII)

O regresso de Carlos

> [Dez anos depois de ter partido, Carlos regressa a Lisboa, em 1887. Na companhia de Ega, passeia por Lisboa e regressa ao Ramalhete abandonado. É na deambulação por Lisboa (Chiado, Restauradores, Avenida) que um Carlos estrangeirado e muito próximo da atitude ideológica de Fradique Mendes lança um olhar sobranceiro e desencantado à cidade e, de certa forma, ao Portugal decadente e estrangeirado do fim do século.]

Subitamente, Ega parou:
– Ora aí tens tu essa Avenida! Hem?... Já não é mau!
Num claro espaço rasgado, onde Carlos deixara o Passeio Público, pacato e frondoso – um obelisco, com borrões de bronze no pedestal, erguia um traço cor de açúcar na vibração fina da luz de Inverno: e os largos globos dos candeeiros que o cercavam, batidos do Sol, brilhavam, transparentes e rutilantes, como grandes bolas de sabão suspensas no ar. Dos dois lados seguiam, em alturas desiguais, os pesados prédios, lisos e aprumados, repintados de fresco, com vasos nas cornijas onde negrejavam piteiras de zinco, e pátios de pedra, quadrilhados a branco e preto, onde guarda-portões chupavam o cigarro: e aqueles dois hirtos renques de casas ajanotadas lembravam a Carlos as famílias que outrora se imobilizavam em filas, dos dois lados do Passeio, depois da missa «da uma», ouvindo a Banda, com casimiras e sedas, no catitismo domingueiro. Todo o lajedo reluzia como cal nova. Aqui e além um arbusto encolhia na aragem a sua folhavam pálida e rara. E ao fundo a colina verde, salpicada de árvores, os terrenos de Vale de Pereiro, punham um brusco remate campestre àquele curto rompante de luxo barato – que partira para transformar a velha cidade, e estacara logo, com o fôlego curto, entre montões de cascalho.
Mas um ar lavado e largo circulava; o Sol dourava a caliça; a divina serenidade do azul sem igual tudo cobria e

adoçava. E os dois amigos sentaram-se num banco, junto de uma verdura que orlava a água de um tanque esverdinhada e mole.

Pela sombra passeavam rapazes, aos pares, devagar, com flores na lapela, a calça apurada, luvas claras fortemente pespontadas de negro. Era toda uma geração nova e miúda que Carlos não conhecia. Por vezes Ega murmurava um *olá!* acenava com a bengala. E eles iam, repassavam, com um arzinho tímido e contrafeito, como mal acostumados àquele vasto espaço, a tanta luz, ao seu próprio chique. Carlos pasmava. Que faziam ali, às horas de trabalho, aqueles moços tristes, de calça esguia? Não havia mulheres. Apenas num banco adiante uma criatura adoentada, de lenço e xale, tomava o Sol; e duas matronas, com vidrilhos no mantelete, donas de casa de hóspedes, arejavam um cãozinho felpudo. O que atraía pois ali aquela mocidade pálida? E o que sobretudo o espantava eram as botas desses cavalheiros, botas despropositadamente compridas, rompendo para fora da calça colante com pontas aguçadas e reviradas como proas de barcos varinos...

– Isto é fantástico, Ega!

Ega esfregava as mãos. Sim, mas precioso! Porque essa simples forma de botas explicava todo o Portugal contemporâneo. Via-se por ali como a coisa era. Tendo abandonado o seu feitio antigo, à D. João VI, que tão bem lhe ficava, este desgraçado Portugal decidira arranjar-se à moderna: mas, sem originalidade, sem força, sem caráter para criar um feitio seu, um feitio próprio, manda vir modelos do estrangeiro – modelos de ideias, de calças, de costumes, de leis, de arte, de cozinha... Somente, como lhe falta o sentimento da proporção, e ao mesmo tempo o domina a impaciência de parecer muito moderno e muito civilizado – exagera o modelo, deforma-o, estraga-o até à caricatura. O figurino da bota que veio de fora era levemente estreito na ponta – imediatamente o janota estica-o e aguça-o, até ao bico de alfinete. Por seu lado, o escritor lê uma página de Goncourt ou de Verlaine, em estilo preciso e cinzelado – imediatamente retorce, emaranha, desengonça a sua pobre frase, até descambar no delirante e no burlesco. Por sua vez, o legislador ouve dizer que lá fora se levanta o nível da instrução – imediatamente põe, no programa dos exames de primeiras letras, a metafísica, a astronomia, a filologia, a egiptologia, a cresmática, a crítica das religiões comparadas, e outros infinitos terrores. E tudo por aí adiante assim, em todas as classes e profissões, desde o orador até ao fotógrafo, desde o jurisconsulto até ao *sportman*... É o que sucede com os pretos já corrompidos de São Tomé, que vêem os europeus de lunetas – e imaginam que nisso consiste ser civilizado e ser branco. Que fazem então? Na sua sofreguidão de progresso e de brancura, acavalam no nariz três ou quatro lunetas, claras, defumadas, até de cor. E assim andam pela cidade, de tanga, de nariz no ar, aos tropeções, no desesperado e angustioso esforço de equilibrarem todos estes vidros – para serem imensamente civilizados e imensamente brancos...

(*Os Maias*, cap. XVIII)

O silêncio de Fradique Mendes

> [As conjeturas sobre o espólio de Fradique Mendes conduzem o narrador-biógrafo a um episódio muito significativo: esse em que o amigo configura uma espécie de poética do silêncio. Traduz-se nela a obsessão pós-realista e finissecular pelo culto da forma, evocada em tom levemente paródico. A publicação das cartas de Fradique é, então, o tributo póstumo a um escritor sem obra, negação tácita de uma superioridade intelectual reconhecida de forma quase unânime.]

Todas estas coisas me prendiam irresistivelmente, sobretudo pelos traços de vida e de natureza africana com que vinham iluminadas. E sorrindo, seduzido:

– Fradique! porque não escreve você toda essa sua viagem à África?

Era a vez primeira que eu sugeria ao meu amigo a ideia de compor um livro. Ele ergueu a face para mim com tanto espanto como se eu lhe propusesse marchar descalço através da noite tormentosa, até aos bosques de Marly. Depois, atirando a *cigarette* para o lume, murmurou com lentidão e melancolia:

– Para quê?... Não vi nada na África, que os outros não tivessem já visto.

E como eu lhe observasse que vira talvez de um modo diferente e superior; que nem todos os dias um homem educado pela filosofia, e saturado de erudição, faz a travessia da África; e que em ciência uma só verdade necessita mil experimentadores – Fradique quase se impacientou:

– Não! Não tenho sobre a África, nem sobre coisa alguma neste mundo, conclusões que por alterarem o curso do pensar contemporâneo valesse a pena registar... Só podia apresentar uma série de impressões, de paisagens. E então pior! Porque o verbo humano, tal como o falamos, é ainda impotente para encarnar a menor impressão intelectual ou reproduzir a simples forma de um arbusto... Eu não sei escrever! Ninguém sabe escrever!

Protestei, rindo, contra aquela generalização tão inteiriça, que tudo varria, desapiedadamente. E lembrei que a bem curtas jardas da chaminé que nos aquecia, naquele velho bairro de Paris onde se erguia a Sorbonne, o Instituto de França e a Escola Normal, muitos homens houvera, havia ainda, que possuíam do modo mais perfeito a «bela arte de dizer».

– Quem? – exclamou Fradique.

Comecei por Bossuet. Fradique encolheu os ombros, com uma irreverência violenta que me emudeceu. E declarou logo, num resumo cortante, que nos dois melhores séculos da literatura francesa, desde o *meu* Bossuet até Beaumarchais, nenhum prosador para ele tinha relevo, cor, intensidade, vida... E nos modernos nenhum também o contentava. A distensão retumbante de Hugo era tão intolerável como a flacidez oleosa de Lamartine. A Michelet faltava gravidade e equilíbrio; a Renan solidez e nervo; a Taine fluidez e transparência; a Flaubert vibração e calor. O pobre Balzac, esse, era de uma exuberância desordenada e barbárica. E o preciosismo dos Concourt e do seu mundo parecia-lhe perfeitamente indecente...

Aturdido, rindo, perguntei àquele «feroz insatisfeito» que prosa pois concebia ele, ideal e miraculosa, que merecesse ser escrita. E Fradique, emocionado (porque estas questões de forma desmanchavam a sua serenidade), balbuciou que queria em prosa «alguma coisa de cristalino, de aveludado, de ondeante, de marmóreo, que só por si, plasticamente, realizasse uma absoluta beleza – e que expressionalmente, como verbo, tudo pudesse traduzir desde os mais fugidios tons de luz até os mais subtis estados de alma...»

– Enfim – exclamei – uma prosa como não pode haver!

– Não! – gritou Fradique – uma prosa como ainda não há! Depois, ajuntou, concluindo:

– E como ainda a não há, é uma inutilidade escrever. Só se podem produzir formas sem beleza: e dentro dessas mesmas só cabe metade do que se queria exprimir, porque a outra metade não é redutível ao verbo.

Tudo isto era talvez especioso e pueril, mas revelava o sentimento que mantivera mudo aquele superior espírito possuído da sublime ambição de só produzir verdades absolutamente definitivas, por meio de formas absolutamente belas.

(*A Correspondência de Fradique Mendes*, cap. VII)

José Matias e a divina Elisa

> [No início do conto, está para sair o funeral de José Matias. Durante o trajeto até ao cemitério, o narrador conta a história do defunto: do amor radicalmente idealista que aqui se anuncia à degradação física, resolve-se a história infeliz de José Matias.]

Vem o caixão saindo da igreja... Apenas três carruagens para o acompanhar. Mas realmente, meu caro amigo, o José Matias morreu há seis anos, no seu puro brilho. Esse que aí levamos, meio decomposto, dentro de tábuas agaloadas de amarelo, é um resto de bêbado, sem história e sem nome, que o frio de Fevereiro matou no vão de um portal.

O sujeito de óculos de ouro, dentro do cupé?... Não conheço, meu amigo. Talvez um parente rico, desses que aparecem nos enterros, com o parentesco corretamente coberto de fumo, quando o defunto já não importuna, nem compromete. O homem obeso de carão amarelo, dentro da vitória, é o Alves «Capão», que tem um jornal onde desgraçadamente a Filosofia não abunda e que se chama a *Piada*. Que relação o prendia ao Matias?... Não sei. Talvez se embebedassem nas mesmas tascas; talvez o José Matias ultimamente colaborasse na *Piada*; talvez debaixo daquela gordura e daquela literatura, ambas tão sórdidas, se abrigue uma alma compassiva: Agora é a nossa tipóia... Quer que desça a vidraça? Um cigarro?... Eu trago fósforos. Pois este José Matias foi um homem desconsolador para quem, como eu, na vida ama a evolução lógica e pretende que a espiga nasça coerentemente do grão. Em Coimbra sempre o considerámos como uma alma escandalosamente banal. Para este juízo concorria talvez a sua horrenda correção. Nunca um rasgão brilhante na batina! Nunca uma poeira estouvada nos sapatos! Nunca um pêlo rebelde do cabelo ou do bigode fugido daquele rígido alinho que nos desolava! Além disso, na nossa ardente geração, ele foi o único intelectual que não rugiu com as misérias da Polónia; que leu sem palidez ou pranto as *Contemplações*; que permaneceu insensível ante a ferida de Garibaldi! E, todavia, nesse José Matias, nenhuma secura ou dureza ou egoísmo ou desafabilidade! Pelo contrário! Um suave camarada, sempre cordial e mansamente risonho. Toda a sua inabalável quietação parecia provir de uma imensa superficialidade sentimental. E, nesse tempo, não foi sem razão e propriedade que nós alcunhámos aquele moço tão macio, tão louro e tão ligeiro, de «Matias Coração de Esquilo». Quando se formou, como lhe morrera o pai, depois a mãe, delicada e linda senhora de quem herdara cinquenta contos, partiu para Lisboa, alegrar a solidão de um tio que o adorava, o general visconde de Garmilde. O meu amigo sem dúvida se lembra dessa perfeita estampa de general clássico, sempre de bigodes terrificamente encerados, as calças cor de flor de alecrim desesperadamente esticadas pelas presilhas sobre as botas coruscantes e o chicote debaixo do braço com a ponta a tremer, ávida de vergastar o Mundo! Guerreiro grotesco e deliciosamente bom... O Garmilde morava então em Arroios, numa casa antiga de azulejos, com um jardim, onde ele cultivava apaixonadamente canteiros soberbos de dálias. Esse jardim subia muito suavemente até ao muro coberto de hera que o separava do outro jardim, o largo e belo jardim de rosas do conselheiro Matos Miranda, cuja casa, com um arejado terraço entre dois torreõezinhos amarelos, se erguia no cimo do outeiro e se chamava a Casa da Parreira. O meu amigo conhece (pelo menos de tradição, como se conhece Helena de Tróia ou Inês de Castro) a formosa Elisa Miranda, a Elisa da Parreira... Foi a sublime beleza romântica de Lisboa, nos fins da Regeneração. Mas realmente Lisboa apenas a entrevia pelos vidros da sua grande caleche, ou nalguma noite de iluminação do Passeio Público, entre a poeira e a turba, ou nos dois bailes da Assembleia do Carmo, de que o Matos Miranda era um diretor venerado. Por gosto borralheiro de provinciana, ou por pertencer àquela burguesia séria que nesses tempos, em Lisboa, ainda conservava os antigos hábitos severamente encerrados; ou por imposição paternal do marido, já diabético e com sessenta anos – a deusa raramente emergia de Arroios e se mostrava aos mortais. Mas quem a viu, e com facilidade constante, quase irremediavelmente, logo que se instalou em Lisboa, foi o José Matias – porque, jazendo o palacete do general na falda da colina, aos pés do jardim e da Casa da Parreira, não podia a divina Elisa assomar a uma janela, atravessar o terraço, colher uma rosa entre as ruas de buxo, sem ser deliciosamente visível, tanto mais que nos dois jardins assoalhados nenhuma árvore espalhava a cortina da sua rama densa. O meu amigo decerto trauteou, como todos trauteámos, aqueles versos gastos, mas imortais:

> Era no Outono, quando a imagem tua
> À luz da Lua...

Pois, como nessa estrofe, o pobre José Matias, ao regressar da praia da Ericeira em Outubro, no Outono, avistou Elisa Miranda, uma noite no terraço, à luz da Lua! O meu amigo nunca contemplou aquele precioso tipo de encanto lamartiniano. Alta, esbelta, ondulosa, digna da comparação bíblica da palmeira ao vento. Cabelos negros, lustrosos e ricos, em bandós ondeados. Uma carnação de camélia muito fresca. Olhos negros, líquidos, quebrados, tristes, de longas pestanas... Ah! meu amigo, até eu, que já então laboriosamente anotava Hegel, depois de a encontrar numa tarde de chuva esperando a carruagem à porta do Seixas, a adorei durante três exaltados dias e lhe rimei um soneto! Não sei se o José Matias lhe dedicou sonetos. Mas todos nós, seus amigos, percebemos logo o forte, profundo, absoluto amor que concebera, desde a noite de Outono, à luz da Lua, aquele coração, que em Coimbra considerávamos de «esquilo»!

(*José Matias,* in *Gazeta de Notícias,* 1897)

No mesmo hotel

> [O texto seguinte é parte de uma das muitas crónicas publicadas por Eça na imprensa do seu tempo. Neste caso, a reconstituição, em boa parte ficcionada, dos últimos dias de vida do político espanhol Cánovas del Castillo dá lugar a um relato que se aproxima do registo do conto de *suspense*.]

Já Alfred de Musset, em versos medíocres mas imortais, nos ensinou que quinze dias, quinze curtos e ligeiros dias,

> Font d'une mort récente une vieille nouvelle!

Duma morte recente uma velha notícia... Com efeito! E não só a notícia envelhece, desbota, engelha, desce ao lixo como o jornal em que primeiramente rebrilhou e ressoou – mas também com cada Sol que se afunda no mar, o morto mais morre, mais se afunda na terra. Há pouco era uma Personalidade que revolvia, atravancava todo um reino; agora é uma forma inerte, embrulhada num pano, que cabe num caixão esguio: dois meses rolam, como duas gotas numa vaga, e já nem mesmo se lhe distingue o vulto na vasta impersonalidade do pó! Assim, vinte curtos dias correram desde que D. António Cánovas caiu morto, com um tiro, no hotel de Santa Águeda: – e eis que já a ardente, esvoaçante, estridente notícia da sua morte caducou, regelou, se alinhou, seca e rígida, entre os parágrafos mortos da História, e já D. António Cánovas, o homem forte que enchia a Espanha de oceano a oceano, desde Cuba até às Filipinas, se esvai, recua diluidamente para o Passado, sombra ténue confundida a outras sombras ténues, um incerto Cánovas, que se perde entre os vagos Metternichs e os esfumados Cavours...

Mas o que não caduca, o que permanecerá, dando sempre um arrepio novo, é a história tão simples e trágica daqueles cinco dias de Verão em que o assassino viveu, quietamente e cortesmente, no mesmo hotel, com o homem que vinha assassinar! Não, nem na realidade ambiente, nem nas coisas criadas pela imaginação, existiu nunca episódio mais intensamente sinistro! É numa pequena estação de águas, em Santa Águeda, onde Cánovas toma banhos termais para o seu reumatismo, e habita o único hotel daquela aldeia entre montes. Uma tarde, num banco do jardim que precede o hotel, ele conversa alegremente (era exuberante e subtil conversador), quando dum ónibus, do ónibus que chegava do caminho de ferro, se apeia um sujeito, de paletó alvadio, segurando a sua maleta de lona. Ao passar, este homem, avistando o Presidente do Conselho, o Senhor constitucional da Espanha, poderoso e ilustre, ergue com reverência o seu chapéu mole. E Cánovas, na sua familiaridade fácil, tão grandemente espanhola, saúda logo, com um aceno de mão, condescendente e afável. A quem acenou assim, risonhamente, D. António Cánovas? À Morte – à *sua* Morte, que o vem buscar a Santa Águeda. Foi a Morte que chegou agora das profundidades do Destino, agasalhada num paletó alvadio, com a sua foice dentro da maleta de lona. E Cánovas, no banco do jardim, junto duma moita de flores frágeis que lhe hão-de sobreviver, continua contando, gracejando – enquanto a Morte, a sua Morte, paga o cocheiro do ónibus, e serenamente, sem pressa, transpõe a porta do hotel.

A Morte entrou. A Morte pede um quarto, simples e barato, no último andar, para onde sobe atrás do criado, que lhe leva a mala onde ela leva a foice. Aí dependura o paletó no cabide, lava as mãos da poeira da jornada – e, debruçada da estreita janela, a Morte estende os fundos e agudos olhos para baixo, para o jardim, para o *seu* homem. Ele não se moveu, recostado no banco, entre o seu rancho, conversando com a viveza, o contentamento saudável, a renovada elasticidade de vontade e pensamento que lhe deram aqueles limpos ares, as benéficas águas que curam dores nos joelhos. Porque Cánovas veio a Santa Águeda curar as dores ligeiras que o inquietam... A Morte espreita da janela alta. E para além, através das árvores, aparecem os tricornes de oleado, os vivos talabartes amarelos da Guarda Civil, destacada em Santa Águeda para cercar, honrar, velar o Presidente do Conselho... Mas uma sineta tilinta vagarosamente. É o jantar. A Morte desce a escadaria de pedra. Sem rumor, modestamente, quase encolhida, ocupa a sua cadeira na comprida mesa, onde já abancaram, com ruído, nédias matronas de buço e altos pentes de tartaruga, coronéis agaloados e desabotoados, clérigos que murmuram as «Graças» palpando o pão. Também, decerto, por entre os vasos com flores do monte, alguns belos olhos, num oval perfeito de quente palidez, refulgem, espargem a sua aveludada carícia. Mas a Morte não repara. Ainda que a digam irmã do Amor, não foi para aquelas moças, de franzina cinta, que ela veio a Santa Águeda, das profundidades do Destino, no caminho de ferro, em segunda classe. Concentradamente percorre o *menu*, desdobra o seu guardanapo. O criado barulhento serve a sopa: – e a Morte, cansada e com apetite, come daquela sopa, de que, ao lado, numa mesa reservada, na mesa de S. Ex.ª, está também comendo o *morto*.

Então começa a espantosa história dos cinco dias. Constantemente, nos corredores, nas ruas mal calçadas da encovada aldeia, nas estradas assombreadas de carvalho e pinheiral, o assassino cruza o homem que vai assassinar. E é sempre o mesmo respeitoso erguer do chapéu mole – o mesmo aceno afável da mão poderosa. Até se encontram de manhã, cedo, ambos em chinelas, na galeria dos banhos. À remota Santa Águeda, perdida nas serras, só se afoita quem toma os banhos que curam as dores; – e a Morte, resignadamente, cada manhã, toma o banho que a disfarça. Cánovas já conhece aquele homem, que sempre encontra, muito modesto, quase bucólico, nos caminhos das colinas mais verdes – ou contornando o muro do jardim com pensativa lentidão. Já mesmo uma tarde murmurara, com distraída indiferença, ao chefe da polícia: – «Quem será este homem?» E o chefe da polícia afirmara com imensa certeza: – «É o correspondente dum jornal de Itália, que toma os banhos...» (...)

Enfim amanhece, é domingo. Porque escolheu esse dia, o homem do chapéu mole? Ah! Estes domingos em que a burguesia mais vistosamente se mostra no seu luxo ricaço e no seu tradicionalismo estreito, as senhoras rojando as grandes sedas de missa, os homens resplandecendo nas suas botinas de verniz novo, e todos numa fileira decorosa arrebanhando para a igreja, para a reverência dos dogmas, – enervam sempre asperamente os racionalistas, os igualitários... Cánovas voltou da missa. Sentado no banco do jardim, junto duma porta envidraçada, corre o jornal, olha o seu relógio, esperando o almoço. Tique, tique, tique – o ponteiro corre – o homem forte que governa a Espanha tem apenas um minuto a viver, sob aquele generoso sol que cobre Santa Águeda. A Morte trepou ao seu quarto, abriu a sua maleta, tirou a sua foice. Já desce a escadaria, cruzando as senhoras que sobem com as suas sedas de domingo, os seus devotos livros de missa. E depois...

Mas então a tragédia perde o seu interesse violento. Há apenas um nobre homem morto que os seus amigos, numa assombrada dor, levam, para começarem a sua apoteose. E há outro homem com as mãos algemadas e também já morto, que os soldados arrastam para o garrote.

No entanto, pelas quietas colinas de Santa Águeda, os pinheirais, altos no desatento azul, não cessam o seu indolente, eterno ramalhar: robustas vacas pastam num prado, onde um esperto arroio reluz e corre atarefado, e nos silvados as borboletas, aos pares, voam deslumbradamente por cima das madressilvas e das amoras maduras.

(No Mesmo Hotel, in Revista Moderna, 1897)

Gonçalo Mendes Ramires e a alma dos antepassados

[Tendo revelado ao amigo Titó o desejo de casar com D. Ana Lucena, Gonçalo Mendes Ramires desiste do seu propósito, porque o amigo revela que ela teve um amante (certamente o próprio Titó). Numa noite de insónia, Gonçalo faz o balanço das desilusões da sua vida; é então que, mergulhado num sonho bem vívido, o fidalgo da Torre reencontra os seus antepassados e recebe deles o desafio de um vigor que lhe falta. A partir daqui, como que estimulado pelo desafio, Gonçalo acaba por superar a inércia em que vivia]

Com outro suspiro mais se enterrou, se escondeu sob a roupa. Não adormecia, a noite findava – já o relógio de charão, no corredor, batera cavamente as quatro horas. E então, através das pálpebras cerradas, no confuso cansaço de tantas tristezas revolvidas, Gonçalo percebeu, através da treva do quarto, destacando palidamente da treva, faces lentas que passavam...

Eram faces muito antigas, com desusadas barbas ancestrais, com cicatrizes de ferozes ferros, umas ainda flamejando como no fragor duma batalha, outras sorrindo majestosamente como na pompa duma gala – todas dilatadas pelo uso soberbo de mandar e vencer. E Gonçalo, espreitando por sobre a borda do lençol, reconhecia nessas faces as verídicas feições de velhos Ramires, ou já assim contempladas em denegridos retratos, ou por ele assim concebidas, como concebera as de Tructesindo, em concordância com a rijeza e esplendor dos seus feitos.

Vagarosas, mais vivas, elas cresciam de entre a sombra que latejava espessa e como povoada. E agora os corpos emergiam também, robustíssimos corpos cobertos de saios de malha ferrugenta, apertados por arneses de aço lampejante, embuçados em fuscos mantos de revoltas pregas, cingidos por faustosos gibões de brocado onde cintilavam as pedrarias de colares e cintos; – e armados todos, com as armas todas da História, desde a clava goda de raiz de roble eriçada de puas, até ao espadim de sarau enlaçarotado de seda e ouro.

Sem temor, erguido sobre o travesseiro, Gonçalo não duvidava da realidade maravilhosa! Sim! Eram os seus avós Ramires, os seus formidáveis avós históricos, que, das suas tumbas dispersas, corriam, se juntavam na velha casa de Santa Ireneia nove vezes secular – e formavam em torno do seu leito, do leito em que ele nascera, como a assembleia majestosa da sua raça ressurgida. E até mesmo reconhecia alguns dos mais esforçados que agora com o repassar constante do poemeto do tio Duarte e o Videirinha gemendo fielmente o seu «fado», lhe andavam sempre na imaginação...

Aquele além, com o brial branco a que a cruz vermelha enchia o peitoral, era certamente Gutierres Ramires, *o do Ultramar*, como quando corria da sua tenda para a escalada de Jerusalém. No outro, tão velho e formoso, que estendia o braço, ele adivinhava Egas Ramires, negando acolhida no seu puro solar a El-Rei D. Fernando e à adúltera Leonor! Esse, de crespa barba ruiva, que cantava sacudindo o pendão real de Castela, quem, senão Diogo Ramires, *o Trovador*, ainda na alegria da radiosa manhã de Aljubarrota? Diante da incerta claridade do espelho tremiam as fofas plumas escarlates do morrião de Paio Ramires, que se armava para salvar S. Luís, Rei de França. Levemente balançado, como pelas ondas humildes dum mar vencido, Rui Ramires sorria às naus inglesas que, ante a proa da sua Capitânia, submissamente amainavam por Portugal. E, encostado ao poste do leito, Paulo Ramires, pajem do guião de El-Rei nos campos fatais de Alcácer, sem elmo, rota a couraça, inclinava para ele a sua face de donzel, com a doçura grave de um avô enternecido...

Então, por aquela ternura atenta do mais poético dos Ramires, Gonçalo sentiu que a sua ascendência toda o amava – e da escuridão das tumbas dispersas acudira para o velar e socorrer na sua fraqueza. Com um longo gemido, arrojando a roupa, desafogou, dolorosamente contou aos seus avós ressurgidos a arrenegada Sorte que o combatia e que sobre a sua vida, sem descanso, amontoava tristeza, vergonha e perda! E eis que subitamente um ferro faiscou na treva, com um abafado brado:

– «Neto, doce neto, toma a minha lança nunca partida!...»
E logo o punho duma clara espada lhe roçou o peito, com outra grave voz que o animava: – «Neto, doce neto, toma a espada pura que lidou em Ourique!...» E depois uma acha de coriscante gume bateu no travesseiro, ofertada com altiva certeza: – «Que não derribará essa acha, que derribou as portas de Arzila?...»

Como sombras levadas num vento transcendente, todos os avós formidáveis perpassavam – e arrebatadamente lhe estendiam as suas armas, rijas e provadas armas, todas, através de toda a história, enobrecidas nas arrancadas contra a moirama, nos trabalhados cercos de castelos e vilas, nas batalhas formosas com o castelhano soberbo... Era, em torno do leito, um heróico reluzir e retinir de ferros. E todos soberbamente gritavam: – «Oh neto, toma as nossas armas e vence a Sorte inimiga!...» Mas Gonçalo, espalhando os olhos triste pelas sombras ondeantes, volveu: – «Oh Avós, de que me servem as vossas armas – se me falta a vossa alma?...»

(*A Ilustre Casa de Ramires*, cap. X)

Civilização nas máximas proporções

> [No início d'*A Cidade e as Serras*, Zé Fernandes descreve um Jacinto ainda entusiasmado com os prodígios da ciência. Entretanto, no decurso da história, instala-se no amigo e senhor do 202 (palacete parisiense de sofisticado luxo) o cansaço da civilização; o regresso às Serras terá, então, o efeito de uma redenção existencial, observada, em tom de irónica interpelação e desafio, por um Zé Fernandes que descobre um Jacinto reconciliado com a natureza e com o riso.]

Ora nesse tempo Jacinto concebera uma Ideia... Este Príncipe concebera a Ideia de que «o homem só é superiormente feliz quando é superiormente civilizado. E por homem civilizado o meu camarada entendia aquele que, robustecendo a sua força pensante com todas as noções adquiridas desde Aristóteles, e multiplicando a potência corporal dos seus órgãos com todos os mecanismos inventados desde Teramenes, criador da roda, se torna um magnífico Adão, quase omnipotente, quase omnisciente, e apto portanto a recolher dentro de uma sociedade e nos limites do Progresso (tal como ele se comportava em 1875) todos os gozos e todos os proveitos que resultam de Saber e de Poder... Pelo menos assim Jacinto formulava copiosamente a sua Ideia, quando conversávamos de fins e destinos humanos, sorvendo *bocks* poeirentos, sob o toldo das cervejarias filosóficas, no Boulevard Saint-Michel.

Este conceito de Jacinto impressionara os nossos camaradas de cenáculo, que tendo surgido para a vida intelectual, de 1866 a 1875, entre a batalha de Sadowa e a batalha de Sedan, e ouvindo constantemente, desde então, aos técnicos e aos filósofos, que fora a Espingarda de Agulha que vencera em Sadowa e fora o Mestre-de-Escola quem vencera em Sedan, estavam largamente preparados a acreditar que a felicidade dos indivíduos, como a das nações, se realiza pelo ilimitado desenvolvimento da Mecânica e da Erudição. Um desses moços mesmo, o nosso inventivo Jorge Carlande, reduzira a teoria de Jacinto, para lhe facilitar a circulação e lhe condensar o brilho, a uma forma algébrica:

$$\frac{\text{Suma ciência}}{\text{Suma potência}} \times \quad = \text{Suma felicidade}$$

E durante dias, do Odéon à Sorbonne, foi louvada pela mocidade positiva a *Equação Metafísica de Jacinto*.

Para Jacinto, porém, o seu conceito não era meramente metafísico e lançado pelo gozo elegante de exercer a razão especulativa: – mas constituía uma regra, toda de realidade e de utilidade, determinando a conduta, modalizando a vida. E já a esse tempo, em concordância com o seu preceito – ele se sortira da *Pequena Enciclopédia dos Conhecimentos Universais* em setenta e cinco volumes e instalara, sobre os telhados do 202, num mirante envidraçado, um telescópio. Justamente com esse telescópio me tornou ele palpável a sua ideia, numa noite de Agosto, de mole e dormente calor. Nos céus remotos lampejavam relâmpagos lânguidos. Pela Avenida dos Campos Elísios, os fiacres rolavam para as frescuras do Bosque, lentos, abertos, cansados, transbordando de vestidos claros.

– Aqui tens tu, Zé Fernandes, – começou Jacinto, encostado à janela do mirante – a teoria que me governa, bem comprovada. Com estes olhos que recebemos da Madre Natureza, lestos e sãos, nós podemos apenas distinguir além, através da Avenida, naquela loja, uma vidraça alumiada. Mais nada! Se eu porém aos meus olhos juntar os dois vidros simples de um binóculo de corridas, percebo, por trás da vidraça, presuntos, queijos, boiões de geleia e caixas de ameixa seca. Concluo portanto que é uma mercearia. Obtive uma noção; tenho sobre ti, que com os olhos desarmados vês só o luzir da vidraça, uma vantagem positiva. Se agora, em vez destes vidros simples, eu usasse os do meu telescópio, de composição mais científica, poderia avistar além, no planeta Marte, os mares, as neves, os canais, o recorte dos golfos, toda a geografia de um astro que circula a milhares de léguas dos Campos Elísios. É outra noção, e tremenda! Tens aqui pois o olho primitivo, o da Natureza, elevado pela Civilização à sua máxima potência de visão. E desde já, pelo lado do olho portanto, eu, civilizado, sou mais feliz que o incivilizado, porque descubro realidades do Universo que ele não suspeita e de que está privado. Aplica esta prova a todos os órgãos e compreendes o meu princípio. Enquanto à inteligência, e à felicidade que dela se tira pela incansável acumulação das noções, só te peço que compares Renan e o Grilo... Claro é portanto que nos devemos cercar de Civilização nas máximas proporções para gozar nas máximas proporções a vantagem de viver. Agora concordas, Zé Fernandes?

Não me parecia irrecusavelmente certo que Renan fosse mais feliz que o Grilo; nem eu percebia que vantagem espiritual ou temporal se colha em distinguir através do espaço manchas num astro, ou, através da Avenida dos Campos Elísios, presuntos numa vidraça. Mas concordei, porque sou bom, e nunca desalojarei um espírito do conceito onde ele encontra segurança, disciplina e motivo de energia. Desabotoei o colete, e lançando um gesto para o lado do café e das luzes:

– Vamos então beber, nas máximas proporções, *brandy and soda*, com gelo!

(*A Cidade e as Serras*, cap. I)

4.

DISCURSO DIRETO

DISCURSO DIRETO

Em **Discurso direto** apresentam-se os depoimentos de escritores portugueses que de alguma forma se cruzaram e cruzam ainda, na sua vida literária, com Eça de Queirós.

Em **Discurso direto** representa-se o eco de uma presença viva: a palavra de um escritor na memória, na formação e no trabalho de outros escritores. Sem outra mediação que não seja a expressão direta de um pensamento e de uma receção difusamente crítica, **Discurso direto** evidencia o prolongamento de Eça no nosso tempo, através do testemunho destes que são, à sua maneira, leitores qualificados da obra queirosiana.

Almeida Faria

Eça e a hipálage

Muito antes de eu saber o que fosse isso de hipálages, sabia já que o Eça me agradava. Hoje ele faz parte do meu culto e todos os anos o revisito. São visitas catárticas, meio criativas meio rituais, simultaneamente tratamento termal, repouso balnear e peregrinação a Fátima. Com a vantagem de não terem data marcada, de não me obrigarem ao atropelo das multidões nem à confusão das viagens, de serem curtas ou demoradas e sem me obrigarem a sair de casa, de me reconciliarem com esta língua quando ouço o português de certos políticos ou locutores profissionais e tenho ganas de lhes bater. Abro então ao acaso um dos velhos volumes da Lello ou da nova Edição Crítica das Obras de Eça de Queirós e sinto que nem tudo está perdido. Até agora a terapia tem funcionado.

A prova mais recente dessa eficácia tive-a ao confrontar a segunda com a terceira versão de *O Crime do Padre Amaro*, dispostas frente a frente, num tomo único, por Carlos Reis e Maria do Rosário Cunha.

Os muçulmanos julgam-se no dever de ver Meca uma vez na vida. Eu julgo-me no dever de, nesta vida, evitar perder o Eça de vista. Antecipando em leveza e rapidez as propostas de Italo Calvino para este milénio, a prosa dele é um raro exemplo de leveza e rapidez na ficção de oitocentos. O que se torna bem patente na prodigiosa produção queirosiana daquele tropo que os gregos baptizaram de *hypallage*, hipálage. Associação a um substantivo das qualidades de um sujeito, comparação oblíqua e abreviada, adjetivação enviesada, transporte de sentido metafórico, a hipálage resulta da transposição ou transferência de atributos humanos para as partes do corpo, para edifícios ou partes deles, para tecidos ou vestidos, comidas, bebidas, ações, atos e objetos em geral.

É natural que as hipálages de um fumador começassem nos cigarros. Por isso aparece o pensativo cigarro, o cigarro distraído e o cigarro lânguido de Adélia. Mas há também as sobrancelhas meditativas, o lábio abjeto e os lábios devotos, a fenda avara, a mão libidinosa ou pacificadora e solene, o dedo subtil ou lento ou trágico ou severo, as sedas impúdicas, o punho bestial, o braço concupiscente e os braços pasmados, a sala séria de tons castos, os ócios asiáticos, o leito de ferro filosófico e virginal, as tias fazendo meias sonolentas, as lojas loquazes dos barbeiros, as carambolas solitárias do Rabecaz, a lenta humidade das parede fatais do Ramalhete, as saias ligeiras e ilegítimas dos *Ecos de Paris*, a nuca dócil e as alcovas favoráveis e lânguidas de *A Cidade e as Serras*, o chá respeitoso da *Casa de Ramires*, a cervejaria filosófica, o peixe austero e o raspar espavorido de fósforos da *Correspondência de Fradique Mendes*.

Neste livro póstumo – e em todas as últimas obras – as hipálages refinam e explodem de tão numerosas. À medida que aperfeiçoava a sua arte, Eça recorria sempre mais à hipálage como processo de descrever depressa e bem. Depressa e bem, como diz provérbio, há pouco quem. Eça foi um desses poucos, e não poucos aprenderam com ele. Cem anos depois, o mago das hipálages chama-se Dalton Trevisan, superqueirosiano queira ou não. O que não parece vir a propósito, embora venha. Como um dia veremos.

Fernando Pinto do Amaral

No Ramalhete, 120 Anos Depois

Eça de Queirós foi um autor que descobri relativamente cedo, ainda na adolescência, procurando na biblioteca do meu Pai as velhas edições da Lello onde me foi revelada a sua obra. Ao contrário de outros prosadores que ia lendo de forma caótica, sem respeitar hierarquias ou cronologias, no caso de Eça as circunstâncias quiseram que eu contactasse com os seus livros de acordo com uma sequência não muito diferente da da sua própria escrita: comecei pelo *Mistério da Estrada de Sintra* e continuei com *O Crime do Padre Amaro*, *O Primo Basílio*, *O Conde de Abranhos*, *A Capital*, *O Mandarim*, *A Relíquia* e *Os Maias*. Aí encontrei as intenções reformadoras da Geração de 70, que serviam de base a uma visão do mundo e do nosso país – visão aliás compreensível em face do que eu aprendera sobre o Portugal da Regeneração e sobre alguns estereótipos do Romantismo.

Só algum tempo depois, já estudante universitário, pude ler com redobrado fascínio *A Ilustre Casa de Ramires*, *A Cidade e as Serras*, *A Correspondência de Fradique Mendes*, as saborosas *Crónicas* e os magníficos *Contos*, que desde então me têm acompanhado e considero pequenas obras-primas da arte narrativa. A partir desse momento, o impacto que Eça causou em mim tornou-se diferente e muito mais amplo, passando quase a integrar-se no meu código genético de leitor e, mais tarde, de escritor: passei a admirar, desde logo e acima de tudo, a sua **escrita**, já que Eça, de facto, escrevia inexcedivelmente bem, apoiando-se numa linguagem simples, sóbria, cristalina, e ao mesmo tempo extremamente dúctil, capaz de dar ritmo às suas narrativas sem deixar de compor personagens densas nem de criar atmosferas únicas e inesquecíveis. A esse propósito, subscrevo a entusiástica opinião de Vergílio Ferreira quando afirmava que "em **toda** a História da literatura portuguesa, Eça realiza com a 'palavra' o mais espantoso milagre de subtileza, de graça, de sensibilidade" (*Espaço do Invisível – III*, Lisboa, Arcádia, 1977, p. 207, sublinhado do Autor).

De tudo o que Eça nos deixou, aquilo que neste breve depoimento quero destacar é um texto que, a meu ver, corresponde a um ponto crucial da obra queirosiana – refiro-me ao último capítulo d' *Os Maias*, que assinala o regresso de Carlos da Maia a Lisboa em Janeiro de 1887, dez anos depois dos acontecimentos que o levaram a partir. Na companhia de João da Ega, Carlos passeia pela cidade e reflete com o amigo a respeito das alterações que esses dez anos terão provocado em tudo o que os rodeia, acabando por regressar ao Ramalhete, num percurso ao longo do qual ambos recordam quase proustianamente o passado, acercando-se de uma luz que lhes foge – simbolizada no pálido sol de Inverno que declina – e sob cuja proteção se acham enfim capazes de observar as suas vidas impregnados da sageza necessária para reconhecerem o irrisório dos destinos que nelas supuseram interpretar.

É sobretudo essa dimensão sábia e melancólica que desejo sublinhar num autor por vezes mais celebrado por outras facetas, mas que aqui nos toca na medida em que Carlos e Ega, enquanto se resignam a um "fatalismo muçulmano" que os proteja das contrariedades da vida, acabam por de algum modo se reconciliar com a geração anterior que tanto tinham criticado:

– E que somos nós? – exclamou Ega. – Que temos nós sido desde o colégio, desde o exame de latim? Românticos: isto é, indivíduos inferiores que se governam na vida pelo sentimento, e não pela razão...

Mas Carlos queria realmente saber se, no fundo, eram mais felizes esses que se dirigiam só pela razão, não se desviando nunca dela, torturando-se para se manter na sua linha inflexível, secos, hirtos, lógicos, sem emoção até ao fim...

– Creio que não – disse o Ega. – Por fora, à vista, são desconsoladores. E por dentro, para eles mesmos, são talvez desconsolados. O que prova que neste lindo mundo ou tem de se ser insensato ou sem sabor...

– Resumo: não vale a pena viver...

– Depende inteiramente do estômago! – atalhou Ega.

Perante uma conversa tão significativa como esta, dir-se-ia que, não encontrando resposta no positivismo ou no romantismo, os dois homens tudo parecem nivelar com a lucidez de quem perdeu a inocência – essa inocência que dantes os fazia acreditar nos méritos salvíficos de uma ciência que explicasse racionalmente os mistérios do mundo. Eles sabem agora – tal como nós sabemos, tal como o próprio Eça viria a saber – que nenhuma teoria é capaz de explicar cabalmente os mais profundos enigmas humanos, e é esta, quanto a mim, uma das grandes lições deste último capítulo magistral, mas também do conjunto da obra de Eça. E devo confessar que (aí está o poder da literatura...) ainda hoje consigo ver, à exata distância de doze décadas, os vultos desses homens ao cair da noite – mais reais do que tantos outros de carne e osso – correndo ofegantes pela Rampa de Santos, perseguindo a lanterna vermelha desse "americano" que talvez nunca tenham alcançado.

Lisboa, Janeiro de 2007

Helder Macedo

O retrato da cópia antes do original

O meu grande problema com Eça de Queirós é que às vezes não dá para perceber se ele retratou o nosso país ou se foi depois o país que se retratou no retrato que ele fez. Acontece assim um pouco com a obra dos grandes criadores literários – Camões, Cervantes, Shakespeare, Dickens, Balzac, Proust – e até já houve quem se suicidasse por ter querido ser o Werther que amasse a Charlotte do Goethe. Mas alguém querer ser um neo-Gouvarinho, mesmo se só para dizer, como o original depois da cópia, que não há ninguém competente em Portugal (todos sabem qual a passagem a que me refiro) sem reparar que a ironia do Eça consistia em ser o supremamente incompetente Gouvarinho a dizer isso? E ainda por cima com o dito Gouvarinho a julgar-se, como as atuais reencarnações, a superior excepção que, por dizê-lo, julgava estar a ser... Está bem, ninguém que eu conheça quer ser de propósito o Dâmaso Salcede que teria querido imitar o civilizado Carlos da Maia. Mas conheço uma boa dúzia de bons rapazes mais ou menos estrangeirados no seu próprio país que julgam ser o Carlos da Maia que julgava conseguir imitar os civilizados estrangeiros que ele não era nem vinha a propósito que tivesse sido. O pobre do Eça ali a esforçar-se para demonstrar pela evidência irónica do Carlos da Maia que aquela ideia tonta do Oliveira Martins sobre a superioridade das elites estrangeiradas ao longo da nossa História era mesmo uma tontice, e o resultado são os atuais carlitos das maias. Alguns deles até a debitarem crónicas que se imaginam queirosianas nos atuais jornais. E o atual leitor a gostar, a reconhecer-se nelas como o original que o Eça tivesse copiado, sem grandes sustos ontológicos ou metafísicos.

Porque tudo está na mesma? Não. Porque nada está na mesma. Nada nunca está na mesma. Mas a diferença é sempre o que mais assusta e o que mais aleija, como o Eça bem sabia e satiricamente demonstrou na sociedade do seu tempo. Vai daí, toca a usar o Eça para neutralizar o que de diferente o Eça teria agora satirizado na nossa atual sociedade. Para parecer estar tudo na mesma, como dá mais jeito aos espíritos conformistas que nos regem. Lembram-se certamente daquela terrível sátira do Swift sobre como resolver as fomes da Irlanda: cozinhar, comer e, para mais valia, exportar em salmoura a carne dos filhos dos pobres. E imaginem agora que se considerasse que o inegável sucesso da atual República da Irlanda na União Europeia tenha sido devido à exportação de chouriços de carne de crianças. Lá se lixava a sátira do Swift e o homem afinal era um economista precursor da modernidade irlandesa. Como o Eça da nossa. Em suma, cuidado com a ironia, satirizar é muito perigoso.

Pensei no meu problema com o Eça quando escrevi, em meados de 2004, o meu último romance, *Sem Nome*. Para dizer o que nele queria dizer sobre a sociedade portuguesa contemporânea precisava de imaginar uma situação caricata de corrupção política e de crise de valores. Lá escrevi o que pude e o romance estava quase pronto quando houve os acontecimentos de Julho de 2004. Se estão interessados verifiquem, já passou à História. Seja como for, a realidade veio ter comigo. Deitei fora as páginas em que inventava uma equivalente realidade e pus na voz das minhas personagens imaginadas os pertinentes comentários sobre o que de facto tinha acontecido. O que também significa que, no contexto do romance, o que tinha de facto acontecido se tornou ficção, é claro. Como quando noutros romances me utilizei, com o meu nome e características biográficas verificáveis, para tornar esse meu eu plausível em mais uma personagem fictícia quando "me" coloquei em relações imaginadas com outras personagens fictícias. Mesmo se essas também possam ter sido imaginadas a partir de gente que possa ter havido mesmo que não tenha havido ou que tenha havido, como são todas as personagens. Pois é: o Eça era e não era o João da Ega d'*Os Maias*;

a Genoveva que na *Tragédia da Rua das Flores* veio a ser amante do filho que abandonara tinha Ega como apelido; e o Eça de Queirós biográfico também tinha sido abandonado pela mãe real cujo apelido era Eça, sem que ele aliás tivesse direito legal a usá-lo como seu, embora o tenha usado. O que só significa que a auto-ironia é ainda mais perigosa do que a sátira.

No que me diz respeito, aprendi o que pude com o mestre Eça e vou fazendo as ficções que posso nos interstícios das diferenças entre quem sou e não sou. Porque só os Gouvarinhos e os aspirantes a Carlos da Maia é que permanecem sempre os mesmos e iguais a si próprios.

João de Melo

Eça contista

Eça de Queirós não foi apenas o autor de romances geniais como «O Primo Basílio» (1878), «O Crime do Padre Amaro» (1880), «Os Maias» (1888), «A Ilustre Casa de Ramires» (1900) ou «A Cidade e as Serras» (1901) – para só citar algumas das suas obras mais conhecidas no mundo inteiro. Da sua pena saíram também alguns dos melhores contos portugueses de sempre. Com ele, o conto de índole realista atinge não só a expressão da modernidade, mas também a sua plenitude enquanto género narrativo, elevando-se a padrões estéticos superiores.

Os seus contos são uma prova mais que evidente da versatilidade temática de Eça de Queirós, criador de um «estilo» único e de um universo narrativo plural. São múltiplos também os seus «imaginários» – desde o mundo etno-fantástico de «O Defunto» e de «O Tesouro» (precursor do chamado *realismo mágico* português), ao *maravilhoso* bíblico de «Suave Milagre» ou «A Aia» (talvez recuperado da literatura oral e tradicional), até ao irresistível mundo das mulheres adúlteras («No moinho») e à crítica de costumes que deu à sua obra de romancista o fulgor da universalidade.

Não é excessivo dizer-se que também o conto trouxe pequenas obras-primas à Literatura Portuguesa. Entre elas, estarão, absolutamente, «José Matias», «Singularidades de uma rapariga loira», «Civilização» (ponto de partida para o romance «A Cidade e as Serras») ou «A Catástrofe» (que parece estar na origem de um projeto que Eça não concluiu: uma novela sobre a invasão espanhola de Portugal, anunciada sob o título de «A Batalha do Caia»). O nome de Eça de Queirós não é apenas a garantia de um talento que fez dele o maior escritor português de todos os tempos; falamos de algo ainda mais raro: de um criador por excelência, de um demiurgo satânico e divino – e de um génio.

José Saramago

O primeiro livro de Eça ([1])

Uma biblioteca não precisa de estar desarrumada para ser um labirinto. Labirinto é cada livro, cada página, cada frase, e mesmo cada palavra. A isto chamamos hoje polissemia... Por razões que a minha memória se tem recusado a desenredar do seu próprio novelo, o primeiro livro de Eça de Queirós que me veio parar às mãos foi *Prosas Bárbaras*. Para o cândido leitor que eu era então (sou do tempo em que o Eça, a não ser pelo lacrimante *Suave Milagre*, não tinha licença de entrar nas seletas escolares), aquelas histórias de um tenebrismo «convulso»

([1]) Depoimento inserto em *Eça de Queirós: A Escrita do Mundo*. Lisboa: Biblioteca Nacional-Edições Inapa, 2000.

(expressão queirosista por excelência nessa época...) foram um alumiamento. Ainda agora, mil anos passados, conservo vivíssima a recordação desses dias, quando, adolescente, assomava ao limiar de uma obra imensa de onde não saí mais, como aquele São Frei Gil que o Eça pelas suas próprias mãos meteu numa floresta e que depois, como nos conta Jaime Batalha Reis na sua admirável introdução às *Provas Bárbaras*, não sabia como o tirar de lá...

Lídia Jorge

Eça de Queirós: a decência da beleza

Eça de Queirós escreveu sobre um tempo que já só em parte nos diz respeito, e no entanto, a impressão que a sua obra deixa é de que se trata do mais contemporâneo dos contemporâneos. Por uma extraordinária metamorfose do real a que aliou um estilo e um vigor de individualidade únicos na Língua Portuguesa, a sensação que se tem é de íntima proximidade, essa presença fora do tempo que só os escritores verdadeiramente talentosos criam, transformando-os em clássicos, isto é, construtores ativos de sucessivos presentes. A ideia que tenho quando releio Eça, é de que estou junto da voz de alguém que é central na nossa língua, na nossa mitologia e até mais do que isso, na nossa própria submersão fantasmática. Eça é para nós o que Flaubert ou Sthendal é para os franceses, Dostoievski para os russos ou Faulkner para os norte-americanos. Escritores que interpretam as fantasmagorias mais íntimas e pessoais das personagens próprias dos seus países e tocam por extensão da arte, no coração humano universal.

É por isso que um português medianamente culto não pode dispensar a janela aberta ao conhecimento que a obra de Eça constitui. Não pode dispensar, nem substituir por outra qualquer, a leitura de "Os Maias", uma peça sem paralelo na ficção em Língua Portuguesa. A metáfora do incesto, espelho retrovertido que ainda continua a agir na sociedade atual, é um dos pontos fulcrais de ponderação sobre o que mudou radicalmente e o que permaneceu praticamente inalterável, na antropologia social portuguesa. Desconhecer esse leito da nossa língua e da nossa transfiguração para onde concorrem os vários afluentes da sua obra, é deixar às cegas uma parte importante da capacidade de interpretação da vida. Aliás, integrar esta obra no curriculum pessoal da cada português letrado, demorou cerca de quarenta anos. Todo esse tempo para se aceitar divulgar um escritor irónico, iconoclasta, inteligente, moderno e laico, significa que o ato foi difícil, e ter sido aceite com êxito, constituiu uma conquista. Retirá-lo ou reduzi-lo a farrapos, entre livros daqui e de acolá, seria um retrocesso sem medida. Eça merece leituras inteiras. Com os seus romances, contos, correspondências ou livros inclassificáveis, aprende-se como um romântico se libertou do Romantismo pela paixão pelo real, e como um homem nascido nos meandros da convenção da província oitocentista, pôde ascender à vivência duma cultura europeia capaz de formular recados ao futuro do Mundo. E tudo isso sem nunca perder de vista o mais importante da escrita, a grande e inatacável decência da beleza.

Não é coisa pouca. Merece-nos tudo.

Mário Cláudio

Log-Book

Raras linhas farão sentido, desligadas da tessitura inextricável da paixão, sobre um autor que, igual a Luís de Camões, e a Camilo Castelo Branco, vale todo o maravilhoso de uma literatura que se confunde com o nosso meio natural. Mas se eu quisesse realizar o esforço conveniente de reflexão, empresa que a paciência começa a desaconselhar-me, diria que Eça de Queirós conta muito mais como pintor de uma mentalidade do que como conferidor de um espírito, ofício este em que Camilo lhe leva indubitavelmente a palma. A mentalidade é o espírito sujeito à usura, e aqui entendo que o cosmopolitismo de Eça, se bem que inquinado por Paris, terá socorrido o nosso romancista com muita e tenaz eficácia.

Testemunha infalível das gripes sazonais, estatuto em que o faço conviver com o Proust, de *À la Recherche...*, o Dumas, de *Les Compagnons de Jéhu*, ou o *Little Nemo in Slumberland*, de Winson McCay, dificilmente destrinço agora o autor de *Os Maias* do calor do quarto habitado por uma lâmpada que em exclusivo me ilumina o texto.

Um dia, levado talvez pela ingenuidade de lhe render homenagem, ou pela loucura de lhe penetrar mais fundamente na alma, fui assolado por essa bizarra tentação, comum aos ficcionistas que claudicam na idolatria dos mestres do seu mester. Decidi apropriar-me, não da vida que lhe coubera, nem do talento em que respirara, mas daquilo a que os místicos umas vezes chamam *eidola*, e outras *egregora*, e que coincide com o perfume que a energia desprende. Tomei um projeto do grande escritor, o de *A Batalha do Caia*, e lancei-me em águas incertas. Não gastaria eu mais do que um parágrafo até descobrir que o nosso homem se ergue, gigantesco como um cabo Horn, intransponível pela parca marinharia dos portugueses que lhe sucederam.

Teolinda Gersão

Eça próximo de nós

Eça é para mim um escritor magnífico, cuja leitura me dá o mesmo prazer que a grande música: tenho a certeza de que não vou encontrar falhas e que tudo vai estar certo, no momento e no lugar exatos.

Uma das qualidades que mais me seduzem é a forma espetacular, no sentido literal do termo, com que o autor põe em cena uma sociedade e uma época. Eça é um "encenador" nato, tem o sentido dinâmico da ação, do acontecer, do lado teatral da vida e do mundo. Os capítulos e por vezes os volumes sucedem-se, mas os seus romances nunca perdem o ritmo nem a tensão dramática. Não é por acaso que o teatro e a ópera ocupam um lugar tão grande na sua ficção, para além de outros "palcos" mais restritos, de jantares, concertos e salões privados. E também não é por acaso que as suas obras têm sido até hoje tantas vezes adaptadas com sucesso ao teatro e ao cinema.

Outro aspeto que me é grato é o facto de Eça ser um traço de união entre o Brasil e Portugal. O Brasil adoptou-o como "seu", sem esperar uma reciprocidade – que não houve – da nossa parte (em relação por exemplo a Machado de Assis). Eça tornou-se um património comum e estou em crer que é hoje mais lido do lado de lá do que lado de cá do Atlântico.

Como sempre acontece com as grandes obras, também a de Eça vai à frente do seu tempo. Assim, por exemplo, depois de ter escrito *O Primo Basílio* seguindo o modelo da *Madame Bovary*, ao qual obedeceram todos os grandes romances de adultério do século XIX, da *Ana Karenina* de Tolstoi à *Effi Briest* de Fontane, Eça retoma o tema de um ângulo completamente diferente em *Alves & C.ª*.

Já escrevi, aliás, noutro lugar, que é em Portugal – país pacato, pouco dado a transgressões e a ruturas – que, pela primeira vez na literatura europeia do século XIX, uma história de adultério feminino não termina com o suicídio nem com a morte da personagem e tem, pelo contrário, um final feliz. Curiosamente, num romance oitocentista de adultério o tema central não é a relação intensa e proibida entre a mulher e o amante: a carga erótica situa-se sobretudo na personagem de Godofredo em relação a Ludovina e o romance de adultério converte-se numa história de amor conjugal. Assistimos (numa perspetiva irónica e quase burlesca) à capitulação dos grandes princípios da (pseudo) moral social perante o desejo pequeno-burguês de felicidade doméstica. Claro que o amor de Godofredo por Ludovina não é separável do amor ao seu próprio conforto e o perdão do amante não é separável da vantagem que este traz ao florescimento da empresa. A risível "mesquinhez" da vida burguesa é um dos olhares possíveis – mas o texto permite múltiplos olhares, que não é aqui o lugar de analisar em pormenor.

Em todo o caso, o cânon da *Bovary* foi ultrapassado, e Eça fixa simplesmente a vida, tal como é. Acredito que não teve intenção de escrever um livro transgressor em relação à mentalidade da época (se fosse esse o caso, tê-lo-ia, obviamente, publicado, e o livro não teria ficado inédito até 1925).

De qualquer modo, a rutura está lá. O livro fala por si, agora que passou mais de um século sobre a morte do autor – um século que, em lugar de o afastar, o aproximou de nós. Eça é um autor da sua época, mas também da nossa.

Vasco Graça Moura

Para o retrato do Eça lá em casa (²)

Eça de Queirós morreu em 1900. O meu pai, que nasceu em 1907, começou a lê-lo por volta dos dezasseis, dezassete anos. Como quase toda a gente da sua geração, leu-o e releu-o inúmeras vezes. E também como quase toda a gente da sua geração, sabia de cor páginas inteiras. Isto quer dizer que aí por 1925, decorrido apenas um quarto de século sobre a sua morte, Eça de Queirós já tinha ascendido ao paradigma de clássico da Literatura que continua a ser o seu.

Tanto em Lisboa como no Porto, a geração do meu pai era sobretudo muito lida em obras francesas, de Balzac a Paul Bourget, passando por Flaubert e Anatole France. A relação tão evidente de Eça de Queirós com a cultura francesa pode ter facilitado as coisas para a média burguesia nacional, sempre na dependência do que lhe chegava de França para respirar culturalmente. (...)

Mas havia dois outros aspetos muito importantes. Eça de Queirós é o primeiro romancista português cujas personagens não são mais ou menos esquemáticas, como quase sempre acontece com Camilo Castelo Branco. As deste, mesmo as melhores, limitam-se quase sempre a servir as necessidades das peripécias; as de Eça têm uma vida e uma consistência próprias que como que as fazem existir para além do romance em que surgem, possuem autonomia e densidade psicológica e, mesmo as que, por caricaturais, se aproximam mais de uma tipologia ironizadora, movem-se com inteira verosimilhança no seu meio, radicando num estrato social quase sempre reconhecível para aqueles que eram os jovens leitores dos anos vinte do

---

(²) Versão abreviada do texto incluído em *Lusitana Praia, ensaios e anotações*. Porto: Edições ASA, 2005.

nosso século, já afeiçoados à matéria por uns bons cem anos de romance moderno francês.

Os da minha geração já não conheceram personagens unicamente movidas pela paixão, pelo ódio, pelo vício, pela maldade, pela abnegação ou por outra qualquer obsessão romântica no sentido camiliano, mas ainda conheceram gente e atmosferas, ou tiveram notícia palpável de ecos delas, que podiam ter saído de livros do Eça. E leram muita da realidade circundante em que cresceram à luz da experiência do mundo que o Eça lhes proporcionava.

O outro aspeto tem a ver com questões estilísticas. A ironia, o colorido, a expressividade dúctil, o ágil impressionismo das notações de Eça de Queirós legitimavam todo um gosto pela literatura. Aí, sim, algum Camilo podia competir, nomeadamente quando antecipava o Realismo, mesmo sem o saber ou sem o querer. Mas o registo queirosiano estava mais próximo desses mesmos leitores dos anos vinte, que lhe saboreavam a elegância e a novidade, a fluência natural, o ajustamento flagrante à realidade descrita. Eça abasteceu várias gerações com uma fornada de sínteses expressivas que para elas se tornaram o que para Eça não eram, isto é, tópicos e clichés inamovíveis.

O "meu" primeiro Eça, de que já falei noutros textos, era assim: as tais páginas inteiras que o meu pai dizia de cor à mesa, expressões que se divertia a assinalar pela economia e justeza da formulação, personagens e figuras de quem ele e os meus tios falavam como se elas fossem da vida real e tivessem sido avistadas ainda havia pouco tempo por algum deles, livros que percebíamos *tinham de ser* uma referência para o espírito e para o prazer da cultura.

Ainda nos era incutida, nesse tempo quanto mais não fosse pelo natural exemplo doméstico não teorizado, a noção da importância da memória para a cultura e para a vida. E também a de que era imprescindível escrever "em bom Português". Assim, não era um Eça professoral, decorrente de uma investigação ou de um magistério, o que se nos proporcionava. Não era um Eça percorrido para o cumprimento de uma obrigação escolar. Era um Eça vivido por de dentro das páginas e transmitido, meio a sério, meio a brincar, a uns miúdos (...).

Mais tarde, o "meu" segundo Eça baseou-se muito naquele primeiro contacto inesquecível com a sua obra por interposta paternidade, desde os muito verdes anos. Era já um Eça liceal, acompanhado de histórias da literatura e de leitura de ensaios e artigos críticos, objeto de conversa e interpretações, por vezes libidinosas, com amigos da minha idade, e visualizado ainda na adolescência pela imagem de algumas provas por ele corrigidas e reproduzidas em facsímile já não sei onde (seria numa edição da *Iniciação estética* de João José Cochofel?).

Essa noção de árdua labuta, de trabalho incessante sobre um texto, de escrita e reescrita, de rasura e substituição, de cálculo reajustado dos efeitos, de rede de palavras e de linhas manuscritas a sobreporem-se quase ilegivelmente à mancha tipográfica dos granéis, foi talvez a primeira grande "lição" que eu tive sobre o trabalho do escritor, ainda longe de lhe apreender os processos de hipálage, de colocação dos adjetivos, de utilização dos advérbios, de notação de cores e de texturas.

E nessa altura, como que a respaldar a formação de uma consciência crítica da sociedade, da política e da cultura, tratava-se também, pressentíamos e acabávamos por "demonstrar" à evidência, de um Eça ironicamente aplicável aos dias e aos costumes do nosso tempo. A nostalgia da Europa civilizada que o Eça e a sua geração tinham sentido e formulado como que se transferia para nós que, passados tantos anos sem que a sociedade em que vivíamos tivesse evoluído significativamente, ainda mais nostálgicos nos sentíamos desses grandes centros, da sua trepidação, do seu progresso, das suas hipocrisias, talvez da sua imoralidade e dos seus dramas. Nem sequer nos apercebíamos de que o Eça tinha passado uma grande parte da sua vida no estrangeiro e de que vários dos seus modelos importantes na vida real talvez não fossem afinal portugueses, assim como o não eram os que tinha utilizado na criação literária. Mas, se não eram portugueses, os Portugueses tinham acabado a parecer-se muito com eles. (...)

Mas havia também a formulação de uma questão que parece ter cabimento e que pode ser posta nestes termos: qual era a memória literária de referência ao dispor de Eça de Queirós? Tomo como exemplo o caso do meu pai e dos da sua geração que, como já disse, sabiam páginas e páginas de cor. No mesmo sentido, adensado pela necessidade de expressão própria, que páginas saberia o Eça de cor? Ter-lhe-iam dado algum prazer os livros de Garrett e de Herculano, ao ponto de deles saber trechos inteiros? Teria acontecido o mesmo com alguns de Camilo? Não parece crível. Ou, descontados alguns clássicos de seleta literária escolar, de Virgílio e Horácio ao Padre António Vieira e a Francisco Manuel de Melo, *toda a memória literária* de Eça de Queirós teria antes a ver com a literatura francesa, nomeadamente com Balzac? Isto pode explicar alguns mecanismos de proximidade, por vezes até textual, de transposição de situações, de "inspiração" em determinados modelos, mais tarde tantas vezes criticada a Eça de Queirós. A sua visão do mundo, *Weltanschauung*, ou o que se queira chamar-lhe, ao exprimir-se literariamente em obras de criação ficcional parece levar a uma situação desse tipo, depois temperada, já mais para o fim da vida, por uma reflexão sobre o destino lusitano que explica tanto o trajeto de Jacinto como o de Gonçalo Mendes Ramires e se alicerça – *et pour cause!* – em números avulsos do *Panorama* e no "poemeto do tio Duarte".

Tudo isto para dizer que, corridos tantos anos e tantos trabalhos e tantas leituras e tantas experiências, talvez nunca eu tenha conseguido despojar-me inteiramente do meu "primeiro" Eça e do gozo extraordinário que me dava partilhá-lo, ainda que, a princípio, apenas passivamente, com o meu pai que me falava dele e me instigava a lê-lo. Quando o meu pai morreu em 1990, a minha mãe entregou-me a velha, esbeiçada e aliás não muito boa edição das obras de Eça que ele leu e releu até ao fim. Esses volumes faziam e fazem parte do meu património mais íntimo. E de tudo isto, de algum modo, se faz também o retrato que me fica de José Maria de Eça de Queirós. Do Eça lá em casa.

5.

DISCURSO CRÍTICO

DISCURSO CRÍTICO

> O conjunto de textos críticos a seguir transcritos ilustra de forma diversificada e plural diferentes aspetos da obra literária de Eça de Queirós. Tendencialmente, estes textos representam leituras críticas atuais, desvalorizando-se, por isso e neste contexto, a componente de *história crítica*.
> A arrumação dos textos é temática, sendo os respetivos títulos da responsabilidade do autor deste volume. Foram suprimidas notas, quando se entendeu que não eram essenciais para a boa compreensão dos textos.

O naturalismo queirosiano

Não é difícil constatar que a influência da estética naturalista (Zola incluído) encontrou em Portugal vias de penetração mais céleres do que na Espanha de expressão castelhana ou do que na (geograficamente tão próxima) Catalunha. Isso explica-se em grande parte pela ânsia de saber de que dera mostras a "escola de Coimbra", cujo exemplo acabaria por arrastar outros sectores da juventude intelectual portuguesa.

Credita-se generalizadamente no mérito queirosiano a honra de ter fundado o Naturalismo (ou mesmo o Realismo) português. Se quanto ao Realismo é difícil ignorar a antecipação dinisiana (se não a camiliana), já não é tão fácil duvidar que efetivamente com O crime do padre Amaro, Eça de Queirós inaugura uma nova época na ficção portuguesa. Por muito imperfeita que seja a versão de 1875 (assim a considerava o próprio Eça), não podemos deixar de concluir que nela se concretizam algumas das principais opções do romance naturalista: o narrador omnisciente e heterodiegético não intervém directamente na acção; há alternância entre o discurso iterativo e o discurso singulativo; as personagens são fortemente condicionadas pelo meio social e pelo seu próprio temperamento biológico, o que se comprova no seu desempenho narrativo e no recurso – já bastante seguro – à técnica da focalização interna, as descrições são pormenorizadas e precisas; o diálogo em discurso direto, alterna com o indireto (incluindo a utilização titubeante do discurso indireto livre), sendo em geral reservado para as situações mais significativas; e a ação – embora não submetida a uma causalidade determinista exacerbada –, sem cortes e desvios desnecessários, desenrola-se de maneira lógica e cadenciada. As versões de 1876 e 1880 actualizam estética e ideologicamente *O crime do padre Amaro*. Aligeiram-se (sem as eliminar completamente) as excessivas alusões ao temperamento sanguíneo, nervoso sentimental ou linfático das personagens; introduzem-se personagens e situações que ajudam a compor o "quadro de costumes"; suprimem-se alguns diálogos que punham mais literalmente a nu a degenerescência e a perfídia de certos membros do clero; o próprio crime (no seu sentido jurídico) – uma atitude decidida e brutal que parecia colidir com a personalidade e a educação efeminada de Amaro – é abolido da redação final, pois deixa de ser o sacerdote a matar pelas suas próprias mãos o filho recém-nascido.

Quando Eça alude, no prefácio que acompanha a 2.ª versão, às "preocupações de Escola e de Partido" que não pudera completamente erradicar naquilo a que então chama "edição definitiva", não devemos considerar que o romancista repudia a influência naturalista (palavra que não utiliza), esquecendo que o termo nessa época – e sobretudo em 1871-1872, quando Eça terá escrito e, segundo diz, lido a amigos a versão provisória – estava ainda longe de ser correntemente usado para definir uma corrente estética concreta, e que a publicação dessa segunda versão do romance é bastante anterior à constituição do grupo de Médan e à publicação dos principais textos programáticos de Émile Zola. Expliquemo-nos. A publicação dos *Rougon-Macquart* tivera o seu início em 1871. Apesar do prólogo anteposto a *La fortune des Rougon* e da anterior identificação, no prefácio da 2.ª edição de *Thérèse Raquin*, com o grupo de romancistas naturalistas, Zola não era ainda – como sucederá depois do ruidoso êxito de *L'assommoir* e *Nana* – o rosto visível do Naturalismo. Esse termo circulava, como vimos, alternadamente com Realismo, e Flaubert, Proudhon e Taine – os três mestres inspiradores da comunicação queirosiana nas Conferências do Casino – eram indiferentemente identificados com as "escolas" realista ou naturalista. Se há uma inegável influência de *La faute de l'abbé Mouret* nalgumas das cenas introduzidas na segunda versão de *O crime do padre Amaro* (outra história, a tratar oportunamente, é a hipotética influência de *La conquête de Plassans*, de 1874), não deixa também de ser curiosa a tese de Helena Cidade Moura, quando deteta no livro a influência de Proudhon, e em concreto do comentário por este tecido a propósito de um quadro de Courbet (*Retour de la conférence*), nada mais nada menos do que a inspiração para alguns dos principais clérigos do romance queirosiano: o cónego Dias, o padre Natário, o padre Liset e o próprio Amaro. Julgamos que também não andará longe da verdade João Gaspar Simões, quando considera a versão de 1880 a mais zoliana de todas: "É nesta que Eça de Queirós, já então inteiramente rendido ao naturalismo posto em prática no *Primo Basílio*, procura converter o *Crime* num quadro experimental dos costumes eclesiásticos". O que Eça corrige entre a primeira e a terceira versão do romance, para além dos desacertos estilísticos naturais num romance de estreia, são alguns excessos ideológicos próprios de um jovem revolucionário, e certo maniqueísmo no desenho das personagens que retirava naturalidade (e humanidade) ao seu comportamento e ao encadeamento das acções. Alberto Machado da Rosa alude, com pertinência, ao "sensível desenvolvimento do elemento psicológico", que considera constituir a principal diferença entre a primeira e a segunda versões de *O crime do padre Amaro*: "A ação de 1875, toda ela externa, interioriza-se a tal ponto em 1876 que passa a dominar completamente o ambiente da cena, e a condicionar, de um modo inteiramente diverso, a reação do leitor".

Não obstante a novidade que *O crime do padre Amaro* constituía, o livro foi recebido com uma aparente indiferença, que só a publicação, em 1878, de *O primo Basílio* viria quebrar. Para a visibilidade pública do segundo romance de Eça de Queirós, terá também forçosamente contribuído o já referido êxito dos romances que, por esses anos, Émile Zola publica em França. Na realidade é em torno do nome e da obra do autor dos *Rougon-Macquart* que se desenrola em Portugal todo o processo de recensão de *O primo Basílio*.

Para verificarmos até que ponto Eça de Queirós se identifica nos anos em que criou os seus primeiros romances com o realismo zoliano, convirá reler a sua carta a Rodrigues de Freitas, datada de 30 de Março de 1878. O romancista é perfeitamente claro quanto à sua plena integração no movimento realista:

> O que lhe agradeço profundamente é a sua defesa geral do Realismo. Os meus romances importam pouco; está claro que são medíocres; o que importa é o triunfo do Realismo – que, ainda hoje *méconnu* e caluniado, é todavia a grande evolução literária do século, e destinado a ter na sociedade e nos costumes uma influência profunda.

É certo que, na mesma carta, Eça agradece a Rodrigues de Freitas por este ter defendido a *originalidade lisboeta* de *O primo Basílio*. O romance não é, de facto, nenhuma grosseira "imitação de Zola", mas o romancista não deixa de reconhecer que *estudou* "um meio quase análogo, por um processo quase paralelo". As próprias regras do movimento naturalista implicavam que as personagens "pensassem, decidissem, falassem e atuassem como *puros lisboetas*, educados entre o Cais do Sodré e o Alto da Estrela".

A mesma defesa do Realismo surge na carta em que Eça agradece a Machado de Assis o facto de se ter ocupado dos seus livros:

Apesar de me ser adverso, quase reverso, e de se ser inspirado por uma hostilidade quase partidária à Escola Realista – esse artigo, pela sua elevação e pelo talento com que está feito, honra o meu livro, quase lhe aumenta a autoridade. Quando conhecer os outros artigos de V. S.ª, poderei permitir-me discutir as suas opiniões sobre este – não em minha defesa pessoal (eu nada valho), não em defesa dos graves defeitos dos meus romances, mas em defesa da Escola que eles representam e que eu considero como um elevado fator de progresso moral na sociedade moderna.

Se Eça ficou dececionado com a indiferença com que foi acolhido em Portugal *O Crime do padre Amaro*, é provável que o êxito de *O primo Basílio* o tenha surpreendido. Para além de Ramalho Ortigão e Rodrigues de Freitas, escreveram artigos predominantemente elogiosos sobre o segundo romance queirosiano escritores e críticos como Silva Pinto, Guerra Junqueiro, Teófilo Braga, Fialho de Almeida, Júlio Lourenço Pinto ou Teixeira Bastos. E se Guilherme de Azevedo não chegou a pronunciar-se sobre o livro tão desenvolvidamente como prometera, dedica-lhe numa das suas *crónicas ocidentais*, onde procura, entre os outros aspectos da cultura e da sociedade coevas, acompanhar o movimento editorial do pais, um parágrafo significativo. Uma crítica menos simpática mas sem dúvida uma das de maior importância – como sublinhou Eça no texto acabado de transcrever –, veio do outro lado do Atlântico, assinada por Eleazar, um pseudónimo de Machado de Assis.

António Apolinário Lourenço.
Eça de Queirós e o naturalismo na Península Ibérica.
Coimbra: Mar da Palavra, 2005, pp. 135-140.

A representação da decadência

As suas obras da década de 70, mais exatamente da segunda metade da década, serão a denúncia de um país em profunda crise, quer de valores quer de instituições, para além da própria crise económica e política – um país em crise de identidade que ameaça desmoronar-se como nação. A sua análise, que ultrapassa o âmbito dos nossos objectivos neste ponto, é, portanto, absolutamente fundamental para a definição do complexo ideológico da «miséria portuguesa», naquilo que julgamos ser as suas coordenadas essenciais: a mediocridade do poder político, o espectro de uma rutura catastrófica (o iberismo, a república, o socialismo), o nacionalismo míope e patrioteiro, a degenerescência da raça, a generalização da apatia e/ou do pessimismo nacionais. Contudo, tais coordenadas, nunca simultaneamente presentes numa mesma obra desta fase, são problemáticas, não se desenvolvendo de um modo linear e autónomo, mas constituindo um nebuloso mosaico ideológico, nem sempre facilmente percetível.

Pelo contrário, *Os Maias*, já escritos em 1881, isto é, logo no começo da década de 80, embora só tendo vindo a lume, como sabemos, em 1888, depois de um sem-número de peripécias editoriais, darão expressão cabal a essa abordagem da miséria portuguesa», feita por Eça ao longo dos anos 70, podendo, por isso, ser considerados uma espécie de mostruário dos múltiplos vectores que o complexo ideológico da «miséria portuguesa» toma no nosso autor e, ao mesmo tempo, perfeitamente exemplares quanto ao carácter ambíguo do conceito.

A herança de *O Conde de Abranhos*, por exemplo, com a crítica violenta ao constitucionalismo monárquico, será excelentemente assimilada em *Os Maias*. O abranhismo é aqui encarnado pelo conde de Gouvarinho, par do reino, parlamentar «progressista», entretanto duas vezes ministro, pedante entre o peralta e o doutoral, proferindo banalidades «como do alto de um pedestal» (*O. M.*, p. 142), tirando benefícios pessoais da sua carreira política marcada pelo arrivismo e pela mediocridade intelectual – Ega diz dele que «tem todas as condições para ser ministro: tem voz sonora, leu Maurício Block, está encalacrado, e é um asno...» (*O. M.,* p. 199) –, de uma limitação assustadora, mesmo ao nível do mais elementar trato social, mesquinho nas relações com os inferiores, traído e desprezado pela mulher. O conde de Gouvarinho consegue até ser uma figura mais verosímil que o conde de Abranhos, embora não ocupe, de modo nenhum, um lugar central na intriga, limitando-se a ser uma das figuras da crónica social que é pano de fundo do romance.

A mediocridade intelectual do conde é supremamente sugerida pelo narrador quando aquele tece o seguinte comentário a propósito da sua falta de memória: «Uma coisa tão indispensável em quem segue a vida pública, a memória!, e ele, desgraçadamente, não possuía nem um átomo. Por exemplo, lera (como todo o homem devia ler) os vinte volumes da "História Universal" de César Cantu; lera-os com atenção, fechado no seu gabinete, absorvendo-se na obra. Pois, senhores, escapara-lhe tudo e ali estava sem saber de história!» (*O. M.,* p. 143.) Mas esta ignorância não o impedirá de ser um brilhante parlamentar, posto que o essencial no parlamento, no dizer do Neves, também político, deputado e jornalista é «ter a farpa, sabê-la ferrar!» (*O. M.,* p. 574). Revela-se incapaz de compreender o tipo de argumentação que deve ser utilizado num debate de ideias com um espírito irreverente e radical como Ega. Numa discussão acerca da divindade de Jesus, ele responde a Ega com esta simplicidade desconcertante: «sabia que, nesses sublimes episódios do Evangelho, reinava bastante lenda... Mas enfim eram lendas que serviam para consolar a alma humana [...]. Sentiam-se a filosofia e o racionalismo capazes de consolar a mãe que chora? Não. Então...» (*O.M.,* p. 545.)

A ignorância, a esperteza saloia, a trapacice dominam em absoluto a nossa vida política. A corrupção é a base que sustenta os Gouvarinhos e o próprio sistema parlamentar. (...)

O rotativismo político regenerador, tal como já fora denunciado em *As Farpas* e em *O Conde de Abranhos,* não significa mudança, mas apenas continuidade no simulacro de mudança; é a pausa necessária ao partido que esteve no poder para se revitalizar na oposição, a fim de ser nova e inalteravelmente Poder. Não há uma real oposição, apenas há um partido na oposição, que se prepara para ser poder, e com esse exclusivo objetivo se lança numa crítica não criativa e exclusivamente destrutiva ao partido no poder. «O Ministério fora formado finalmente! Gouvarinho entrava na Marinha – Neves no Tribunal de Contas. Já os jornais do Governo caído começavam, segundo a prática constitucional, a achar o país irremediavelmente perdido e a aludir ao Rei com azedume...» (O. M., p. 581.) Este sistema perpetua-se através de um pacto tacitamente aceite por todos quantos participam e beneficiam dele e que obriga àquilo a que poderíamos chamar hipocrisia constitucional, prática do elogio mútuo, excelentemente interpretadas por Ega quando tenta obter de Gouvarinho, na oposição, a explicação para a queda de mais um governo que, apesar de gasto, tinha no seu elenco, segundo o par do Reino, «talentos pujantes». Ega, sarcástica e irreverentemente, resume deste modo a situação:

«– É extraordinário!

«Neste abençoado país todos os políticos têm "imenso talento". A oposição confessa sempre que os ministros, que ela cobre de injúrias, têm, aparte os disparates que fazem, um "talento de primeira ordem"! Por outro lado a maioria admite que a oposição, a quem ela constantemente recrimina pelos disparates que fez, está cheia de "robustíssimos talentos"! De resto todo o mundo concorda que o país é uma choldra. E resulta portanto este facto supracómico: um país governado "com imenso talento", que é de todos na Europa, segundo o consenso unânime, o mais estupidamente governado! Eu proponho isto, a ver: que, como os talentos sempre falham, se experimentem uma vez os imbecis!» (O. M., p. 548.)

«De resto todo o mundo concorda que o país é uma choldra», dizia Ega dando forma a um dos aspectos mais marcantes da «miséria portuguesa» em Os Maias. Toda a gente tem a noção de que Portugal é um país decadente, uma «choldra ignóbil», onde o pessimismo impera de mãos dadas com a passividade. Não são apenas aqueles que se distinguem pela sua excecionalidade, pela sua capacidade crítica, pela sua formação ideológica ou simplesmente pela sua irreverência – Carlos, Afonso, Ega, Craft – que têm consciência deste estado de coisas. É toda a gente, desde a aristocracia tradicionalista – D. Diogo, o marquês de Souselas, D. Maria Cunha – ao mais banal dos jornalistas ou dos funcionários públicos – Melchior, Taveira – desde os espíritos artistas mais ou menos marginais – Alencar, Cruges – até aos homens da finança ou da política – Cohen, o próprio Gouvarinho.

Este último, apesar de alardear a todo o momento o seu patriotismo cego, não deixa de reconhecer a situação pouco brilhante em que o país vive e a fórmula, algo ridícula, que encontra para o classificar – «Isto é um país sem pessoal» – é de certa forma sintoma da indiferença nacional face à «desgraça de Portugal».

Sob o ponto de vista cultural e artístico, a decadência salta aos olhos e é causa e pretexto para o imobilismo dominante a esse nível. Citemos uma conversa, absolutamente exemplar a este respeito, tida entre Carlos e Cruges, a propósito de Ega. A Cruges «o que o afligia é que o Ega, com aquele talento, aquela *verve* fumegante, não fizesse nada...

«– Ninguém faz nada – disse Carlos espreguiçando-se. – Tu, por exemplo, que fazes?

«Cruges, depois de um silêncio, rosnou encolhendo os ombros:

«– Se eu fizesse uma boa ópera, quem é que ma representava?

«– E se o Ega fizesse um belo livro, quem é que lho lia?

«O maestro terminou por dizer:

«– Isto é um país impossível...» (O. M., p. 222.)

«Ninguém faz nada» porque «isto é um país impossível...», «isto é um país impossível» precisamente porque «ninguém faz nada». Ega não escreve o seu livro, Cruges não escreve a sua ópera, porque o meio os não motiva. Resta-lhes espreguiçarem-se, encolherem os ombros e usufruírem da sua situação de privilegiados, obviamente contribuindo para o *status quo*.

Aliás, este conceito de baixo nível cultural do País é supremamente dado por Eça, através da descrição da noite de arte e cultura do Sarau da Trindade, e é reiterado através de várias personagens. A Alencar, o poeta romântico e patriótico, responde Ega entre o irónico e o sério: «– Estou à espera que o país aprenda a ler.» (*O. M.*, p. 425), quando aquele lhe pergunta para quando será a publicação das suas *Memórias*. E o poeta desesperançado imediatamente lhe retorque: «– Tens que esperar!» (*O. M.*, p. 426). A ignorância grassa quer entre os políticos, quer entre os literatos, quer entre os jornalistas; por isso Ega acaba por proclamar uma atitude desistente, apontando o exemplo de Herculano como a única atitude possível a ser tomada neste país por um «homem de senso e de gosto, plantar com cuidado os seus legumes».

O nível do nosso jornalismo é deplorável e é assim que Ega, ainda ele, com o seu agudo espírito crítico, classifica os jornais portugueses de «folhas rasteiras de informação caseira», de «papeluchos volantes, tendo em cima uma cataplasma de política em estilo mazorro ou em estilo fadista, um romance mal traduzido do francês por baixo e o resto cheio com anos, despachos, parte de polícia e lotaria da Misericórdia» (*O. M.*, pp. 575-576). É natural que tivessem abdicado totalmente da sua missão crítica e formativa. E é curioso notar que o jornalista que é seu interlocutor, o pobre diabo do Melchior, reage tal como Cruges e Carlos em face da inoperância criativa daquele e de Ega, isto é, atribuindo as culpas à passividade abúlica do público, ao desinteresse geral «– [...] ninguém fala de nada, ninguém parece pensar em nada...», diz Melchior e mais adiante: «– Calam-se [refere-se aos seus colegas jornalistas] também porque o público não se importa, ninguém se importa...» (*O. M.*, p. 576.) Estamos de novo no círculo vicioso de há pouco.

O nível cultural do nosso meio oficial, constituído por políticos, burocratas, diplomatas, é, também ele, medíocre, tal como o poder constitucional de que todos eles são fiéis representantes. O próprio Gouvarinho confessa, como vimos, que não sabe nada de História. Ora Eça não poupa bacharéis, diplomatas, burocratas em geral e, com a sua ironia implacável, cria situações exemplares dominadas quase sempre pela mordacidade de Ega que não deixa margens para dúvida, mas mesmo outras personagens, sem o desacato crítico de Ega, como a simpática D. Maria da Cunha, com o seu ar de bonomia tolerante, não deixam de captar esta vertente da «miséria portuguesa». Trocando impressões com Carlos sobre um nosso diplomata, diz: «– É um horror de estupidez... Nem francês sabe! De resto não é pior que outros... Que a quantidade de monos, de sensaborões e de tolos que nos representam lá fora, até nos faz chorar... Pois o menino não acha? Isto é um país desgraçado.» (*O. M.*, p. 396.)

«Isto é um país desgraçado» – eis a divisa que parece ecoar ao longo de *Os Maias*. Desgraçado do ponto de vista político, desgraçado do ponto de vista cultural, desgraçado do ponto de vista humano e rácico. (...)

Isabel Pires de Lima. *As máscaras do desengano.*
Para uma abordagem sociológica de «Os Maias»,
de Eça de Queirós. Lisboa: Caminho, 1987,
pp. 148-150, 151-154 e 156-157.

A questão do incesto

Já noutra ocasião aventámos que uma das estratégias favorecidas por Eça nos seus três grandes romances, *O Crime do Padre Amaro*, *O Primo Basílio* e *Os Maias*, foi a de aliciar o seu público leitor com a promessa grandiosa de uma tragédia que ele, porém, sonega à última hora, substituindo-lhe a mediocridade da farsa. A esta hipótese conjuga-se uma outra questão, ou, a bem dizer, duas. Em primeiro lugar, por que razão daria o autor d'*Os Maias* origem a dois personagens tão inegavelmente carismáticos, tão absolutamente feitos um para o outro, para depois os tornar culpados de um erro que os leitores seria suposto condenarem, mas, afinal, são talvez levados a desejar se prolongue, até um fim criminosamente feliz? Porque, afinal de contas, só um coração de pedra ou um santo, e então não um daqueles santos lacunares e humanos das *Lendas*, mas um verdadeiro, austero e sem lapsos, poderia deixar de desejar, num recanto calado de si, longa vida e felicidade para Carlos e Maria Eduarda *juntos*. E, em segundo lugar, por que razão nos priva Eça, no final do romance, da grande e óbvia cena catártica de um encontro entre os dois irmãos, ambos em plena consciência (não a unilateral de Carlos) do incesto?

A resposta a ambas estas perguntas delimita a tese que temos vindo a elaborar, acerca do incesto como a oportunidade de catarse ou de purificação perdida pelo país, e por leitores que as não souberam merecer. No Portugal anémico e gasto do pós-Constitucionalismo, nesse Portugal à espera de Fernando Pessoa, Carlos e Maria Eduarda, antropomórficos representantes da pátria e anónimos protagonistas daquelas grandes obras que João da Ega nunca publicou porque "estava à espera que o país aprendesse a ler" (425), são a semente da oportunidade que o país não deu licença que medrasse. Acompanhando Herculano e Oliveira Martins, os descobrimentos foram um ensejo que o país não soube gerir, afundando-se, em vez disso, num ciclo de dívidas e desgastes de que, na década em que se publicaram *Os Maias* e em que se celebrou o terceiro centenário da morte de Camões, assim como ainda hoje, o país não se tinha recomposto. Segundo Oliveira Martins, e segundo Eça, por via da pilhéria irreverente de João da Ega, a solução seria passarmos "a ser uma fértil e estúpida província espanhola" (385). Desacato eguiano e eciano à parte, a união de um Portugal (ou de um Carlos) diletantemente à deriva, com a sua majestosa irmã peninsular ou biológica, talvez fosse, afinal, a solução alvitrada muito a sério pelo autor de "A Catástrofe". Mas uma solução que a nação, por fim, não soube aproveitar. (...)

N'*Os Maias* o incesto por fim fracassa, quer como metáfora para estratégias definidas de política doméstica e de reidentificação nacional com a Espanha, quer como a fórmula salvífica de um radicalismo anárquico menos específico, mas que de algum modo virasse do avesso o *statu quo* estagnado. A medida desse fracasso reflecte-se no facto de que o amor de Carlos por Maria Eduarda (embora talvez não o dela por ele) vem a provar-se ser, afinal de contas, não o "incesto moral" redentor de Shelley, mas essencialmente carnal, e por isso mesmo suscetível de um comensurável nojo físico que ele começa a pressentir quando dorme com ela sabendo-a já do seu sangue. Mas, seja como for, a hipótese perturbante da metáfora porfia na nossa imaginação, para nos inquietar e nos consolar.

Maria Manuel Lisboa.
Teu amor fez de mim um lago triste. Ensaios sobre Os Maias.
Porto: Campo das Letras, 2000, pp. 56-62.

O pós-naturalismo queirosiano

Residente em Inglaterra desde finais de 1874 e em Paris depois de 1888, Eça, apesar da sua simpatia pela poética realista, não podia deixar de observar manifestações literárias de sinal oposto, que coexistiam temporalmente com o Naturalismo, e que, à medida que este se vai diluindo num oceano de contestação, foram emergindo como novo paradigma literário.

O que já não merece a nossa total concordância é a identificação exclusiva, ou mesmo prioritária, do chamado "último Eça" com o paradigma da "modernidade". Eça de Queirós foi em todas as suas etapas literárias um escritor moderno, pois esteve sempre esteticamente mais actualizado do que os seus contemporâneos portugueses. Não esqueçamos também que vários dos escritores que maior influência tiveram no fim--de-século europeu eram já mencionados e por vezes imitados nas suas prosas da *Gazeta de Portugal*, onde encontramos também uma boa parte dos tópicos literários de que se alimentaram o Decadentismo e o Simbolismo finisseculares. E o próprio "fradiquismo", com toda a sua aura pré-heteronímica, teve, como bem sabemos, a sua génese nessa época longínqua.

Não cabendo no âmbito deste trabalho o estudo desse "último Eça" não podemos deixar de registar que, evidentemente, o autor de *A cidade e as serras* acabou por deixar um registo seguro do seu afastamento do Naturalismo, sem contudo se render por completo ao novo modelo discursivo instituído pelo Simbolismo-Decadentismo. Podemos pois constatar, em síntese, que, relativamente aos dois aspectos centrais que segundo Steiner constituem a ruptura estética finissecular, apenas a dissolução rimbaudiana do eu constitui uma "presença real" na obra queirosiana. E essa é, como vimos, uma presença bem antiga, e permanente alimentada por estratégias mistificadoras que conferem uma evidente robustez ficcional ao sujeito enunciativo de vários dos relatos queirosianos.

No prefácio que escreveu para *Aquarelas* (1888), de João Dinis, Eça reavaliava a poesia francesa pós-romântica, destacando, entre os novos poetas, os nomes de Mallarmé e Verlaine, que associava ao movimento parnasiano, cuja principal característica consistiria em "exprimir as coisas ou as sensações mais simples" de uma forma "rutilante de inauditismo". Voltando a Steiner, a auto-referencialidade mallarmiana não parece, portanto, ter merecido a simpatia a Eça de Queirós. Um dos princípios sagrados dos parnasianos era precisamente, segundo o romancista, a regra que estabelecia que nunca se podia chamar a um "gato" simplesmente um "gato". E já se adivinham por este exemplo as dificuldades sentidas por Eça quando confrontado com alguns dos aspectos característicos da estética literária do Fim-de-Século.

Sem qualquer preocupação de rastreio das referências às correntes poéticas finisseculares, não queremos deixar de citar uma outra alusão ao movimento simbolista, apesar de ter ficado inédita e não se dever directamente a Eça (mas ao seu *alter ego* Fradique). Referimo-nos a uma carta de Fradique Mendes ao seu sobrinho Manuel, que lhe pedira conselho para um livro de versos que se propunha escrever. Depois de lhe sugerir as leituras das *Artes Poéticas* de Aristóteles, Horácio, Pope e Boileau, que se vendiam em França num único volume, Fradique acrescentava:

> Porque [sic] não te provês tu desse volume disciplinar e fecundante? Com ele, um dicionário de rimas, um bule de café, cigarros, vagares e papel, tu poderás como tantos outros poetas espalhados por essas grutas frescas do Parnaso, fabricar ressoantes alexandrinos à Hugo, lavradas e lustrosas peças parnasianas, éclogas bernárdicas de um quinhentismo que lindamente cheire a mofo e mesmo esses exercícios léxicos e gramaticais, chamados *decadismo* e *simbolismo*, que constituem um método Ollendorf para aprender a delirar sem mestre.

Mas como se sabe, o principal texto crítico que reflete a consciência queirosiana da mudança de paradigma cultural e literário é, sem dúvida, o texto intitulado "Positivismo e Idealismo", publicado na *Gazeta de Notícias* do Rio de Janeiro, nos dias 27 e 28 de 1893, e incluído, em 1909, no volume póstumo *Notas contemporâneas*. Trata-se de um artigo algo irónico, que começa com referências jocosas à boémia estudantil parisiense e outras mais sérias à invasão, por parte de um nutrido grupo de estudantes idealistas, de uma aula de um docente positivista, o prof. Aulard, da Sorbonne, que leccionava História da Revolução Francesa, seguindo-se a agressão dos alunos que a ela assistiam.

O texto é tão conhecido e tem sido objecto de tantos comentários que parece inútil estar a escalpelizá-lo. Queremos apenas referir alguns aspectos que nos parecem importantes para esclarecer o nosso ponto de vista. Eça não parece, neste artigo, propriamente entusiasmado com a reviravolta mental a que assiste, fruto em grande parte dos erros cometidos pela sua geração, mas, de acordo com o seu diagnóstico, a situação afigura-se-lhe irreversível: "Esta reacção não é somente tentada contra a política, mas contra a estrutura geral da sociedade contemporânea, tal como a tem criado o positivismo científico". Interessam-nos sobretudo, no entanto, as suas referências ao Naturalismo:

> [...] Em literatura estamos assistindo ao descrédito do naturalismo. O romance experimental de observação positiva, todo estabelecido sobre documentos, findou (se é que jamais existiu, a não ser em teoria), e o próprio mestre do naturalismo, Zola, é cada dia mais épico, à velha maneira de Homero. A simpatia, o favor, vão todos para o romance de imaginação, de psicologia sentimental ou humorista, de ressurreição arqueológica (e pré-histórica!) e até de capa e espada, com maravilhosos imbróglios, como nos robustos tempos de d'Artagnan.

Aqui está: não foi preciso esperar pela moderna exegese zoliana para se reconhecer uma nítida fractura entre a teoria e a prática do Naturalismo, sobretudo quando se analisa a obra de Zola. Clarín reconheceu e apontou essa contradição desde os seus primeiros escritos de exaltação do Naturalismo; Eça reconheceu-a empiricamente, fazendo entrar sorrateiramente a fantasia nos seus romances e nos seus textos críticos da década de oitenta, mas só nos anos noventa – quando lhe parecia evidente que o "romance experimental" já nada tinha para oferecer – julgou conveniente assumir essa contradição.

Os novos deuses literários eram, agora – constatava Eça – os parnasianos e os simbolistas, ao mesmo tempo que se assistia a um renascimento das manifestações de espiritualidade e religiosidade. A primeira geração a ser educada fora da sentimentalidade romântica manifestava-se assim idealista, contrariando todas as previsões dos sectários do Positivismo e do Cientismo. A ciência e a técnica podiam proporcionar ao homem um maior bem-estar material, mas continuavam a não estar em condições de dar ao homem as respostas que ele procurara nos estádios "teológico" e "metafísico":

> Em suma, esta geração nova sente a necessidade do divino. A ciência não faltou, é certo, às promessas que lhe fez: mas é certo também que o telefone, o fonógrafo, os motores explosivos e a série dos éteres não bastam a calmar e a dar felicidade a estes corações moços. Além disso eles sofrem desta posição ínfima e zoológica a que a ciência reduziu o homem, despojado por ela da antiga grandeza das suas origens e dos seus privilégios de imortalidade espiritual. É desagradável, para quem sente a alma bem conformada, descender apenas do *protoplasma*; e mais desagradável ter o fim que tem uma couve, a quem não cabe outra esperança senão renascer como couve. O homem contemporâneo está evidentemente sentindo uma saudade dos tempos gloriosos em que ele era a criatura nobre feita por Deus, e no seu ser corria como um outro sangue o fluido divino, e ele representava e provava Deus na Criação, e quando morria reentrava nas essências superiores e podia ascender a anjo ou santo.

Na última década do século XIX, que é como sabemos também a última da vida de Eça, o romancista e toda a sua geração, ao mesmo tempo que se reconhecem *vencidos da vida*, por não poderem ver cumpridos os seus grandes objetivos regeneracionistas, encetam um percurso de reaproximação à pátria, traduzido no lema "reaportugalizar Portugal". São os anos da *Revista de Portugal*; da *Ilustre casa de Ramires*; de *A cidade e as serras*; do *D. Sebastião*, de Luís de Magalhães, a mais ignorada fonte da *Mensagem* pessoana; das monografias martinianas sobre os heróis da época em que se instaurou a dinastia de Avis.

António Apolinário Lourenço.
Eça de Queirós e o naturalismo na Península Ibérica.
Coimbra: Mar da Palavra, 2005, pp. 408-415.

Tradição romântica e desilusão pós-naturalista

Para Ega, o romantismo é um alvo familiar contra o qual ele se delicia em engatilhar armas e bazófias. Contrariamente, o furor emotivo da antiguidade clássica e dos seus temas desabridos (por exemplo, o incesto) é-lhe terreno estranho, no qual ele se move pouco à vontade e contrafeito. O embate contra o paradigma desusado e bárbaro instaurado pela contingência do incesto de Carlos deixa o defensor do naturalismo, por conseguinte, desprovido de explicações científicas e de defesas emocionais. E para juntar o insulto à injúria, ao longo do desenrolar da tragédia clássica que o reduz ao estatuto de espectador passivo, o amigo de Carlos fica *malgré soi* emparceirado ao seu rival intelectual e amoroso, Alencar. Este, enquanto representante de um romantismo que, tal como o naturalismo, também em grande parte tinha virado as costas à antiguidade clássica, mas que em tudo o resto habitualmente se situara como adversário dos interesses intelectuais naturalistas agenciados por Ega, fica, tal como o defensor do naturalismo, reduzido à função de instrumento impotente desse classicismo, ao pôr inconscientemente em palco Guimarães, detentor dos factos do parentesco entre Carlos e Maria Eduarda. Quer o romantismo (Alencar) quer o naturalismo (Ega) ficam assim comprometidos (e relutantemente unidos), na sua capacidade de movimentos que se quereriam antitéticos um ao outro (embora fossem geminados por um análogo ímpeto progressivo e por uma suposta emancipação relativa às antigas doutrinas clássicas de existência e de moralidade). Cada movimento se quereria inteiramente avesso ao outro, mas ambos ficam, em vez disso, compelidos a submeter-se de novo, e similarmente, segundo um processo que os passa a confundir e a assemelhar, à intervenção insistente de um classicismo perseguidor, que ambos tinham respetivamente proclamado ultrapassar, mas que por fim se lhes impõe. Impõe-se-lhes, primeiro, por via da tragédia do incesto e, segundo, por via do papel involuntário que cada um dos protagonistas-representantes se vê forçado a desempenhar: Alencar, ao introduzir a voz oracular de Guimarães, e Ega, ao actuar como mensageiro da verdade que esse oráculo desvenda.

A restauração da imponderabilidade fatídica n'*Os Maias* realiza-se quase que à socapa, mercê do antagonismo entre os dois movimentos oitocentistas entrechocados, e é sobre esse fenómeno que agora pretendemos debruçar-nos. A tradição romântica é repetidamente caricaturada como anacronística e antiquada n'*Os Maias*, e é moralmente desacreditada noutros romances, tais como, por exemplo, *O Primo Basílio*, por cujo desenlace funesto é estruturalmente responsabilizada, pela via da caracterização da protagonista ("senhora sentimental, mal educada, nem espiritual [...] arrasada de romance"). O romantismo foi o paradigma em oposição ao qual não só Eça mas também todos os seus mestres e correligionários desempenharam as suas actividades literárias e sócio-reformistas. Como nos ensina a teoria desse género literário e desse período, contudo, o entendimento do romance naturalista, e sem qualquer dúvida do romance queirosiano, tem necessariamente de ser remetido à tradição literária que o antecedeu. Embora o criador de Alencar jamais tenha desistido de ridicularizar um romantismo contra o qual nunca cessou de reagir com antagonismo, não deixou, porém, também de recorrer a ele ocasionalmente, nos momentos de irresolução em que nem o positivismo nem outras fórmulas intelectuais/filosóficas/metafísicas se lhe depararam como inteiramente satisfatórias. Facto ilustrado, aliás, em momentos de fraqueza ideológica e/ou desânimo amoroso por aquele Ega *alter ego* de Eça "no fim de contas, menino, digam lá o que disserem, não há senão o velho Hugo" (131). A convicção naturalista de Eça sofreu sempre, até no auge do cientifismo determinista que foi *O Primo Basílio*, de um veio de indecisão entre a rejeição e a restauração dos antigos paradigmas românticos e de um classicismo grego, aliás, até certo ponto também reavido por esse romantismo. O naturalismo de Eça ficou sempre vulnerável, por conseguinte, a momentos de insegurança de outro modo incompatíveis com a autoconfiança de um alardeado positivismo científico. A leitura que propomos agora d'*O Crime do Padre Amaro*, d'*O Primo Basílio*, e d'*Os Maias* procura interpretar estes romances como operando a dois níveis distintos: primeiro, de acordo com a sua referenciação no ceticismo naturalista/realista com respeito às premissas e ideais da novelística romântica. Mas, segundo, como sendo obras literárias que coexistiram em diálogo combativo e até certo ponto desleal contra a sua época e contra esse mesmo movimento naturalista. E esse diálogo, diríamos mais, especificamente n'*Os Maias*, mas detetavelmente já nas obras anteriores, desenvolve-se em direcção a um desencanto e a um ímpeto vingativo dirigidos contra uma época vista pelo autor como pouco meritória, e contra uma audiência pressentida por ele como indigna. A rejeição do romantismo enquanto doutrina caduca, então, não provocou necessariamente em Eça aquela afiliação maquinal e absoluta ao naturalismo pela qual o escritor tem sido frequentemente classificado.

A desilusão pós-naturalista discernível n'*Os Maias* estaria possivelmente já presente em forma embriónica n'*O Primo Basílio*, na sequência do desapontamento que haviam imposto a Eça as dificuldades deparadas na escrita d'*O Crime do Padre Amaro*, duas vezes modificado a partir da versão original de 1875. Essa desilusão seria originária por um lado nas dificuldades de escola enfrentadas face a um naturalismo criticado por outrem[1], e talvez por si mesmo, como sendo, afinal de

---

[1] Consulte-se por exemplo a já famosa resenha feita por Machado de Assis a *O Primo Basílio*. Machado de Assis, "Eça de Queirós: O Primo

contas, severamente limitado. Mas, por outro lado, seria um sentimento divorciado de considerações literárias, e resultante de um problema existencial mais lato: nomeadamente, de uma visão crítica da sua contemporaneidade, vista por Eça como fundamentalmente lacunar ao nível moral. O autor d'*O Primo Basílio*, por conseguinte, queria a reforma social, sim, e uma nova ideia literária que lhe desse expressão, mas talvez também, e porventura mais visceralmente, a vingança contra a obtusidade de uma época e de uma sociedade imunes a esse ímpeto reformista ("julgando manejar um "instrumento de experimentação social", apenas manejava um instrumento de "vingança social" ([2]). Vencido da vida, mas não resignado, como passaremos a sugerir, o autor d'*Os Maias* contemplou os ideais e as esperanças quer do romantismo, quer do naturalismo, e, assumindo-se enquanto demiurgo punitivo, passou a castigar pela via do ridículo a sua época, os géneros literários que esta favorecia e as escolas literárias no contexto das quais esses géneros literários tinham florescido. Fê-lo, acenando-lhes primeiro com uma outra tradição, a clássica grega, e com um outro género literário, a tragédia, que ambas escolas tinham já diferentemente contemplado, modificado e/ou rejeitado. Depois, restaurando a essa tragédia o estatuto perdido. E, por fim, sonegando-a enquanto prémio demasiado valioso para poder ser concedido a quem, afinal de contas, não o merece.

Maria Manuel Lisboa.
Teu amor fez de mim um lago triste. Ensaios sobre Os Maias.
Porto: Campo das Letras, 2000, pp. 337-341.

Basílio", in *Obra Completa*. Rio de Janeiro: Editora Aguilar Ltda. (1962), vol. III, 903-913.

([2]) João Gaspar Simões, *Eça de Queirós: O Homem e o Artista*. Lisboa e Rio de Janeiro: Edições Dois Mundos (1945), 381.

Carlos Fradique Mendes como alteridade

Carlos Fradique Mendes é ressuscitado por Eça de Queirós para tentar responder às solicitações descritas. Que a tarefa exigia cuidados especiais provam-no as cartas a Oliveira Martins, carregadas de pormenores explicativos, investindo em «efeitos de real» que incutissem consistência biográfico-intelectual a Fradique; o resultado é conhecido: não só Oliveira Martins parece acreditar na efectiva existência de Fradique como sobretudo o público privilegia-o com uma aceitação que em certa medida excede as expectativas de Eça. É isso que se depreende de um trecho de uma carta a sua esposa em que o escritor observa: «As senhoras de Lisboa estão encantadas com Fradique. De facto, Fradique é um sucesso; e ocupa parte de todas as conversações em Lisboa, a ponto de se ouvir esse grande nome por cafés, lojas de modas, peristilos de teatro, esquinas de ruas, etc. O pior é que se crê geralmente que Fradique existiu, e é ele, não eu, que recebe estas simpatias gerais.»

Mas as dificuldades inerentes ao projecto-Fradique eram outras ainda e bem mais complexas. Se aceitarmos que a figura de Fradique Mendes encerra embrionariamente uma estratégia de feição heteronímica, verificaremos que um tal projeto consegue activar dois dos factores fundamentais para a plena vigência de um heterónimo, mas não atinge o terceiro e definitivo: de facto, Fradique constitui inegavelmente um outro nome remetendo para uma outra identidade, diversa de Eça; Fradique consegue a autonomia biográfica e ideológico-cultural necessária não só para confundir Oliveira Martins e o público que lia as suas cartas, mas também para debater, com figuras conhecidas como Guerra Junqueiro, Ramalho Ortigão ou o próprio Oliveira Martins, temas como a religião e os seus rituais, a organização da vida moderna e as suas conveniências ou «a irremediável degeneração do homem», e também, com personalidade menos «conhecidas» (como o director da «Revista de Biografia e de História» ou Mr. Bertrand B., engenheiro na

Palestina), comentando a fortuna política de Pacheco ou a contaminação, pela civilização, do cenário da Terra Santa. Só que Fradique Mendes fica-se por aqui: com efeito, ele não atinge aquela especificidade discursiva que definitivamente consagraria a alteridade heteronímica esboçada nos planos onomástico e biográfico-ideológico. Diferente de Eça pelo nome que adota, em grande parte diferente também do intelectual da Geração de 70 que Eça foi (como foi ainda apologista do Realismo crítico e do Naturalismo e adepto de um socialismo de proveniência proudhoniana), Fradique não aparece distinguir-se do autor d'*Os Maias* no plano genericamente estilístico. (...)

Confrontando-se com a dificuldade de se «outrar» que, segundo Pessoa, é própria do prosador, Fradique Mendes fica, deste modo, como que inibido de se assumir integralmente como alteridade artística e, por isso, detém-se no limiar da heteronímia plena. Que a configuração da alteridade não era fácil, tanto no plano sociocultural como no técnico-artístico, provam-no três episódios relatados na introdução às cartas, que vale a pena evocar.

Ao autorizar Marcos Vidigal a publicar, nas páginas d'*A Revolução de Setembro*, a «Serenata de Satã aos Astros», Fradique exigira a ocultação da sua identidade por meio de um pseudónimo; só que, não encontrando nenhum pseudónimo que lhe agradasse, Vidigal acaba por fazer imprimir o nome de Fradique Mendes. Assemelhando-se remotamente a um acto falhado, o lapso semivoluntário do jornalista, encerra, afinal, um significado próprio: Fradique Mendes não se ajustava a uma vulgar situação de pseudonímia (atente-se nas seguintes palavras: «Só lhe acudiam [a Vidigal] pseudónimos decrépitos e safados»; p. 22), a qual tendia a dissolver a sua identidade; mas a reprovação com que Fradique acolhe a desagradável surpresa («chamou regeladamente, a Vidigal, "indiscreto, burguês e filisteu"!») demonstra, por outro lado, que o autor das *Lapidárias* (ou Eça?) não estava em condições de pública e transparentemente afirmar a plena autonomia de uma identidade e de uma escrita poética próprias; uma autonomia que configurava um perfil heteronímico só revelado pela indiscrição de Marcos Vidigal, encenação, no plano da ficção, das hesitações de Eça quanto à legitimidade e à pertinência do heterónimo-Fradique.

Um segundo episódio significativo: quando reencontra Fradique Mendes no Egipto, o seu biógrafo-narrador, observando-o na companhia de duas figuras que a sua imaginação identifica com Júpiter e com uma ninfa da Jónia, esboça a intriga de um conto a publicar na *Gazeta de Portugal*. Só que, fascinado pela companheira do suposto Júpiter, o narrador acaba por alterar o conto que em princípio «levaria a ninfa das águas, durante a jornada do Nilo, a enamorar-se de Fradique e a trair Júpiter!»(...)

Substituindo-se a Fradique e não resistindo a assumir o papel que a este compete, o narrador representa criticamente uma outra situação: a dificuldade que Eça tinha para definitivamente conceder a esse **outro** (isto é, a Fradique, projeto heteronímico) a irrevogável liberdade de movimentos de uma vida própria, sem incorrer na tentação de se sobrepor, ainda que apenas parcialmente, à sua identidade.

Num derradeiro episódio (sintomaticamente derradeiro também na vida de Fradique) assiste-se à insinuação final da alteridade fradiquista, entendida como identidade perfeitamente definida e autónoma; referimo-nos à recusa de Fradique em vestir a peliça do General Terran-d'Azy que, por engano, partira da festa da condessa de La Ferté com o agasalho do poeta das *Lapidárias*. Só que, atingido pelo frio traiçoeiro que sopra na Praça da Concórdia, Fradique contrai «uma forma raríssima de pleuris» e quarenta e oito horas depois, «como diziam os antigos, "tinha vivido"». Quer dizer: negando-se a envergar uma indumentária que não é a sua, Fradique de certo modo recusa-se a ocultar a sua identidade sob um disfarce alheio; só que esse gesto custa-lhe a vida: que o mesmo é dizer, quando finalmente parece em condições de afirmar a sua identidade, Fradique desaparece da cena dos vivos (como se um tal gesto afirmativo fosse excessivo e inaceitavelmente ousado) e fica à mercê da posteridade.

A posteridade, mantendo inéditas as supostas obras de Fradique, acaba por comprometer definitivamente o projecto heteronímico; por outras palavras, pode dizer-se que Eça, não atribuindo a Fradique uma voz e um estilo literário autónomos e perfeitamente configurados, deixa inconcluso um esboço de heterónimo que o obrigaria a incorporar-se por inteiro na sua condição de ortónimo. Que Eça teve consciência dessa condição mas não desejou arrostar com as suas exigências prova-o uma carta de Fradique que ficou inédita em vida do escritor: a carta a «E...», inicial que oculta o nome do próprio Eça.

O que esta carta mostra é que a alteridade de Fradique chegou ao ponto de o fazer interpelar (ainda que mantendo o estilo queirosiano...) o ortónimo Eça sobre uma série de problemas que calavam fundo nas preocupações do escritor: as acusações de impureza idiomática, os excessos do francesismo, a alegada pobreza do léxico queirosiano, tudo questões analisadas por Fradique num tom que pretende tranquilizar e «desculpabilizar» o seu destinatário. Porque ficou inédita e porque não passou da inicial «E...» (Eça só é identificado de forma indirecta, pelas alusões a romances de sua autoria), a carta do (quase) heterónimo ao ortónimo confirma a incompletude de um projecto heteronímico esboçado por um Eça que não se atreveu a revelar-se ao grande público como entidade observada por um **outro**, do outro lado do espelho.

Carlos Reis. *Estudos Queirosianos.*
Ensaios sobre Eça de Queirós e a sua obra.
Lisboa: Presença, 1999, pp. 151-155.

A ambiguidade d'*A Cidade e as Serras*

A ambiguidade de *A Cidade e as Serras*, a que nos referimos no título do nosso trabalho, reside no entanto no próprio tecido da narrativa feita por um narrador-personagem, Zé Fernandes, cuja presença subjetiva condiciona, como constatámos no capítulo segundo, a legitimação da história que nos é contada. Nesse segundo capítulo tivemos a ocasião de acentuar que tudo é posto em cena como ficção e «dramatizado» (como diria Henry James); por isso não nos encontramos de modo algum perante o ponto de vista claro do próprio autor. Analisámos, em particular, a ambiguidade que advém do facto de a voz narrativa ser também a de uma personagem que participa enquanto tal na própria história. Neste narrador assistimos à desconstrução do mito da voz omnisciente e autoritária do romance realista oitocentista, fazendo Eça o que já Zola e Flaubert, além de Henry James, sugeriam. A todos os níveis do discurso do narrador-testemunha, nas contradições das suas opiniões (tanto sobre Paris como sobre as serras), e na própria linguagem e estilo por ele adoptados, encontramos posturas ambíguas. Esta ambiguidade, expressa na polivalência das leituras possíveis do discurso de Zé Fernandes, reflete-se também na incapacidade do narrador em escolher ele próprio com clareza entre os dois espaços evocados. Zé Fernandes assume, como fruto dessa indecisão, um discurso de perspetivas contraditórias, isento de solução final para a sua própria existência. Eça põe em relevo uma personagem que se aproxima do Carlos da «Menina dos Rouxinóis» pelo que neste há de indecisão, oscilação e fragmentação.

Complementarmente, no capítulo terceiro, procurámos entender a ambiguidade de *A Cidade e as Serras* servindo-nos de algumas noções de Friedrich Nietzsche, de Mikhaïl Bakhtin e da recente crítica pós-modernista. Vimos ao longo desse capítulo que esta «obra-prima», nas palavras de António José Saraiva (em 1990, já que em 1946 deprezara esta obra como prova da decadência do autor), impede qualquer tentativa de reduzir o texto a um sistema «unívoco» e «monológico» de romance de tese, confirmando as palavras clarividentes de Mário Sacramento, que no seu livro sobre Eça põe em relevo o facto de as suas teses da última fase «serem de raiz irónica». *A Cidade e as Serras* aparece como uma obra extremamente heterogénea na sua apresentação de diferentes «soluções» para a vida e na sua tendência a subverter as «visões do mundo» apresentadas tanto por Jacinto como pelo narrador, Zé Fernandes. Eça, ao colocar em cena dois amigos com origens, percursos e destinos diferentes (António José Saraiva designou este processo de «efeito do par» ou «efeito do duplo»), parece sugerir as distintas possibilidades que perante a vida se apresentam ao homem. Deste modo, o significado do romance assenta em grande parte na necessidade de contradição e de oposição. Daí a importância da duplicidade inerente à paródia, que por natureza é simultaneamente uma confirmação do objeto imitado e a sua negação irónica. *A Cidade e as Serras* parodia uma variedade de textos da tradição filosófica, literária e religiosa ocidentais, estabelecendo com essa tradição um diálogo que se termina pela defesa da coexistência de diferentes soluções para a vida. Neste jogo de intertextualidade com a tradição acabamos por encontrar, na última obra de Eça, o que Milan Kundera designa como «the wisdom of uncertainty» isto é, a capacidade e a coragem de viver as contradições da existência sem cair – como o fizeram D. Quixote e depois dele o Jacinto parisiense e o Antero de Quental de «Um Génio que era um Santo» – no erro de buscar uma resposta definitiva e única e de acreditar na existência de uma verdade ou solução absoluta e final para a vida.

Por fim, no capítulo quarto procedemos a um breve estudo do conflito entre a cidade e o campo em toda a obra de Eça de Queirós. Vimos que Eça confere progressivamente, ao longo da sua obra, uma importância semelhante aos dois elementos constituintes desta oposição binária. Observámos, porém, que apesar da presença obsessiva desta temática na obra de Eça, ela é especialmente manifesta no conto incompleto «Um dia de chuva» e no conto «Civilização», que aparecem como a génese de *A Cidade e as Serras*. Com efeito, «Um dia de chuva» e «Civilização» têm algumas personagens em comum e essas personagens encontram, ao contrário do que acontece em *A Cidade e as Serras*, soluções demasiado ingénuas para poder satisfazer, na sua maturidade, um autor como Eça, tão irónico e perspicaz. Em *A Cidade e as Serras*, que por ser um romance tem outra extensão e outra complexidade, Eça teve a oportunidade de desenvolver até às últimas consequências esta antítese entre dois espaços que, como vimos, simbolicamente reflete outras questões fundamentais que se põem ao indivíduo e à sociedade moderna.

No capítulo quarto verificámos também que Eça se debruça, num artigo de homenagem póstuma, sobre o percurso existencial do seu amigo e condiscípulo Antero de Quental. Eça, como anotámos, parece ter-se inspirado na trajetória existencial de Antero para desenhar a personagem de Jacinto. Este, porém, como que supera (na aparência pelo menos) as tendências dogmatizantes do Antero retratado em «Um Génio que era um Santo», renunciando aos modelos de perfeição do poeta das *Odes Modernas* para se afirmar, através do ideal da *aurea mediocritas*, nem génio nem santo. Nesse mesmo ensaio Eça adopta para com o seu condiscípulo Antero de Quental uma postura de ironia e ternura semelhante à do Zé Fernandes, narrador de *A Cidade e as Serras*, em relação às opções existenciais do seu camarada Jacinto.

Na ocasião de outro fim de século, no momento em que a tecnologia põe ao dispor do ser humano a possibilidade de usufruir de mil e um *gadgets* quotidianos, e na ocasião que assistimos de um proliferar de formas de pensamento (-ismos) que servem de objectos de consumo, averiguamos que *A Cidade e as Serras* continua a falar-nos de questões fundamentais da vida moderna. Recorde-se que o gabinete de Jacinto, funcionando como centro informático, proporcionava-lhe acesso a notícias de todo o mundo. O acesso a tanta informação, porém, apenas lhe provoca uma expressão de tédio, de saciedade. A noção de «aldeia global» era vista por Jacinto com tédio e desinteresse devido à avalancha de informação diária que recebia de todo o mundo. (...)

Além das críticas a vários aspetos da sociedade moderna, depara-se em *A Cidade e as Serras* com uma espécie de manual sobre a arte de viver no mundo moderno. Eça no fim da vida continua a mostrar-se interessado pela resposta às perguntas: Qual é a melhor maneira de viver? Que escolha deve fazer a humanidade entre as diversas opções que se apresentam à civilização ocidental? Eça mostra-se atento às correntes de pensamento e às questões levantadas pelas diferentes disciplinas do conhecimento no limiar deste século, podendo-se incluir *A Cidade e as Serras* e o seu autor (falecido em 1900) na seguinte listagem de Frank Kermode: «In 1900 Nietzsche died; Freud published The Interpretation of Dreams; 1900 was the date of Husserl's Logic, and of Russell's Critical Exposition of the Philosophy of Leibeliz. With an exquisite sense of timing Planck published his quantam hypothesis in the very last days of the century, December 1900. Thus, within a few months, were published works which transformed or transvalued spirituality, the relation of language to knowing, and the very locus of human uncertainty, henceforth to be thought of not as an imperfection of the human apparatus but part of the nature of things, a condition of what we may know».

Não podemos deixar de ter em conta a posição e a importância, no conjunto da obra de Eça, do romance que analisámos. Segundo Milan Kundera, «The novel's spirit is the spirit of continuity: each work is an answer to preceding ones, each work contains all the previous experience of the novel». Esta noção adquire pertinência na última obra de Eça que, se por um lado dialoga com obras fundamentais de tradição ocidental, por outro responde às obras anteriores do próprio autor.

De alguma forma *A Cidade e as Serras* põe em questão a premissa de Teodorico no final de *A Relíquia*. Este defende aí um voluntarismo obstinado, um «"descarado heroísmo de afirmar"» como atitude frente às vicissitudes da vida. Jacinto – e muitos mais Zé Fernandes – mostram-nos que nem só de afirmação vive o homem. No seu relacionamento com o real, o ser humano terá sempre de entabular um diálogo dinâmico, aberto a possíveis correções de perspectiva numa con-vivência e co-existência com o real. Nesta sua última obra Eça opta por uma postura de humildade frente à vida. Não é uma postura passiva e pessimista, tal como a de Antero de Quental, Carlos da Maia, João da Ega (objectos de paródia no final de *Os Maias*) e Fradique Mendes, que se recusa a escrever por não ter encontrado uma escrita que lhe permitisse atingir o «ideal». Esta perspetiva sobre a escrita tem a sua tentativa de solução em *A Cidade e as Serras* em que Eça de Queirós pratica, como se propôs no capítulo terceiro, uma estética que visa ultrapassar as exigências da perfeição, que reflete as imperfeições e contingências da vida e dos próprios materiais linguísticos, intuindo assim precoce e precursoramente uma «estética da imperfeição» como está sendo vivida pela nossa contemporaneidade.

Frank F. Sousa. O *Segredo de Eça.*
Ideologia e ambiguidade em «A Cidade e as Serras».
Lisboa: Edições Cosmos, 1996, pp. 207-211.

A escrita literária em Eça

Que a escrita literária era, enquanto processo e técnica, uma questão quase obsidiante para Eça, mostra-o também o frequente aparecimento, em romances queirosianos, do **escritor** como personagem. Escritor valorizado, é certo, como tipo e por aquilo que a literatura representava em cenários sociais muito marcados por uma conceção romântico-burguesa das práticas culturais; mas escritor que não raro surge também envolvido em actos de criação que a Eça seriam familiares. E se é verdade que o poeta Carlos Alcoforado não marca, n'*O Crime do Padre Amaro*, mais do que uma presença fugaz, já Tomás de Alencar é, n'*Os Maias*, uma figura crucial para o entendimento de alguns aspectos relevantes da crónica social que o romance leva a cabo; por sua vez, Ernestinho Ledesma é um dramaturgo que escreve, ajuda a levar à cena e configura a ação do drama «Honra e Paixão», sob a pressão de conveniências sociais que, naquele contexto, não é possível contornar.

Mas os escritores (ou quase-escritores) mais destacados, no universo literário queirosiano, são Artur Corvelo, Gonçalo Mendes Ramires e Carlos Fradique Mendes. O primeiro traz à cena da ficção o percurso de uma carreira literária, com tudo o que ela implicava na Lisboa da segunda metade do século XIX: por alguma razão a edição crítica do romance recuperou o subtítulo *Inícios de uma carreira*. Mais ainda do que ele, Gonçalo Mendes Ramires e Fradique Mendes perfilham comportamentos que não podem senão repercutir-se sobre a edição crítica das obras queirosianas, por aquilo que esses comportamentos envolvem de premonitório, de ressonância autobiográfica queirosiana e mesmo de advertência cautelar lançada à posteridade. Por isso mesmo, torna-se necessário que atentemos nalguns dos gestos literários e também nalguns dos discursos metaliterários enunciados por Gonçalo e por Carlos Fradique Mendes. (...)

A escrita literária aparece tematizada numa outra obra de Eça de Queirós, em termos mais complexos e mais enviesados, no que à relação com o escritor diz respeito. A sinuosa peculiaridade que caracteriza essa tematização provém, em grande parte, do estatuto ontológico da entidade e do universo que nela se envolvem: Carlos Fradique Mendes, a sua biografia e o conjunto epistolar que dele se publica, tudo implicado numa estratégia global de índole paraficcional e pré-heteronímica a que noutros locais nos referimos de forma mais desenvolvida.

Aquilo que no presente contexto interessa realçar é o que nessa estratégia global se conexiona com um problema que o Eça maduro – aquele que, como todo o escritor, não pode deixar de pensar na posteridade – colocaria de forma cada vez mais aguda: o problema dos póstumos. De Fradique diz Eça a Oliveira Martins, numa carta crucial para o estabelecimento da estratégia pré-heteronímica: «Fradique foi um grande homem – inédito». E porque o foi, os que se julgam herdeiros da sua memória cultural – e antes de todos o biógrafo-editor que redige as «Memórias e Notas» que introduzem o epistolário fradiquista – tratam de gerir a sua posteridade, em termos diversos, no que à natureza dos materiais diz respeito.

Madame Lobrinska, a enigmática Libuska, recusa, de forma «bem determinada, bem deduzida», revelar sequer a natureza dos papéis sepultados no cofre de ferro que lhe fora confiado por Fradique, com essa vontade expressa de silêncio e ocultação. Papéis que, note-se, o biógrafo-editor queria apenas utilizar para «fixar num estudo carinhoso as feições desse transcendente espírito». A atitude deste biógrafo-editor é, contudo, diferente da de Libuska: lidando com as cartas como sendo um macrotexto póstumo, ele funda-se, ao decidir a sua divulgação, precisamente na posição adoptada por Fradique em vida: «Eis aí uma maneira de perpetuar as ideias de um homem que eu afoitamente aprovo – publicar-lhe a correspondência!»

A publicação da correspondência não constitui, no entanto, um ato acrítico. Ela baseia-se numa atitude seletiva, que este editor de circunstância explica com minúcia», atitude indissociável de uma conceção da escrita como **legado cultural**, admitindo uma intervenção editorial cuidada: o editor não só escolheu as cartas, como tentou (sem sucesso, aliás) datar e até interpretou, em termos que parecem anunciar os procedimentos da moderna crítica genética, na atenção que consagra aos vestígios materiais da escrita. Assim, a escrita de Fradique, os gestos que denuncia e os materiais que utiliza remetem para estados de espírito muito diversos, ao mesmo tempo que indiretamente sugerem a concepção fradiquista da epistolografia como acto cultural:

> Estas dispendiosas folhas têm todas a um canto as iniciais de Fradique – F. M. – minúsculas e simples, em esmalte escarlate. A letra que as enche, singularmente desigual, oferece a maior similitude com a conversação de Fradique: ora cerrada e fina, parecendo morder o papel como um buril para contornar bem rigorosamente a ideia; ora hesitante e demorada, com riscos, separações, como naquele esforço tão seu de tentear, espiar, cercar a real realidade das coisas: ora mais fluida e rápida, lançada com facilidade e largueza, lembrando esses momentos de abundância e de veia que Fustan de Carmanges denominava *le dégel de Fradique*, e em que o gesto estreito e sóbrio se lhe desmanchava num esvoaçar de flâmula ao vento.

Cabe agora notar o seguinte: a estratégia editorial adotada em relação ao epistolário fradiquista não ignora, antes procura respeitar de forma escrupulosa o pensamento do autor das cartas, naquilo que a essa estratégia importa. E esse pensamento – em síntese: divulguem-se cartas, não se publicitem papéis íntimos – não pode ser isolado de uma poética de contorno acentuadamente finissecular: a recusa de um lirismo sentimentalista, de raiz romântica e lamartiniana, a sedução por atitudes estéticas de índole decadentista e parnasiana, até mesmo a prefiguração de uma conceção da criação literária como *artifício*, num sentido que anuncia o ato poético como **fingimento**. Algo, afinal, do que em parte é esboçado por aquele desejo de atingir, pela prosa, «alguma coisa de cristalino, de aveludado, de ondeante, de marmóreo, que só por si, plasticamente, realizasse uma absoluta beleza». Tanto (ou tão pouco) que Fradique acaba por não realizar a obra que o espólio simula encerrar, mas que, de acordo com a ponderada opinião do biógrafo-editor – esse que reclama «um melhor e mais contínuo conhecimento de Fradique» –, afinal seria impossível em quem não era, realmente, um autor. Daí essa espécie de **poética do silêncio** que Fradique cultiva; ela condiciona, a partir de um «constante e claro propósito de abstenção e silêncio» anunciado no início do capítulo VIII, a configuração da sua posteridade. Escaparam as cartas a esse silêncio; e escaparam justamente porque o seu estatuto de palestras escritas permite que dispensem «o revestimento sacramental da *tal prosa como não há*...»

Carlos Reis. *Estudos Queirosianos.*
Ensaios sobre Eça de Queirós e a sua obra.
Lisboa: Presença, 1999, pp. 180-182 e 184-185.

O livro e a leitura na ficção queirosiana

À primeira vista e tomando em bloco os mundos ficcionais por Eça construídos, parece difícil fazer corresponder a presença do livro que neles tem lugar à presença do livro num país como o que tentámos descrever anteriormente. Com efeito, fazendo parte do universo diegético e participando, portanto, das coordenadas espácio-temporais das personagens, o número de livros e de leitores vai muito além das expectativas oferecidas por um universo de referência onde, apesar das alterações que já se fazem sentir e daquelas que já se anunciam, os leitores são ainda muito poucos e a difusão do livro é ainda um fenómeno bastante reduzido. No entanto, é de reconhecer a pouca diversidade dos meios sociais representados, o que se pode considerar como argumento a favor da verosimilhança em princípio pretendida. E para a sublinhar, outros elementos podem ser avançados.

Comecemos então por apontar, na distribuição geográfica dos leitores e dos livros, a enorme distância entre a capital e a província, aparecendo esta última como um espaço culturalmente pobre, onde o leitor, de tão raro e de tão estranho, aufere uma posição de marginalidade, umas vezes procurada, outras imposta. Coerentemente, é sobretudo no espaço provinciano que o livro é encarado com mais ou menos desconfiança e temida a sua ameaça à ordem. Também as diferenças sociais e, por extensão, as diferenças económicas se fazem sentir, como é natural, na distribuição dos leitores, com inevitáveis consequências sobre a presença efetiva, nos vários cenários, dos objectos concretos que são os livros. Estreitamente associado a este aspeto encontra-se a variedade dos meios de difusão da leitura, que subtilmente perpassam na ficção: há quem compre livros e há quem, por falta de meios, os peça emprestados; há quem recorra ao empréstimo formalizado nos gabinetes de leitura e há também aqueles em relação aos quais não se esclarece a forma de acesso ao livro, que surge assim como um bem natural ou um bem de família, implicitamente tributário de uma velha tradição de cultura e riqueza.

Uma outra clivagem, para lá das que já foram assinaladas, é alvo de uma particular atenção e francamente aproveitada como núcleo gerador de sentidos. Trata-se da inevitável divisão em género que, também ao nível da leitura, traça uma linha fronteiriça entre o masculino e o feminino, por onde transparece, decerto, o confronto entre os direitos que uma das partes tinha então por adquiridos e que a outra mal começava a experimentar. Especialmente a respeito desta questão, é curioso perceber, através das personagens e das situações que estas protagonizam, o discurso masculino a que os amigos Oliveira Martins e Ramalho Ortigão deram voz e com o qual Eça até certo ponto se solidarizou. Note-se que esta ressalva encontra a sua razão de ser na própria ficção que, por um lado, parece colher informações e fundamento naquele discurso, mas, por outro lado, como haverá ocasião de observar, adopta por vezes face a esse mesmo discurso uma atitude marcadamente irónica, concretizada em encenações em que é tão clara a natureza paradoxal ou medíocre das personagens em confronto, como a perversa agudeza de quem, nos bastidores, comanda o espetáculo.

Da mesma forma, sempre que a educação ou a escola são mencionadas, o que é tão natural como próxima é a relação que com elas mantêm livros e leitura, as opiniões de Ramalho fazem-se ouvir e, neste caso, ao contrário do anterior, ao abrigo de modulações que, se as não derrogam totalmente, pelo menos as problematizam. Deste modo, as páginas d'*As Farpas* que só Ramalho assinou, depois de Eça se ter ausentado do País e da empresa que começara por ser comum, surgem com nitidez por entre as linhas da ficção queirosiana, não só quando se confrontam diferentes perspetivas sobre uma boa educação ou quando está em causa a própria instituição escolar – seja qual for o nível de ensino –, mas ainda quando qualquer uma destas realidades conduz às leituras por ambas impostas ou censuradas.

Nesta ponte ou prolongamento do mundo da experiência no da ficção, tão importante como o livro e o leitor considerados separadamente, é a relação entre ambos. Esta é passível de ser concretizada numa variedade de comportamentos que, reproduzidos no romance, em muito contribuem para fazer dele a parte delimitada e coerente onde se projecta o *continuum* incongruente do todo que é o mundo. Por isso, assistimos à passagem, de um para o outro lado, dos diferentes objetivos que podem levar ao ato da leitura: compensar, pela imaginação, a falta de brilho do dia-a-dia, satisfazer curiosidades, seja qual for a sua natureza, ou apenas iludir o tempo. Entretanto, os livros descobrem-se e são devorados na onda do entusiasmo que despertam ou são serenamente revisitados como velhos amigos que regularmente se reencontram. Mas podem também não passar de meros pretextos para o isolamento, para um encontro ou até mesmo para seduzir: através dos livros que se recomendam ou emprestam, mandam-se recados com as palavras que outro escreveu e constroem-se cumplicidades. Daí que os livros possam constituir um factor de aproximação entre leitores que se reconhecem semelhantes num gosto comum, podendo tornar-se, pelo contrário, num motivo de afastamento entre aqueles que mutuamente se descobrem interesses diversos ou até opostos. O livro pode ainda ser um objeto de ostentação, tanto cultural como social, e, por isso, há os que se revelam enquanto há outros que se escondem como sinais indiscretos de um temperamento, de uma emoção ou de uma cedência. Lê-se por prazer, porque a isso se é obrigado, por hábito e também por vício. Lê-se sentado ou deitado, e a posição escolhida pode só por si ser reveladora acerca do leitor e do que este pretende da leitura. Lê-se sozinho, a dois ou em grupo, havendo normalmente neste caso alguém que o faz em voz alta para outro ou outros ouvirem. E também assim se alimentam cumplicidades e se reforçam laços familiares ou sociais. Quanto à leitura, tanto pode ser uma fuga como uma audácia, um acto de submissão ou uma rebeldia.

Como assinala Joëlle Gleize ao escrever sobre a especificidade do livro como objecto romanesco, *"Alors que toutes les tables d'une fiction ne peuvent être que fictives, les livres peuvent être fictifs ou non"*. E este último caso ocorre, como é evidente, sempre que um livro, identificado por uma autoria ou por um título, imigra da realidade para a ficção. Mas porque são produtos culturais, mesmo quando aparecem num romance reduzidos à sua materialidade de objecto sem autor e sem título, os livros comportam potencialidades significativas que resultam – e continuamos a recorrer a Gleize – *"de toutes les comportements humains qu'ils présupposent ou rendent possibles"*. Possuidores de um "rosto" que os identifica e define dentro do sistema de cultura de que o leitor empírico faz parte ou que pelo menos conhece, então os livros passam a significar duplamente, transformando-se num emblema relativamente à personagem a que surgem associados. Quer isto dizer, portanto, que o trabalho de seleção e de distribuição dos muitos livros com que o autor de *Os Maias* povoou esse e todos os outros universos romanescos obedeceu necessariamente a estratégias de significação, onde o livro, por ser uma privilegiada via de acesso ao conhecimento do leitor, se torna num instrumento não menos privilegiado na caracterização da personagem.

Maria do Rosário Cunha.
A inscrição do livro e da leitura na ficção de Eça de Queirós.
Coimbra: Almedina, 2004, pp. 104, 107-113.

As mulheres em Eça

Não há dúvida de que o elenco de mais de 200 personagens femininas, presente no romance de Eça, é extenso e variado, de forma a representar todas as classes sociais, inúmeras posturas éticas e morais com os respectivos modelos e desvios – ambas submetidas às leis da hierarquia que preside às relações humanas em sociedade. Vimos que há fidalgas de ontem e de hoje, aristocratas remanescentes ou pretensas; burguesas do alto, do médio e do baixo escalão; mulheres pobres de vários matizes e profissões; artistas e velhas rabugentas; serranas e civilizadas; beatas, possessas e bruxas; meninas; casadas virtuosas ou adúlteras e senhoras suspeitas; solteiras coscuvilheiras e amancebadas; prostitutas comuns e cortesãs; lésbicas e, por extensão, rapazes "efeminados". E alguns desses tipos, certamente nem todos elevados à categoria de protagonistas, ainda comportam subdivisões.

Deste modo, concluímos que o romance de Eça nos oferece o retrato ficcional e crítico do todo, em si mesmo contraditório, da sociedade do seu tempo, uma vez que enfoca, problematiza e confronta os tipos que acabamos de enumerar, incluídos de algum modo nos diferentes estratos da burguesia urbana e provinciana, na aristocracia citadina e rural, e no "proletariado" citadino e provinciano. Para dar consecução a um projeto literário tão abrangente, ele explora o cotidiano diurno e noturno, introduzindo-se na esfera do submundo urbano até a das altas rodas; passa pelo seu crivo o comportamento e os costumes em geral; a educação, a moda, as sanções e coerções morais e sociais. Além disso, Eça também incursiona pelo tempo, retrocedendo até a Idade Média e mesmo ao mundo bíblico, avançando pelo espaço da Jerusalém de Teodorico e explorando o futuro na Paris de fim-de-século. E em cada ponto dessas travessias, emerge a figura da mulher, selada pela sua apreciação explícita e implícita. E como se todas essas sondagens ainda não bastassem, o romancista examina também a *mística* relativa à mulher, bem como as acepções de *feminino* e de *masculino*.

Procurando conjugar esse retrato ficcional que a ideologia romanesca de Eça nos lega, e que é o do Portugal Constitucionalista, projeto consciente e constantemente visado pelo nosso autor – podemos concluir que a burguesia se constitui na classe mais observada e mais desabonada por ele, certamente porque, naquele momento histórico, ela já detinha maior grau de influência e, portanto, de responsabilidade. A nobreza, tanto urbana quanto rural, comparece em sua obra na sua transição para a degenerescência, pintada como uma classe que sobrevive a si mesma, se retocando e sofrendo aperturas financeiras, fazendo concessões de títulos à burguesia endinheirada, e se prevalecendo da tradição de seu nome a fim de ingressar na carreira política, concebida como meio de subsistência mais condizente com suas antigas prerrogativas.

Assim sendo, quando o escritor enfoca a burguesinha média, sobretudo a casada, lhe confere o caráter da dupla moral, que compreende o adultério como um corolário necessário à instituição matrimonial; e a hipocrisia, bem como a prática devota, como formas de estratégia para se manter a boa reputação. E tais recursos, exercitados por essas personagens, são levados adiante com o propósito de ascender à posse e ao domínio dos valores de que, por seu turno, a aristocracia vai abdicando. Já a burguesa enriquecida, embora trilhe o mesmo caminho, geralmente prevalecendo-se dos próprios subalternos, nela não recai a pecha moral da difamação, uma vez que o escudo do poder econômico tende a torná-la invunerável.

No que concerne à alta burguesia em alianças com a nobreza, o poder econômico, segundo implicita Eça, além de se constituir num expediente que abafa as faltas femininas, oferece ainda uma permissividade informal, uma espécie de trânsito moral mais livre, instituído pelo ritual do adultério elegante, cujo acesso à senhora começa pela merecida corte ao marido, e onde o requinte aparece como a nova veste da hipocrisia burguesa. Entretanto, no que respeita à nobreza local, sobretudo àquela que ainda conserva uma linhagem pura, de raízes rurais, o império do patriarcalismo sobre a mulher vigia-lhe de perto a moral, embora também sofra o seu revés. Na nobreza citadina, porém, Eça nos mostra que a relaxação dos costumes se constitui em fato corriqueiro, enquanto na aristocracia estrangeira toma o aparato de determinação de classe. Essas observações nos induzem a concluir que a amoralidade comparece aí como um privilégio de casta. E a ceia dos Verghane de *A cidade e as serras* (onde as *Madames*, retratando personagens bíblicas em pêlo, instruem os convivas e pares), bem como a sociedade que une amante e marido da Condessa de Trèves – ilustram tal situação, também caracterizada pela atuação do marido de *Madame* d'Oriol: este cuida de preservar o seu nome vigiando o *status* dos amantes da mulher, exigindo apenas que eles não sejam de condição vil e inferior.

Entretanto, Eça concebe de maneira muito diversa este mesmo estado de coisas no tocante à plebe: como esta se caracteriza por não comungar dos ideais burgueses nem se beneficiar das suas instituições, não entram em causa nem erros e nem acertos, isto é – não há julgamentos. A concubinagem é a prática mais comum estabelecida; e a amancebagem com patrões, ao lado dos serviços manuais e dos pequenos expedientes, é forma de suprir a subsistência, de maneira que a mulher está, assim, destinada a seguir o caminho que melhor lhe calhar.

Deste modo, sob a perspectiva de Eça, o poder econômico confere diferentes matizes e gradações a esse mesmo tipo de falta, que é avaliada de modo flutuante, conforme a sua portadora exerça o trabalho produtivo ou o ócio, mantenha as mãos sujas ou limpas. Paras as duas classes privilegiadas, o exercício da dupla moral aparece como decorrência natural da sobrevida de ócio que é legada à mulher pela sua formação no lar e na sociedade. Sem nenhuma perspectiva de profissionalização, mesmo porque o trabalho produtivo é considerado um aviltamento, o contingente feminino desses dois estratos sociais se satisfaz com a instrução geral sobre amenidades de salão e com as prendas domésticas. Eça mostra que, por isso, o destino da burguesinha solteira que, em lugar do casamento, prefere a fuga ou o amancebamento secreto com o amado – é atroz. Uma vez abandonada, e sem nenhuma perspectiva de subsistência em virtude da fatuidade da sua formação, ela tende a voltar-se para a prostituição que, além de tudo, lhe mina a saúde.

Embora a ignorância seja deplorada, sobretudo na alta roda, apenas tia Fanny e *Madame* Rughel, de *Os Maias*, uma solteira, outra divorciada, podem ser ditas mulheres ilustradas no mundo ficcional de Eça, mas, por isso mesmo, sem lugar na sociedade, visto que o conhecimento que detêm é tido como diletante, e como tal, não encontra aplicabilidade e nem espaço social para se exercer. Na faixa da burguesia, localizamos alguns exemplos de mulheres que vivem às próprias expensas. *Miss* Mary, de *A relíquia*, possui em Alexandria um negócio de luvas e flores de seda, do que sobrevive. Essa autonomia, que ela desempenha também na sua vida afetiva, vem, por isso mesmo, merecer reparos da ideologia narrativa. *Madame* Livalli, que é contralto em *A tragédia da rua das Flores*, também vive de seu trabalho e, embora muito fina, poliglota, original e desenvolta, é considerada como uma mulher que pertence ao mundo noturno, justamente devido à sua carreira artística. Convém sublinhar que as únicas mulheres que de algum modo – quer seja pelo conhecimento ou trabalho – representam alguma independência em relação ao mundo masculino na obra de Eça, são todas elas estrangeiras: escocesa, holandesa, inglesa e italiana. (...)

E ao analisar a psicologia feminina resultante da ótica burguesa, Eça toca em mais um ponto fundamental no que concerne à dependência da mulher. Como a educação deformada a prepara para a sujeição, essa criatura necessitará sempre de ser guiada por uma mão forte, que não é outra senão a masculina. Dentro da esfera familiar, este amparo seguro é representado pelo marido, ou o irmão, ou o parente próximo, ou ainda pelo padre que, embora alheio à família, goza das mesmas prerrogativas dos que são vinculados a ela. Essa figura masculina representa o poder social, político e econômico que a ultrapassa, mas que assim se sublima e se exerce diretamente sobre a mulher. É deveras curioso que no universo romanesco de Eça o pai seja uma figura praticamente inexistente.

Deste modo, e conforme já enfatizamos, o homem se torna o diretor da consciência da mulher, ou seu tutor e, por extensão, a *sede* da sua personalidade. E, na relação entre os dois, ela não passa de uma marionete, de um fantoche comandado pela vontade masculina, onde se espelha e se reconhece. De tal forma que, no final de contas, a mulher termina se tornando o que julga *ele* ser: a sua vaidade, seu orgulho, sua auto-estima decorrem do reconhecimento que faz de si mesma através do espelho que é o homem.

Ainda ocupado com a análise desse assunto, Eça nos mostra que a existência da mulher é, em verdade, uma *sobrevida* alimentada por um canibalismo ou vampirismo psíquico, visto que ela não possui força vital que a sustente sozinha. Dito de outro modo: a mulher não passa de um mero *receptáculo* preenchido pela presença do homem e, neste sentido, ela enforma perfeitamente o conceito de *possessa*. Por isso mesmo, a condição feminina, tal como está traçada em *Os Maias*, não é mais que um lugar vazio, um espaço de vacância, preenchido por um repertório de indefinições – de convenções – que, preparadas pela educação que as mulheres recebem, têm propriamente início, de maneira ritualística, durante o seu batismo social: o *nome* que lhes é atribuído pelo casamento.

Como a vida da mulher começa socialmente com a adoção do nome do marido, a solteira é ainda, por decorrência, uma marginal.

Francisco J. C. Dantas.
A mulher no romance de Eça de Queirós.
São Cristóvão: Univ. Fed. de Sergipe-Fund.
Oviêdo Teixeira, 1999, pp. 354-357 e 359-361.

6.
ABECEDÁRIO

ABECEDÁRIO

ADULTÉRIO

O adultério constitui um dos temas mais importantes da ficção queirosiana. Correspondendo a uma preocupação mais ampla, que tem em vista a condição da mulher (v.), a situação moral da família (v.) burguesa e mesmo a questão da educação (v.), a temática do adultério é analisada logo em textos de intervenção crítica d'*As Farpas*, depois inseridos em *Uma Campanha Alegre*: num desses textos, intitulado "O problema do adultério", a perspetiva adotada é, ao mesmo tempo, crítica, pedagógica e moralizante, incidindo, contudo, exclusivamente sobre a mulher, sobre os seus hábitos domésticos, sobre as suas leituras e mesmo sobre a sua devoção religiosa.

Já antes d'*As Farpas*, Eça contemplara o problema do adultério na complicada intriga d'*O Mistério da Estrada de Sintra*. A protagonista, enigmaticamente designada como condessa de W., vive precisamente uma relação adúltera com Rytmel, como resultado do pernicioso idealismo romântico que a leva ao tédio do ócio (v.) e daí ao adultério: «Passa um rapaz, airoso ou forte, louro ou trigueiro, imbecil ou medíocre. Olhamo-nos. Traz um cravo ao peito, uma gravata complicada. (...) Estou encantada! Sorrio-lhe. Recebo uma carta sem espírito e sem gramática. Enlouqueço, escondo-a, beijo-a, releio-a, e desprezo a vida» ("A confissão dela").

A partir daí, várias personagens femininas dos romances e contos de Eça vivem, de forma variavelmente dramática, amores adúlteros. Luísa e Leopoldina n'*O Primo Basílio*, Maria Monforte e a condessa de Gouvarinho, n'*Os Maias*, Maria da Piedade, no conto "No Moinho", Ludovina, no *Alves & C.ª*, D. Ana Lucena e supostamente Gracinha Ramires, n'*A Ilustre Casa de Ramires*, até mesmo a corpulenta D. Galateia, n'*A Capital!*, cedem à tentação do adultério. E nalguns casos, esses amores adúlteros são a força motriz que comanda a intriga: n'*O Primo Basílio* o adultério de Luísa é a causa da sua destruição moral e da sua destruição física; n'*Os Maias* é o adultério de Maria Monforte que remotamente motiva o incesto (v.), como se este tivesse na sua origem um grave pecado social.

Como quer que seja, o adultério, tal como surge elaborado na obra de Eça de Queirós, traduz um juízo crítico muito severo (e de certa forma parcial) em relação à mulher; mais alargadamente, ele pode ser considerado como evidência de uma situação de decadência (v.) que afeta sobretudo a sociedade burguesa e as suas instituições.

AMOR

De um modo geral, o tema do amor, constituindo um sentido crucial na obra queirosiana, aparece quase sempre representado nos termos de uma conceção negativa, pessimista ou, pelo menos, crítica.

Se observarmos as conexões que o tema do amor estabelece com outros temas relevantes em Eça, verificaremos que aquela conceção crítica da problemática amorosa tem que ver diretamente com as análises de índole social e cultural que dominam a literatura queirosiana. Assim, o sentimento amoroso associa-se à questão da educação, pelas deficiências que nesta são denunciadas; o adultério (v.) é uma sua consequência negativa, relacionado também com o bovarismo (v.) que afeta algumas das mulheres queirosianas, sujeitas a processos de sedução provindos do donjuanismo próprio de certas personagens masculinas. Por outro lado, os exageros de uma devoção religiosa fanática desviam para a relação com Deus (e mesmo com os padres) a energia amorosa da mulher (v.).

Logo n'*As Farpas*, Eça ataca uma educação religiosa regida por catecismos em que o estímulo ao amor a Jesus assume contornos verdadeiramente eróticos ("O problema do adultério"); o que surge prolongado n'*O Crime do Padre Amaro*, através do livrinho «Cânticos a Jesus», uma «obrazinha beata» que Amaro dá a ler a Amélia e em que se encontra a representação de «um amor divino, ora grotesco pela intenção, ora obsceno pela materialidade» (cap. VI).

A dimensão erótica do amor – que em Amaro e Amélia é confundida com vivências religiosas deformadas – constitui, noutros casos, uma componente fundamental da experiência amorosa. No caso de João da Ega, é na decoração da alcova da «Vila Balzac» que se concentra essa dimensão erótica; já em Carlos da Maia ela dispersa-se tanto em aventuras determinadas pelo seu donjuanismo, como na trágica experiência do incesto (v.), envolvendo uma Maria Eduarda que atrai o protagonista antes de tudo pelo intenso apelo da sua beleza física.

Em ocorrências pontuais, o sentimento amoroso é modulado em termos idealizados, de contornos platónicos. O amor de José Matias por Elisa é disso mesmo uma manifestação evidente, sendo certo também que o extremo a que a personagem leva esse idealismo amoroso vem a resultar na sua destruição; já Fradique Mendes resguarda-se numa posição de distanciamento, se é que não de fuga, perante as desilusões que o amor deixa antever: a extraordinária carta de amor a Clara (carta XIII), de tom neo-platónico, é quase desmentida por aquela (carta XVII) em que Fradique anuncia que parte «para uma viagem muito longa e remota, que será como um desaparecimento», uma vez que reconhece «que sobre o nosso tão viçoso e forte amor se vai em breve exercer a lei do universal deperecimento e fim das coisas».

Por último, é Zé Fernandes quem, em função de uma experiência amorosa algo violenta, evidencia não só a diversidade das dimensões do amor, como também os efeitos degradantes que ele pode arrastar: Zé Fernandes deixa-se fascinar por uma prostituta parisiense, com quem vive uma dissolvente e polimorfa relação amorosa: «Amei aquela criatura com Amor, com todos os Amores que estão no Amor, o Amor Divino, o Amor Humano, o Amor Bestial, como Santo Antonino amava a Virgem, como Romeu amava Julieta, como um bode ama uma cabra» (cap. V).

ANTICLERICALISMO

O anticlericalismo como atitude cultural e ideológica constitui um fator determinante de afirmação da Geração de 70 a que Eça pertenceu. Em textos de Antero, de Guerra Junqueiro, de Gomes Leal, de Oliveira Martins, de Teófilo Braga ou de Guilherme Braga, o anticlericalismo é uma consequência de orientações ideológicas de índole socialista, republicana ou positivista, se é que não até o eco de um legado de proveniência liberal, cuja referência matricial é Alexandre Herculano.

Não admira, por isso, que desde os primeiros textos queirosianos de análise social – os textos d'*As Farpas* –, o clero seja objeto de apreciações críticas: a excessiva influência do sacerdote na vida social (sobretudo junto das mulheres), a sua interferência na educação (v.), o comércio das relíquias, a truculência e o fanatismo de certos eclesiásticos não escapam à sátira queirosiana, fundamentando o que se encontra nas obras de ficção.

Destas, há evidentemente duas que são referências basilares do anticlericalismo na cultura portuguesa: *O Crime do Padre Amaro* e *A Relíquia*. No primeiro, o sacerdócio (v.) e o celibato destacam-se como temas que vêm ilustrar o anticlericalismo queirosiano. O trajeto do padre Amaro (da ausência de vocação à sedução exercida sobre Amélia), o comportamento de outros padres, a utilização de sacramentos (como a confissão) para condicionar os crentes são algumas facetas chocantes da atividade social e espiritual dos padres; a crítica que lhes é feita enuncia-se mesmo pelo discurso de uma outra personagem, o Dr. Gouveia, cujo racionalismo e ceticismo anticlerical o levam a erigir a consciência como critério de ação: «Eu não preciso dos padres no mundo, porque não preciso do Deus do Céu» (cap. XIII), diz o Dr. Gouveia.

N'*A Relíquia*, o anticlericalismo centra-se no comércio de relíquias que exploram a crendice dos devotos e das devotas. A isso associa-se a denúncia da venalidade dos padres, sobretudo daqueles que giram na órbita de D. Patrocínio das Neves, explorando os excessos da sua devoção religiosa; ao mesmo tempo, são os padres que pactuam com a hipocrisia (v.) e com a duplicidade que regem os atos de Teodorico Raposo, tirando partido da obsessiva devoção da titi.

Noutras obras queirosianas perpassam figuras clericais delineadas de forma variavelmente crítica. N'*Os Maias*, o padre Vasques, tutor de Pedro da Maia, ajuda a condicionar negativamente o seu futuro; n'*A Correspondência de Fradique Mendes*, a ironia (v.) fradiquista matiza o retrato crítico do padre Salgueiro, um sacerdote-burocrata designado como amanuense de Jesus Cristo; já n'*O Conde d'Abranhos*, o padre Augusto (figura influente em casa do desembargador Amado) beneficia do olhar complacente e destituído de argúcia do narrador Z. Zagallo.

Não se pense que o anticlericalismo queirosiano se confunde com uma atitude radicalmente anti-religiosa. O que está em causa para Eça não é tanto a religião (v.) e muito menos os seus fundamentos genuinamente cristãos ou a sua mensagem evangélica: figuras bondosas como o abade Ferrão ou até o padre Soeiro representam uma imagem claramente positiva da prática sacerdotal; e a sedução de Eça pela figura de Cristo (p. ex., no conto "Suave Milagre") e por vidas de santos (particularmente no caso de S. Cristóvão e de Santo Onofre) confirmam essa imagem positiva de práticas religiosas solidárias com os que sofrem e, por isso, marcadas por uma certa preocupação social.

BOVARISMO

Na obra queirosiana, o interesse pelo bovarismo explica-se não só pela persistente influência exercida por Flaubert sobre Eça, mas também pela atenção conferida pelo romance realista à mulher (v.) como personagem ficcional. Desde *O Mistério da Estrada de Sintra* (designadamente na figura da condessa de W.) e desde *As Farpas* a mulher é analisada em função de temas directa ou indirectamente relacionados com o bovarismo: a educação (v.), o ócio (v.), o romantismo (v.), o adultério (v.), etc.

No que às personagens femininas diz respeito, são as d'*O Primo Basílio* que inegavelmente atestam a importância do bovarismo como tema crítico. Luísa aparece condicionada, desde a adolescência até depois do casamento com Jorge, pelas figuras, ambientes e aventuras que lê nos romances; o aparecimento de Basílio estimula-a a tentar encontrar na vida real os cenários e os comportamentos romanescos que a seduziam. De forma mais determinada, Leopoldina revela, na sua vida sentimental, uma energia superior à de Luísa, buscando incessantemente a ligação amorosa que lhe permita superar o trauma do casamento com um homem banal e grosseiro.

Deste modo, o tema do bovarismo cruza-se inevitavelmente com o do adultério. É assim que personagens femininas como a condessa de Gouvarinho ou Maria da Piedade (do conto "No Moinho") suscitam imediatamente a articulação de ambos os temas; e nelas, como nas restantes aqui consideradas, a condição da mulher – que o romance realista e naturalista analisava nas suas mais prementes implicações sociais e morais – é, afinal, a preocupação central de um escritor e de um projecto de índole reformista.

CAMPO

O campo, enquanto sentido temático, acha-se representado, na obra queirosiana, de forma relativamente limitada, do ponto de vista quantitativo, mas em termos muito significativos, quando correlacionado com outros temas: p. ex., com o tema da civilização (v.), com o da cidade (v.), com o da natureza (v.), etc.

De acordo com o que ficou observado, verifica-se que as referências ao campo são limitadas n'*O Crime do Padre Amaro*, inexistentes n'*O Primo Basílio* e pontuais n'*Os Maias* (neste caso, o Douro em que se situa a Quinta de Santa Olávia); e mesmo quando acontecem, essas referências configuram cenários relativamente estáticos, mais do que espaços de efetiva dimensão estruturante.

É sobretudo nas suas últimas obras que Eça valoriza tematicamente o campo, aprofundando o que fora já sugerido no conto "No Moinho", em que uma personagem de vinculação rural (Maria da Piedade) é atingida pela sedução do primo que chega da cidade. Já, contudo, n'*A Correspondência de Fradique Mendes*, o campo emerge como valor: na carta a Madame de Jouarre sobre a Quinta de Refaldes (carta XII), Fradique procede ao elogio da vida campestre, em termos que remetem para uma verdadeira filosofia de vida: essa em que o ser em comunhão com a Natureza, «sentindo a penetrante bondade das coisas, e tão em harmonia com ela», conclui que não perpassa na sua alma, «toda incrustada das lamas do mundo, pensamento que não pudesse contar a um santo...»

Antecipa-se, assim, o que encontramos n'*A Cidade e as Serras*, uma vez que n'*A Ilustre Casa de Ramires* o campo parece ser um pano de fundo sem maior relevância que não seja a de pontualmente enquadrar personagens. Já o trajeto de Jacinto, acompanhado de perto (e mesmo interpelado) por Zé Fernandes, resolve-se nos termos de uma dialética em que a cidade super-civilizada do fim do século cede lugar aos valores da simplicidade, da austeridade e da autenticidade que, à primeira vista, o campo encerra: as descrições da natureza aparentemente adâmica do Douro a que Jacinto se recolhe, despojado dos objetos da civilização, são o prenúncio da revitalização de uma personalidade afetada pelo tédio (v.) da abundância e das coisas perfeitas. E contudo, à medida que Jacinto vai conhecendo o campo, em todas as suas dimensões, revelam-se-lhe nele facetas de sofrimento e de miséria, que o homem civilizado tentará compensar. O que quer dizer que nem mesmo aqui o campo da ficção queirosiana se reduz à feição idílica de espaço desprovido de conflitos.

CIDADE

Na literatura do século XIX – e particularmente na ficção realista e naturalista –, a cidade constitui um cenário privilegiado, por nele confluírem figuras e conflitos que muito bem documentam questões de funda dimensão social: a industrialização e os seus excessos, a proletarização dos trabalhadores, o crescimento urbano e os seus desequilíbrios, o cosmopolitismo e as suas contradições, etc.

A obra ficcional de Eça de Queirós contempla, de forma intensa, os espaços urbanos, a ponto de se dizer que nela o campo (v.) ocupa um lugar subalterno. E de facto, nos romances *O Primo Basílio*, *Os Maias* e *A Relíquia* o fundamental da ação centra-se em Lisboa, cidade que implicitamente ocupa o título de um outro romance, *A Capital!*; n'*O Crime do Padre Amaro*, o cenário é a cidade de província Leiria, registando-se ainda incursões sobre Lisboa (p. ex.: no episódio final). N'*A Cidade e as Serras*, a cidade quase ganha estatuto de personagem, com a amplidão, com a modernidade e também com o fascínio próprio da grande capital que era Paris.

O espaço das cidades traz aos romances queirosianos a possibilidade de ilustração de uma vida colectiva integrada por tipos que representam diversas facetas sociais e profissionais: o jornalismo, a literatura (v.), a finança, a política, o clero são algumas dessas facetas, configurando uma sociedade cujos estratos dirigentes surgem afectados por vícios e deformações várias.

N'*A Cidade e as Serras* a cidade não é apenas cenário. Ela é verdadeiramente (como acontece também no conto "Civilização") um núcleo temático forte, diretamente relacionado com as conceções de vida de Jacinto, que nela vê a materialização exuberante da civilização, particularmente aquela que no fim de século exibe uma crença quase arrogante nas conquistas da ciência e da técnica. É contra essa imagem de cidade que progressivamente se vai pronunciando Zé Fernandes, à medida que observa no amigo os sintomas de uma espécie de doença anímica provocada pelos excessos da civilização (v.) urbana. Num tal contexto, as Serras (e com elas o campo) surgem como hipótese de regeneração existencial, vivida, ainda assim, de forma não isenta de problemas.

CIVILIZAÇÃO

O tema da civilização atravessa as principais obras da ficção queirosiana e mesmo muitos dos seus textos de imprensa e similares. Antes de mais, porque Eça de Queirós foi um escritor profundamente preocupado com a situação social e cultural de Portugal (v.), no contexto ideológico de uma geração – a chamada Geração de 70 – que justamente se bateu contra o atraso e contra a descaracterização civilizacional do país; por outro lado, em grande parte por razões de ordem profissional, pôde Eça viajar e viver em países (como a Inglaterra e a França) cujo desenvolvimento longamente comentou em crónicas (v.), não raro estabelecendo contraste entre esse desenvolvimento e a decadência (v.) portuguesa.

Por isso, nos romances queirosianos de crítica de costumes, a civilização é frequentemente tematizada. N'*O Primo Basílio*, a chegada de Basílio de Brito representa, para Luísa, a possibilidade de se relacionar com alguém que vem da Europa civilizada, designadamente de Paris, objeto de todos os desejos e fascínios. Do mesmo modo, para Teodorico Raposo na capital de França concentram-se os requintes e os prazeres de uma civilização ausente e desejada. Já n'*Os Maias* é no contexto da vasta crónica de costumes levada a cabo em vários episódios do romance que emerge o tema da civilização: de forma agressiva, quando Ega advoga a invasão de Portugal pela Espanha, como estímulo para uma efetiva regeneração nacional («E recomeçava-se uma história nova, um outro Portugal, um Portugal sério e inteligente, forte e decente, estudando, pensando, fazendo civilização como outrora...»; cap. VI).

À medida que vai evoluindo, a obra queirosiana problematiza a civilização em termos mais elaborados, por vezes não isentos de ambiguidade. O caso de Fradique Mendes é, neste aspeto, significativo: nele reconhece Ramalho Ortigão «o mais completo, mais acabado produto da civilização em que me tem sido dado embeber os olhos» (cap. IV), sendo certo, contudo, que essa personalidade civilizada não o é apenas pela vivência do que existe de avançado nas grandes capitais europeias, mas também pela forma como diversifica contactos, conhecimentos e experiências civilizacionais; por outro lado, Fradique não deixa de manifestar nostalgia por uma civilização entendida noutro sentido: a «civilização intensamente original» (cap. V) do Portugal antigo, cada vez mais descaracterizado pela importação de ideias e comportamentos franceses.

Justamente na França que Eça bem conheceu e na sua capital – onde viveu nos últimos doze anos da sua vida – centraliza-se uma parte considerável da ação d'*A Cidade e as Serras*, romance que gira em torno do tema da civilização. Preparado por um conto precisamente intitulado "Civilização", o romance em causa articula estreitamente a civilização com o tema da cidade (v.): para Jacinto, viver na grande cidade que é Paris é habitar o centro de uma sociedade poderosa e avançada, que baseia esse seu poder nos progressos da civilização material. Os instrumentos e as técnicas de que essa sociedade dispõe parecem, pois, capazes de assegurar uma felicidade que o homem primitivo (neste sentido: não civilizado) desconhece. A experiência vem, contudo, revelar, a um Jacinto progressivamente afetado pelo tédio (v.), que a civilização material encerra defeitos e excessos que motivam a busca de outra espécie de felicidade: a que é assegurada pela autenticidade da Natureza, cultivada com um equilíbrio e com uma serenidade de espírito que a Cidade supostamente civilizada, afinal, não garante.

CONTO

Ao longo da sua vida literária, Eça de Queirós cultivou o conto de forma praticamente continuada e sempre talentosa. Desde a colaboração na *Gazeta de Portugal* (em parte reunida no volume póstumo *Prosas Bárbaras*, de 1903) até ao final dos anos 90, Eça fez do conto, antes de mais, uma espécie de laboratório narrativo, para experimentação de temas e de personagens que o romance contemplava de forma naturalmente mais circunstanciada.

No contexto da produção literária queirosiana o conto foi também a resposta do escritor a solicitações de um mercado cultural cada vez mais exigente. Sobretudo em jornais e em revistas (mas também em almanaques), Eça tratou de corresponder às expectativas daquele público para quem a leitura da imprensa se não reduzia à curiosidade informativa. Para além desta, a imprensa satisfazia também expectativas culturais e de leitura com propósito lúdico, num universo social em que o preenchimento do tempo livre (sobretudo o da mulher burguesa) e algum desejo de aculturação socialmente legitimadora faziam do conto um género narrativo que muito bem se adequava àquelas expectativas.

Do conto queirosiano pode dizer-se que trabalhou diversos temas, dimensões e estratégias narrativas. Algumas referências quase obrigatórias, para além do que já ficou dito: o conto *Singularidades de uma rapariga loira* (1874) oscila entre o relato memorial, às vezes de coloração romântica, e o retrato de costumes, com incidência nos comportamentos da mulher (v.); *Frei Genebro* (1894) constitui uma incursão sobre a problemática da santidade e das suas contradições, anunciando as vidas de santos, deixadas incompletas (*São Cristóvão, São Frei Gil* e *Santo Onofre*); em *Adão e Eva no Paraíso* (1896) o mito bíblico da génese do homem é modulado por uma visão evolucionista e darwinista da condição humana; o conto *A Perfeição* (1897) traduz o fascínio queirosiano pelos textos homéricos e pelos mitos da antiguidade; *José Matias* (1897) é um exercício dialógico que combina a dinâmica de um relato interpelativo (perante um ouvinte que é regularmente invocado) com uma visão idealista, mas também discretamente crítica, do sentimento amoroso.

Por fim, importa notar que o conto não foi, para Eça, um género narrativo fechado sobre si mesmo. Aquém da composição estrita e formal do conto, encontramos noutros textos queirosianos esboços de histórias que sugerem a estrutura contística: é o caso, por exemplo, da crónica em que Eça narra os últimos dias de vida de Cánovas de Castillo (*No Mesmo Hotel*, publicado em 1897 na *Revista Moderna* e depois inserido no inexpressivo volume *Notas Contemporâneas*, 1909) ou ainda da carta de Fradique Mendes a Ramalho Ortigão (carta VI d'*A Correspondência de Fradique Mendes*, 1900) em que se narra um inesperado encontro amoroso, resolvido em adultério (v.) feminino.

CRÓNICA

A crónica, enquanto género paraliterário de propensão narrativa, ocupa na obra de Eça de Queirós um importante lugar, tanto do ponto de vista da sua relação com a produção propriamente literária, como no que toca ao culto, enquanto tal, desse que foi um relevante género, no contexto da vida cultural do século XIX. Nesse contexto, o escritor fazia da colaboração na imprensa cenário por excelência da escrita cronística, um espaço de contacto com um universo alargado de leitores, o que representava também a possibilidade de proventos económicos mais regulares do que aqueles que a edição literária propiciava.

Foi assim com Eça, praticamente desde o início da sua vida literária. E se dos folhetins da *Gazeta de Portugal* (1866-67) é difícil dizer que constituem já crónicas em sentido estrito, pode dizer-se que aquelas que publicou durante a breve mas intensa empresa do *Distrito de Évora* (1867) tiveram, para o jovem escritor em formação, a feição de uma aprendizagem fundadora: não por acaso, logo no número 1 do jornal Eça declara que "a crónica é como que a conversa íntima, indolente, desleixada, do jornal com os que o lêem"; esse registo de um contacto relativamente informal prolonga-se depois na escrita d'*As Farpas*, que alguma coisa retêm da escrita cronística: a atenta relação com o tempo presente, a pessoalidade de que se reveste essa relação, o tom articuladamente assertivo, crítico e não raro narrativo que caracteriza a crónica. Sintomaticamente, na farpa referente a Outubro de 1871, pode ler-se que "o outro redator desta crónica, estando no Egito, teve ocasião de esperar a que era então S. M. a imperatriz dos Franceses, durante *duas horas*, no cais de Porto Said".

Depois disso, em vários e importantes jornais e revistas de Portugal e do Brasil, Eça fez da crónica um veículo de representação da sua vivência do mundo social, cultural e político do século XIX português e europeu. Foi assim na *Gazeta de Notícias*, n'*A Actualidade*, na *Revista Moderna* e na *Revista de Portugal*, neste caso sob os pseudónimos João Gomes e Um Espectador. Em muitas destas crónicas, às vezes em regime epistolar, dá-se conta de eventos e fala-se de figuras públicas a que o leitor de Portugal e do Brasil tinha acesso através da sedutora, informada e perspicaz escrita desse "cidadão do mundo" que Eça de Queirós era, por certo bem consciente da sua superioridade cultural em relação a quem o lia.

A relação das crónicas queirosianas com a ficção é, ao mesmo tempo, natural e enviesada. Com razão e significativamente fala-se muitas vezes em crónica de costumes a propósito de romances como *O Primo Basílio* ou *O Crime do Padre Amaro, A Capital!* ou *Os Maias*. Nestes e ainda noutros, estão representados os modos de vida e as mentalidades a que as crónicas de imprensa também se reportam; e episodicamente aflora nos romances essa dimensão cronística, pelo testemunho das personagens: n'*Os Maias,* no cap. VIII, durante o jantar na Lawrence, Tomás de Alencar conta "histórias dos velhos tempos de Sintra, recordações da sua famosa ida a Paris, coisas picantes de mulheres, bocados da crónica íntima da Regeneração..."

A crónica queirosiana do século XIX conjuga, então, a aguda consciência do género com o impulso ficcional próprio de um grande romancista e com o ágil domínio dos dispositivos retóricos da narrativa. Vale como exemplo lapidar do que fica dito a extraordinária crónica "No mesmo hotel", publicada na *Revista Moderna*, em que Eça relata os últimos dias do político espanhol Cánovas del Castillo, prestes a ser assassinado por um anarquista italiano.

DECADÊNCIA

O tema da decadência é um daqueles que de forma mais evidente ligam a produção literária queirosiana a preocupações históricas e ideológicas assumidas pela Geração de 70.

Dos anos de afirmação pública da Geração de 70 datam iniciativas em geral interessadas na decadência portuguesa, observada na nossa vida coletiva, sobretudo desde a Restauração do século XVII. As Conferências do Casino (e sobretudo a de Antero de Quental, intitulada *Causas da Decadência dos Povos Peninsulares*) atestam esse interesse; o mesmo acontece com *As Farpas* de Eça e Ramalho Ortigão, com a historiografia de Oliveira Martins (p. ex.: no *Portugal Contemporâneo*) e com a poesia de Guerra Junqueiro, particularmente a que ataca a decadência moral (*A Velhice do Padre Eterno* e *A Morte de D. João*) e a decadência histórica portuguesa (*Finis Patriæ*).

Na obra de Eça, os textos d'*As Farpas* incidem sobre o estado lamentável em que se encontra a sociedade portuguesa: o texto de abertura, integrado em *Uma Campanha Alegre* com o título "Estudo social de Portugal em 1871", denuncia aquilo a que Eça chama "o progresso da decadência", acrescentando: "Esta decadência tornou-se um hábito, quase um bem-estar, para muitos uma indústria". A educação (v.) romântica, a devoção religiosa, o parlamentarismo e a monarquia constitucional são, entre outros, agentes dessa "indústria da decadência" que também nos romances queirosianos se acha representada.

Os romances *O Crime do Padre Amaro* e *O Primo Basílio* analisam a decadência portuguesa nos mundos da burguesia e do clero, no quotidiano da vida familiar e das suas práticas: o adultério (v.), o romantismo (v.) dominante, a devoção beata e a perversão do sacerdócio (v.) traduzem uma degeneração de costumes que a literatura trata de pôr em evidência; é isso que encontramos também nos romances de publicação póstuma *A Capital!* e *O Conde d'Abranhos*, constituindo este último uma vigorosa sátira da degradada vida política do constitucionalismo oitocentista.

No final d'*O Crime do Padre Amaro*, a análise da decadência assume uma dimensão histórica e simbólica: a referência à estátua de Camões prepara o aprofundamento da reflexão histórica que há-de ocorrer n'*Os Maias* e sobretudo n'*A Ilustre Casa de Ramires*. Em ambos estes romances, o processo da decadência portuguesa faz-se em função do destino de famílias – a dos Maias e a dos Ramires – cujo trajeto se entrelaça com o da História de Portugal. No caso da família Maia, esse trajeto é o da implantação do Liberalismo, da sua transformação e estabilização, num cenário – o da Lisboa dos anos 70 e 80 – marcado pela descrença na utilidade de qualquer esforço regenerador.

N'*A Ilustre Casa de Ramires*, a decadência da família é paralela à de Portugal (v.) e revela-se depois da Restauração de 1640. Até então, os Ramires participam em todos os lances heróicos da História portuguesa; com a dinastia de Bragança, a família perde o vigor de outrora («Já, porém, como a nação, degenera a nobre raça...»; cap. I) e, na geração de Gonçalo Mendes Ramires, limita-se quase a vegetar à sombra das memórias do passado. O esforço desse último Ramires, ao partir para África como explorador colonial, assume, então, o significado de uma tentativa de superação da decadência, aparentemente sugerida pela necessidade de aprender a lição humilhante do Ultimato inglês de 1890.

EDUCAÇÃO

A educação constitui um dos mais relevantes temas representados na obra queirosiana, por razões que dizem respeito, antes de mais, a motivações culturais e ideológicas da chamada Geração de 70. Nos anos e nas iniciativas – Conferências do Casino, *As Farpas*, etc. – em que o espírito da Geração de 70 teve alguma representatividade, a educação apareceu como preocupação suscitada por propósitos pedagógicos e reformistas de pensadores e escritores como Eça, Ramalho Ortigão ou Antero de Quental: tratava-se, antes de tudo, de criticar e de corrigir os termos em que era conduzida a formação escolar, cultural, religiosa e mesmo literária da juventude.

Diversos textos d'*As Farpas* são a este propósito muito significativos, pela forma como analisam os defeitos educativos observados em especial nas adolescentes: a educação livresca, o predomínio da Cartilha, a ausência de exercício físico, o culto da moda, as leituras românticas são alguns desses defeitos, comentados sobretudo em "As meninas da geração nova em Lisboa e a educação contemporânea" e em "O problema do adultério".

Nas personagens de ficção observam-se estas limitações, entendidas como causa de efeitos negativos: por exemplo, na educação romântica de Luísa, na de Amaro (educado para o seminário, mas sem vocação para o sacerdócio (v.)) ou na obsoleta e boémia formação académica de Teodorico Raposo, neste caso estendendo-se a crítica queirosiana ao conservadorismo e ao fechamento da universidade. Mas é sobretudo n'*Os Maias* que a educação surge como tema dominante e carregado de potencialidades.

Assim, o trajeto de Pedro da Maia, como o de Carlos da Maia e o de Eusebiozinho são fortemente condicionados por fatores educativos. Crescendo na Inglaterra, Pedro escapa, por vontade da mãe, à influência pedagógica da sociedade inglesa e é confiado ao padre Vasques; no tempo de Carlos, parece prolongar-se ainda este tipo de educação, quando observamos o comportamento e o aspeto físico de Eusebiozinho, em Santa Olávia. E contudo, Afonso da Maia, como que procurando afastar de Carlos os estigmas que haviam destruído Pedro, adota um modelo educativo britânico regido pelo precetor Brown: em vez do latim e da cartilha defendidos pelo abade Custódio, a educação de Carlos privilegia agora o exercício físico e o contacto com a natureza, o que confere à criança um vigor que contrasta com a debilidade de Eusebiozinho. Entretanto, o que a ação d'*Os Maias* acaba por mostrar é que nem essa educação supostamente saudável foi capaz de levar Carlos a uma existência fecunda e produtiva.

À medida que a obra de Eça evolui, a educação vai perdendo o peso que os romances realistas e naturalistas lhe haviam conferido. De modo que, quando chega o momento de descrever a formação de Fradique Mendes, a educação é considerada sob o signo de uma dispersão insuscetível de marcar outro rumo que não seja o dessa mesma dispersão: "A sua primeira educação fora singularmente emaranhada", diz o narrador, para depois concluir: "Felizmente Carlos já então gastava longos dias a cavalo pelos campos, com a sua matilha de galgos: – e da anemia que lhe teriam causado as abstrações do raciocínio, salvou-o o sopro fresco dos montados e a natural pureza dos regatos em que bebia" (cap. I).

FAMÍLIA

Nos primórdios da sua produção literária, Eça interessa-se pela família enquanto foco de tensões e de contradições morais e culturais: a condição da mulher (v.), a questão do adultério (v.), a educação (v.) (sobretudo a feminina) e os desvios do romantismo (v.) constituem, entre outros, aspetos particulares de uma vida social centrada no microcosmo familiar, objeto de análise crítica em diversos textos queirosianos, desde *O Mistério da Estrada de Sintra* e *As Farpas*, em ambos os casos de parceria com Ramalho Ortigão.

Note-se que, para Eça, a família constituía uma instituição respeitável, que, como qualquer outra instituição, não devia ser posta em causa. Numa conhecida carta a Teófilo Braga (de 12 de Março de 1878), a propósito d'*O Primo Basílio*, o romancista declara expressamente: «Eu não ataco a família – ataco a família lisboeta – a família lisboeta produto do namoro, reunião desagradável de egoísmos que se contradizem, e, mais tarde ou mais cedo, centro de bambochata».

O romance *O Primo Basílio* deve ser entendido como um marco importante da tematização da família em Eça. É ela que indiretamente está em causa, nas suas fragilidades e nas suas hipocrisias, quando Luísa cede ao donjuanismo de Basílio e compromete, pelo adultério, a estabilidade da família burguesa. O mesmo pode dizer-se das convulsões que agitam a família de Godofredo Alves (em *Alves & Ci.ª*), atingida também pelos vícios de comportamento da mulher burguesa ociosa e romântica que era Ludovina.

A partir sobretudo d'*Os Maias* a tematização da família assume uma dimensão mais profunda e, por isso, menos contingente. A família é, então, a representação, em escala reduzida e em registo simbólico, de uma comunidade ou, pelo menos, de uma sua parcela; no trajeto da família Maia, ao longo do século XIX, observam-se as repercussões dos incidentes e dos conflitos históricos que atingem a sociedade portuguesa. O incesto (v.) que, por fim, afeta uma família já reduzida a pouco remete para sentidos de esterilidade, de decadência (v.) e mesmo de acabamento, projetados sobre um Portugal (v.) decadente. Já n'*A Ilustre Casa de Ramires*, a família – que, neste caso, é mesmo mais antiga do que o reino – acompanha os vários estádios evolutivos da nação, em paralelo com ela, até se fixar, de novo no século XIX, num estado de apatia que aparentemente prenuncia a extinção da raça. A revitalização final de Gonçalo Mendes Ramires – tal como, de forma ainda mais expressiva, acontece com um Jacinto que chega a constituir família e a gerar descendência – deixa transparecer um sentido de superação dessa espécie de pessimismo suscitado pela crise da família, nas várias aceções em que ela pode ser entendida.

FRADIQUISMO

Em termos genéricos, o fradiquismo corresponde, no conjunto da produção queirosiana, à afirmação autónoma de um pensamento estético, de uma atitude de vida e de um comportamento ideológico-cultural encarnados na figura de Carlos Fradique Mendes.

Personalidade imaginária, celebrizada como autor fictício das cartas integradas n'*A Correspondência de Fradique Mendes* (1900), completadas por outras cartas, postumamente inseridas no volume *Cartas Inéditas de Fradique Mendes e mais Páginas Esquecidas* (1929), Fradique Mendes mantém relações estreitas com outras personalidades da Geração de 70: aquilo a que Joel Serrão chamou "o primeiro Fradique Mendes" surge de uma forma singular e algo provocatória em 1869, pela iniciativa conjunta de Antero, de Eça e de Batalha

Reis. Não é, contudo, deste Fradique romântico e satânico que falamos, quando descrevemos o fradiquismo finissecular, de responsabilidade exclusivamente queirosiana: é esse fradiquismo que se manifesta em cartas publicadas em jornais e em revistas (*O Repórter, Gazeta de Notícias, Revista de Portugal*), entre 1888 e 1892, antes da sua reelaboração em *A Correspondência de Fradique Mendes*, epistolário e biografia dessa figura que, por mais do que uma razão, pode ser considerada o resultado de estratégias constitutivas semelhantes às que assinalam o aparecimento dos heterónimos pessoanos.

O fradiquismo dos anos 80 e seguintes pode ser entendido como alternativa qualificada e enviesada (porque situado num espaço ficcional distinto do da personagem de romance (v.)) às injunções ideológicas da Geração de 70. Ao mesmo tempo, revelam-se no fradiquismo, sob o signo da paródia, da contida irrisão e do dialogismo temperado de ironia (v.), atitudes e valores que Eça sentia como desafios, assumidos por ele próprio e projetados sobre os seus já maduros companheiros de geração. O dandismo, as atrações decadentistas, o idealismo amoroso e estético, o culto do exotismo (porque Fradique é um viajante incansável), a atração pelo pitoresco nacional e pelos costumes da velha sociedade portuguesa ante-liberal, a vocação cosmopolita, o radical individualismo, o elitista ceticismo anti-democrático e anti-progressista são algumas dessas atitudes e valores, postuladas não raro em regime de subversão da *doxa* estabelecida.

HEREDITARIEDADE

Na história literária queirosiana, o tema da hereditariedade relaciona-se diretamente com o acolhimento, no pensamento estético de Eça, da doutrina determinista de Taine e da importância que nela é conferida a três fatores de condicionamento dos comportamentos humanos: a raça, o meio e o momento histórico. Pelo que se sabe, na sua conferência do

Casino Eça teria justamente recorrido àqueles três fatores, para explicar a configuração da arte por eles determinada.

Não se estranha, por isso, que na ficção queirosiana – sobretudo naquela em que é mais visível a presença do naturalismo (v.) – a hereditariedade seja invocada, mesmo em pormenores aparentemente pouco significativos: acontece isso mesmo quando, n'*O Primo Basílio,* Jorge é descrito como um homem «robusto, de hábitos viris», tendo herdado «a placidez, o génio manso da mãe» (cap. I). N'*O Crime do Padre Amaro* é mais significativa a referência à hereditariedade: trata-se de fundamentar os desvios do sacerdote Amaro; para tal, o narrador opera uma longa caracterização que recua até aos pais da personagem; assim, a mãe de Amaro, sendo «uma mulher forte, de sobrancelhas cerradas, a boca larga e sensualmente fendida», parece ter transmitido ao filho a sensualidade que nela se insinua.

São algumas das personagens d'*Os Maias* que de forma mais insistente reclamam a explicação da hereditariedade, ainda que por vezes em termos ambíguos. O desastroso trajeto de vida de Pedro da Maia pode ser explicado pela educação (v.) recebida, mas ele deve-se também à presença, no seu temperamento, de elementos psico-somáticos herdados da família Runa. A fraqueza física, os abatimentos, a melancolia são, assim, efeitos de uma herança biológica que parece não afetar Carlos, como se neste se tivesse recuperado (também devido à educação) a tal força dos Maias; e contudo, apesar disso Carlos acaba por ser envolvido numa relação amorosa condenada ao fracasso, pelo incesto (v.) que a afeta, como se essa outra raça, que é a dos Maias enquanto família antiga e poderosa, fosse incapaz, afinal, de contrariar a força de um destino que a transcende.

Já noutros romances queirosianos (sobretudo n'*A Ilustre Casa de Ramires*) o devir da personagem e da família (v.) que ela representa parece condicionado sobretudo por determinações históricas. Confirma-se, assim, a importância da família, como grande sentido temático anteriormente já representado (precisamente n'*Os Maias*) e que de certa forma vem sobrepor-se à relevância de fatores biológicos como a hereditariedade.

HIPOCRISIA

Na ficção queirosiana, o tema da hipocrisia é representado quando está em causa a denúncia de situações de duplicidade vividas pelas personagens.

Os romances de crítica de costumes não deixam de valorizar a questão da hipocrisia. Desde logo, a preocupação com a assistência religiosa devida aos fiéis é deformada, por parte de diversos sacerdotes d'*O Crime do Padre Amaro,* por atitudes morais dúplices: por exemplo, o interesse do padre Amaro pela Totó não é senão um pretexto, hipocritamente encenado, para preparar encontros amorosos com Amélia. Num outro plano, que é o do artificialismo dos gestos e dos discursos, o conselheiro Acácio ostenta um exigente critério moral que é negado por viver «amancebado com a criada» (cap. II); e a amizade que Melchior consagra a Artur Corvelo não é senão o interesseiro disfarce para quem se aproveita da ingenuidade do aspirante a escritor.

É n'*A Relíquia* que a hipocrisia é objeto de alargada ilustração, centrada na figura de Teodorico Raposo. Há que dizer, no entanto, que, de um certo ponto de vista, a hipocrisia moral de Teodorico não deixa de ser explicada pelo sistema de relações sociais e de poderes morais instituídos: porque depende de uma tia que fanatiza até ao extremo a devoção religiosa (sendo certo, por outro lado, que os sacerdotes que a rodeiam disso mesmo se aproveitam), Teodorico entra na disputa pela herança de D. Patrocínio das Neves recorrendo à hipocrisia. A sua vida reparte-se, então, entre dois mundos: o da aparência de uma devoção extremamente piedosa e o da vida oculta, marcada por ligações amorosas de forte impulso erótico. O romance parece apontar para uma moralidade: a denúncia da «inutilidade da hipocrisia», denúncia formulada num diálogo de Teodorico com Cristo (cap. V); mas logo depois, beneficiando da estabilidade de quem é «pai, comendador, proprietário» e possuindo «uma compreensão mais positiva da vida», Teodorico revê essa moralidade e reafirma a hipocrisia: para que ela triunfe, torna-se, afinal, necessário completá-la com o «'descarado heroísmo de afirmar', que, batendo na Terra com pé forte, ou palidamente elevando olhos ao Céu – cria, através da universal ilusão, ciências e religiões» (cap. V).

INCESTO

Na história literária queirosiana, o incesto é explicitado como tema pelo menos desde o projeto das *Cenas da Vida Portuguesa*. Para essa série nunca composta, Eça previa uma novela de incesto, intitulada *O Desastre da Travessa do Caldas* ou *O Caso Atroz de Genoveva*; numa carta de 5 de Outubro de 1877, o escritor afirma, a esse propósito: «Trata-se dum incesto involuntário. Alguns amigos a quem expliquei a ideia dela e parte da execução, ficaram impressionados, ainda que um pouco escandalizados.» A noção de que o tema era chocante não impede Eça de o elaborar num esboço de romance afinal chamado *A Tragédia da Rua das Flores*, depois abandonado porque superado pela sua obra prima: *Os Maias*.

O que neste romance se representa é o incesto involuntário e inesperado entre Carlos da Maia e sua irmã Maria Eduarda. Involuntário porque de facto ele é inconsciente até praticamente ao final da relação amorosa; inesperado porque nada fazia prever que um herói dotado de tantas qualidades, de tão calculada educação (v.) e de abundante fortuna culminasse nessa ligação trágica que João da Ega prenunciara, ao notar o donjuanismo que afeta o amigo: «Hás-de vir a acabar desgraçadamente [...] numa tragédia infernal» (cap. VI). Quando a tragédia ocorre – impondo às personagens envolvidas uma espécie de arbítrio transcendente que anula qualquer explicação lógica – o mesmo João da Ega procura resistir ao absurdo desse incesto: «Numa sociedade burguesa, bem policiada, bem escriturada, garantida por tantas leis, documentada por tantos papéis, com tanto registo de batismo, com tanta certidão de casamento, não podia ser!» (cap. XVI).

Se for lido num plano simbólico, o incesto d'*Os Maias* vem a ser algo mais do que um episódio desastroso vivido por uma personagem particular. De facto, a família dos Maias – família antiga que atravessa as vicissitudes históricas e os movimentos culturais do século XIX – termina, como tudo leva a crer, com Carlos da Maia; a esterilidade do herói parece, por isso, estender-se como estigma para além dele, atingindo a casta dirigente a que ele pertence, como denúncia da incapacidade de renovação e de efetiva regeneração de toda uma sociedade de que essa casta é a elite ociosa e improdutiva.

IRONIA

A ironia constitui um procedimento de representação estética e ideológica que, só por si, identifica Eça de Queirós, desde sempre diretamente associado a um tal procedimento. Pode mesmo dizer-se que, de uma forma às vezes redutora, chega a limitar-se a estética queirosiana ao uso da ironia; o que não impede que se reconheça que a ironia constitui um poderoso veículo de indagação crítica, clara ou veladamente conjugado com outras atitudes e representações: o sarcasmo, o humor ou mesmo a desilusão. Foi assim, desde logo, quando Eça participou na empresa d'*As Farpas,* empresa em que uma ironia ainda algo elementar confina com o cómico e sempre com a mordacidade crítica.

Importa destrinçar em Eça pelo menos dois tipos de ironia: a ironia como visão do mundo e a ironia como recurso estilístico, podendo ambos aparecer correlacionados. A segunda traduz um processo retórico que tipicamente diz o contrário do que aparenta, sendo esse contrário deduzido do contexto ou, mais amplamente, da relação do texto com o propósito crítico que no escritor se percebe. Deste modo, quando no capítulo XVI d'*O Crime do Padre Amaro* o jovem padre argumenta em favor das visitas de Amélia a casa do sineiro, supostamente para doutrinar a Totó, mas realmente para encontros amorosos, o episódio termina com este comentário irónico do narrador: "E foi assim que ela e o padre Amaro se puderam ver livremente, para glória do Senhor e humilhação do Inimigo." Igualmente significativas são, deste ponto de vista, as palavras com que Fradique Mendes designa o padre Salgueiro: "Jesus Cristo não possui melhor amanuense" (carta XIV); e logo depois, no desenvolvimento do texto, enquadra-se e de certa forma indicia-se a afirmação irónica: "E nunca realmente compreendi por que razão outro amigo meu, frade do Varatojo, que, pelo êxtase da sua fé, a profusão da sua caridade, o seu devorador cuidado na pacificação das almas, me faz lembrar os velhos homens evangélicos, chama sempre a este sacerdote tão zeloso, tão pontual, tão proficiente, tão respeitável – «o horrendo padre Salgueiro!»"

Num outro plano, que é o da ironia como visão do mundo, ela funciona como elemento representacional estruturante que tempera a agressividade do realismo (v.) crítico e instaura o cenário de uma dualidade. Sob o signo de um ceticismo distanciado, a ironia funciona como expressão algo cínica da consciência de antinomias inconciliáveis: por exemplo, as que se evidenciam n'*A Cidade e as Serras* ou na vivência da História por parte de Gonçalo Ramires. A esta ironia queirosiana, que tem em Fradique Mendes e no fradiquismo (v.) uma expressão sofisticada, não é estranho o vencidismo de quem prefere cultivar o jogo irónico, descrente da possibilidade de qualquer regeneração social ou moral.

Se a ironia queirosiana é uma expressiva marca de água estética e uma poderosa arma crítica, ela é também um arriscado artifício conceptual, por exigir um processo de leitura atento e perspicaz. A carta de Fradique Mendes sobre Pacheco mostra-o bem: conjugando uma encenação da verdade (trata-se de informar uma revista de História acerca do trajeto de um homem ilustre) com o tom de aparente elogio, a carta formula uma biografia que, a não ser em escassos e discretos momentos do texto, parece ser o contrário daquilo que é; corre-se, assim, o risco de celebrar o "imenso talento" da falsificação intelectual que é o medíocre e vazio Pacheco. Em termos próximos destes, Eça levou muito longe a ironia ao dar a Z. Zagallo a responsabilidade de, n'*O Conde d'Abranhos*, reportar, de novo em jeito de biografia, qualidades humanas e feitos políticos que só desse ponto de vista imbecilmente contemplativo e complacente podem sê-lo.

LITERATURA

A constituição da literatura como tema, na obra queirosiana, é um processo com motivações várias, desenvolvido em distintos planos de reflexão. A importância adquirida por um tal tema advém, antes mais, da relevância que o fenómeno literário conheceu, no tempo cultural de Eça: numa sociedade em que a leitura ocupava uma função cada vez mais saliente e onde era reconhecido ao escritor um destaque social apreciável, a literatura seria inevitavelmente objeto de tematização. Por outro lado, Eça revelou sempre uma notável vocação para a reflexão doutrinária, o que lhe deu a possibilidade de analisar questões técnicas, sociais e culturais levantadas pela literatura e pela sua escrita.

Nesse plano doutrinário, são inúmeras as intervenções queirosianas. Desde o tempo da *Gazeta de Portugal,* em textos depois incluídos nas *Prosas Bárbaras,* Eça vai dissertando sobre o romantismo (v.), os seus excessos e a sua projeção social; sobre o naturalismo (v.), os seus fundamentos ideológicos e os seus procedimentos técnicos; sobre o trabalho formal e as suas exigências; sobre os géneros literários e a sua composição; sobre a literatura e as suas formas de consagração institucional; sobre as sinuosas relações entre ficção e real. Textos como o prefácio (não publicado em vida) "Idealismo e Realismo (v.)", a carta-prefácio d'*O Mandarim*, o prefácio dos *Azulejos* do Conde de Arnoso, o prefácio d'*O Brasileiro Soares* de Luís de Magalhães, a carta pública a Carlos Lobo de Ávila sobre Alencar e Bulhão Pato (inserta nas *Notas Contemporâneas),* bem como inúmeras cartas particulares (sobretudo a Ramalho Ortigão, a Oliveira Martins, a Teófilo Braga e aos seus editores) são muito elucidativos da capacidade de ponderação metaliterária de Eça de Queirós.

A literatura tematiza-se também em quase todas as obras literárias queirosianas. Em vários romances, encena-se a função decorativa da literatura: em casa do desembargador Amado (n'*O Conde d'Abranhos),* no sarau da Trindade (n'*Os Maias*) ou no jantar literário pago por Artur Corvelo (n'*A Capital*), a literatura é declamada na presença de burgueses e aristocratas, políticos e funcionários públicos, que acolhem essa presença como ostentação cultural com repercussões sociais.

Ao mesmo tempo, a literatura modeliza-se também na figura do escritor como personagem. N'*O Crime do Padre Amaro*, essa figura é o fugaz poeta romântico Carlos Alcoforado (cap. V); para além deste, a galeria queirosiana de escritores é abundante e pitoresca: Ernestinho Ledesma, Korriscosso, Tomás de Alencar, João da Ega, Artur Corvelo, o poeta Roma e Gonçalo Mendes Ramires são algumas das figuras que a integram; em várias delas lêem-se os tiques, as convenções e as debilidades culturais determinadas pelos protocolos de comportamento e pela pela retórica do romantismo (v.). Eça consagra mesmo todo um romance (que não chegou, aliás, a terminar) à atribulada iniciação literária de um escritor: sintomaticamente, o subtítulo desse romance (*A Capital!*) é "Começos duma carreira".

O caso de Gonçalo Mendes Ramires é mais complexo. Motivado a escrever uma novela romântica, Gonçalo projeta no seu trabalho literário dificuldades e traumas que Eça conhecia bem, do complexo do plágio à luta denodada pelo estilo; para além disso, o fidalgo da Torre revela, com a sua experiência de novelista, os nexos e as cumplicidades existentes entre a notoriedade literária e a vida política.

Praticamente no termo final da sua reflexão literária sobre o escritor, a literatura e a criação literária, Eça reconstitui um poeta provindo da sua juventude literária: Carlos Fradique Mendes. Um dos aspetos mais interessantes do pensamento de Fradique Mendes é precisamente a sua conceção da literatura; defendendo posições eminentemente elitistas e anti-realistas, Fradique postula a dimensão formal da obra literária como sua componente dominante, afirmada de modo tão insistente que dela pode falar-se como obsessão de efeitos mutilantes: incapaz de atingir a forma perfeita, Fradique reduz a literatura ao silêncio e morre como escritor puramente virtual.

MULHER

A representação da mulher na obra de Eça de Queirós é indissociável do lugar por ela ocupado na sociedade e no imaginário do século XIX. Sobretudo na segunda metade de oitocentos, assistiu-se, na Europa e sempre mais tardiamente em Portugal, a modificações importantes do lugar e da função social da mulher, a caminho de uma sua emancipação não isenta de vacilações e sobretudo de resistências. Temas como a educação (v.), a família (v.), o amor (v.), o bovarismo (v.), o casamento ou o adultério (v.) cruzam-se diretamente, na ficção queirosiana e em textos programáticos, com o estatuto da mulher e com as mutações que esse estatuto ia sofrendo. Vista à distância de mais de um século e sobretudo descontextualizada do pensamento e da vida social do século XIX, a visão queirosiana da mulher apresenta-se-nos retrógrada e parcial; relacionada com a *doxa* dominante e com o decurso da evolução sócio-cultural da época, a imagem queirosiana da mulher assume a feição de um testemunho crítico, sustentado pelas representações então dominantes e condicionado pelo ponto de vista masculino que o elaborava. É decerto esse ponto de vista masculino, afetado pela tensão entre impulsos sexuais e interdições morais, que determina uma imagem da mulher como mistério e como contradição, imagem que perturbava o jovem Amaro nos tempos do seminário.

Aquém e antes das obras de ficção, *As Farpas* foram, neste aspeto como em muitos outros, um laboratório privilegiado de reflexão pré-romanesca, que reencontramos na reelaboração de *Uma Campanha Alegre*. Em textos como "As meninas da geração nova em Lisboa e a educação contemporânea" ou "O problema do adultério" a mulher é enquadrada num cenário que lhe reservava ainda fundamentalmente os papéis de esposa e de mãe; e esses papéis requeriam qualidades de educação, de recato e de dedicação que a mulher (e a adolescente) portuguesa parecia descuidar. Em Março de 1872, Eça escrevia n'*As Farpas*: "Depois da anemia do corpo, o que nas nossas raparigas mais impressiona – é a fraqueza moral que revelam os modos e os hábitos"; e é assim que personagens como Luísa ou Leopoldina, Amélia ou Ludovina projetam, nas suas vivências culturais, morais e espirituais, as fragilidades de uma formação e de uma atitude de vida que conduziam à degradação, pelo adultério ou pela dependência em relação ao homem, fosse ele o marido, o amante ou o sacerdote.

Quando não são diretamente afetadas pela educação (v.) e pelo romantismo (v.), as mulheres de Eça derivam para o excesso da conflitualidade e do azedume social (Juliana, n'*O Primo Basílio*) ou para a degradação da prostituição (Adélia n'*A Relíquia* ou as espanholas n'*A Capital!*). E mesmo aquela figura que exibia "um passo soberano de deusa, maravilhosamente bem feita" (*Os Maias*, cap. VI) acaba por revelar o lado sombrio de um trajeto pessoal trágico: o incesto (v.) protagonizado por Maria Eduarda e por Carlos parece, assim, remeter para a descrença na possibilidade de um amor pleno e fecundo.

Por fim, aflora na ficção queirosiana uma espécie de dualidade, no que toca ao papel e ao destino da mulher, dualidade a que o pensamento de Proudhon não é indiferente. Nos termos provocatórios que normalmente cultivava, João da Ega dá voz a esse pensamento, quando declara: "Uma mulher com prendas, sobretudo com prendas literárias, sabendo dizer coisas sobre o Sr. Thiers, ou sobre o Sr. Zola, é um monstro"; e a isto acrescenta, em jeito conclusivo: "A mulher só devia ter duas prendas: cozinhar bem e amar bem" (Os Maias, cap. XII).

NATURALISMO

Logo n'As Farpas (1871-72) Eça como que prepara a sua ficção naturalista, surgindo nelas temas sociais (a ação do clero, o parlamentarismo, a literatura (v.), o teatro, a educação (v.), a condição da mulher (v.), o adultério (v.), etc.) que remetem para os romances que estão para vir. Depois disso, Eça publica, em três sucessivas versões (1875, 1876 e 1880), O Crime do Padre Amaro, filiado nos princípios da estética naturalista, uma filiação que, contudo, se atenua da segunda para a terceira versão. O Crime do Padre Amaro resultou da observação direta do cenário de Leiria, espaço onde se desenrola a história de amor (v.) de um jovem padre (Amaro) que seduz uma jovem devota (Amélia), por entre as pequenas intrigas e hipocrisias de um meio em que os sacerdotes e a Igreja ocupam um lugar de grande destaque social; acresce a isto a configuração psico-fisiológica dos dois protagonistas, personagens de temperamento ardente e sensual, pouco propensas à contenção que o sacerdócio (v.) imposto a Amaro exigia.

Também O Primo Basílio (1878) corresponde ao fundamental da doutrinação naturalista, interiorizada por um Eça militantemente consciente das responsabilidades sociais da arte. O Primo Basílio relata uma intriga de adultério: Luísa, burguesa ociosa e formada sob o signo de leituras românticas, entedia-se quando Jorge, o marido, se ausenta para o Alentejo; ao reencontrar Basílio, primo e namorado de adolescência, Luísa tenta materializar nele as imagens romanescas e aventurosas de que se nutria a sua imaginação. Assim, o adultério resulta da conjugação de fatores deletérios; junta-se-lhe a atmosfera medíocre da Lisboa da Regeneração, que tem na monotonia dos serões e no Passeio Público praticamente os seus únicos divertimentos.

Ao longo dos anos 80, o naturalismo (v.) queirosiano vai-se desgastando. Se *O Mandarim* (1880) evidencia uma deriva para o fantástico, a experiência de vida de um Eça ausente no estrangeiro convida ao afastamento de uma disciplina literária sentida pelo escritor como forçada; por isso, confessa a Ramalho Ortigão, em Abril de 1878: "Balzac (...) não poderia escrever a *Comédia Humana* em Manchester, e Zola não lograria fazer uma linha dos *Rougon* em Cardife. Eu, não posso pintar Portugal em Newcastle". E contudo, não está radicalmente ausente d'*Os Maias* (1880) a presença do naturalismo (v.): é ao nível do tratamento das personagens que essa permanência se observa, constituindo Pedro da Maia e Eusebiozinho casos evidentes de sobrevivência de procedimentos naturalistas, quando se observa a relação de causalidade existente entre as respetivas educações românticas e os seus destinos individuais.

Por fim, importa notar que, no plano da reflexão doutrinária, Eça foi dando testemunho da relação crítica que matinha com o naturalismo (v.) e com a receção de que ele era objeto; no prefácio dos *Azulejos* do conde de Arnoso (de 1886), esse testemunho é muito explícito. Mas nesse texto, é sobretudo o meio cultural de Lisboa, "velha criada de abade que se arrebica à francesa", que parece incapaz de entender o que é uma obra naturalista: "obra observada e não sonhada; obra modelada sobre as formas da Natureza, não recortada sobre moldes de papel". O Eça que escrevia isto ia, entretanto, descrendo da estética naturalista e manifestando crescente sedução por temas e valores estéticos que chegavam a fazer a apologia de uma visão idealizada da arte, tal como em parte a encontramos representada no Fradique Mendes que, por meados desses anos 80, ia assomando.

NATUREZA

A representação da natureza, na ficção queirosiana, ocupa um lugar de certo relevo, que resulta sobretudo da confrontação com outros sentidos temáticos com ela relacionados: a cidade (v.), a civilização (v.), o campo (v.), etc. Isto significa que, em muitos casos, essa representação ocorre não como um fim em si, mas como parte de um mais complexo processo de análise de ideias e valores.

Nos romances de cenário urbano, a natureza é pouco mais do que paisagem ocasional: n'*O Crime do Padre Amaro* são os campos de Leiria ou o cenário rural da Ricoça, enquanto n'*O Primo Basílio* só fugazmente aparecem o Lumiar e o Campo Grande, neste último caso como espaços suburbanos algo descaracterizados. Já, contudo, n'*Os Maias,* a situação é distinta. Pelo menos em dois capítulos (o III e o VIII), a natureza constitui um elemento estruturante da história, com alguma interferência no seu devir. Assim, em Santa Olávia (cap. III) evidenciam-se as potencialidades educativas da natureza, cuja exuberante energia parece transmitir-se a Carlos, através de um método educativo inovador; em Sintra (cap. VIII), a descrição da natureza conjuga-se com estados de espírito de Carlos, Cruges e Alencar: se estes últimos sentem o elemento natural em função das convenções do romantismo (v.) que os caracteriza, Carlos projeta, através do olhar que lança sobre a natureza, os sentimentos nele suscitados por Maria Eduarda: esplendor plástico, sensualidade pagã, veneração, etc.

As últimas obras de Eça contemplam a natureza como eixo temático fundamental. N'*A Correspondência de Fradique Mendes,* ela associa-se diretamente à simplicidade da vida rústica (carta XII, a Madame de Jouarre). N'*A Cidade e as Serras*, as referências naturais começam por traduzir, por um movimento de rejeição, a fixação de Jacinto na civilização urbana, artificial e técnica; já, porém, ao viajar para as serras (que são também um espaço português, contraposto ao estrangeiro) Jacinto encontra em Tormes uma natureza que é objeto de uma descrição minuciosa, correspondendo essa descrição à configuração de um mundo novo, pujante de beleza e de energia; ilustra-se assim um cenário paradisíaco, anunciando o vigor da vida no campo, que acolhe alguém provindo da civilização geradora de um cansaço existencial que só as coisas naturais parecem capazes de remediar. À medida, porém, que o cenário natural se vai desvendando, emergem nele sintomas de imperfeição e de crise social (a miséria e a doença da gente rural) que inviabilizam uma visão puramente idílica desse cenário natural.

ÓCIO

O tema do ócio, na obra de Eça, envolve preocupações de ordem cultural e social, diretamente relacionadas com o estado de diversas instituições e tipos humanos: com a condição da mulher (v.), com a vida quotidiana da burguesia, com o comportamento das elites, etc. Um tal tema explica-se também por força de uma ausência: a das classes trabalhadoras, designadamente o proletariado, escassa ou mesmo nulamente representado na obra queirosiana.

Desde *As Farpas*, em textos depois inseridos em *Uma Campanha Alegre*, que a sociedade portuguesa, particularmente a burguesa e urbana, é criticamente apresentada como uma sociedade improdutiva. Em conjugação com o ócio que nela grassa, um fenómeno como o adultério (v.) explica-se pela inatividade da mulher.

Várias personagens queirosianas confirmam esta tese. O trajeto que leva ao adultério a condessa de W., Luísa,

Leopoldina, Ludovina ou a condessa de Gouvarinho é condicionado por uma ociosidade eventualmente condimentada com leituras românticas e afetada pelo tédio (v.) que a vida desocupada suscita. O que não quer dizer que o ócio seja, nos romances de Eça, um defeito apenas feminino: normalmente dotadas de fortuna ou, pelo menos, de recursos económicos significativos, as personagens masculinas vivem o mesmo problema. A situação de Carlos da Maia é, neste aspeto, sintomática: tendo decidido, ao arrepio de todas as expectativas, enveredar por uma vida ativa de médico, Carlos encontra no seu caminho as resistências dos que não levam a sério um tal propósito, compartilhado apenas com Afonso da Maia. É este quem declara, referindo-se à vocação médica do neto: «Eu não o educo para vadio, muito menos para amador; educo-o para ser útil ao seu país...» (cap. IV). E contudo, as mesquinhas limitações do meio e também uma inelutável tendência para o diletantismo acabam por frustrar os projetos de trabalho de Carlos, como se a ociosidade fosse um estigma de classe insuscetível de ser anulado.

Noutras personagens, nem se coloca a questão de trabalhar: Teodoro aproveita a herança do mandarim para mergulhar na ociosidade (mas conclui, no final da narrativa, que «só sabe bem o pão que dia a dia ganham as nossas mãos») e, também ocioso, Teodorico Raposo aguarda a herança de D. Patrocínio. Já, contudo, as últimas personagens queirosianas regeneram-se quando descobrem uma atividade produtiva: Jacinto descobre, nas Serras, o trabalho da Natureza, com os seus ritmos e com os seus frutos. E Gonçalo Mendes Ramires tende a superar a decadência da família (v.) e do seu nome histórico quando, recusando a inércia em que vegetava, bem como as benesses de uma vida política ociosa, enveredar por uma exploração colonial, apesar de tudo de desenvolvimentos incertos.

PORTUGAL

Apoiado no impulso coletivo da Geração de 70, Eça tematiza Portugal desde os seus primeiros textos: logo na *Gazeta de Portugal*, num texto depois inserido nas *Prosas Bárbaras*, escreve: «Portugal, na história, é sobretudo um país de luta, de força, de ação material» ("Da Pintura em Portugal"). A partir de 1871, a imagem do atraso português é longamente pormenorizada nos textos d'*As Farpas*: a nossa vida pública, da política à literatura (v.) e ao teatro, passando pela instituição militar, pela Igreja, pelo jornalismo e pela educação (v.) é objeto de uma análise mordaz.

É sobretudo no episódio final d'*O Crime do Padre Amaro* que o investimento em imagens simbólicas evidencia o aprofundamento da reflexão queirosiana sobre Portugal, para além do concreto da crítica de costumes. A estátua de Camões, no meio de um cenário de decadência (v.), permite, então, desmentir a miopia do conde de Ribamar e notar a contradição desse presente com uma «pátria para sempre passada, memória quase perdida!»

O episódio final d'*O Crime do Padre Amaro* significa também que o tema de Portugal se cruza com a questão da História. No mesmo ano de 1880 em que publicou a terceira versão d'*O Crime do Padre Amaro,* Eça enfrentou-se com Pinheiro Chagas numa polémica em que defendeu uma conceção de patriotismo marcada por uma interpretação crítica da História de Portugal. N'*Os Maias*, a decadência portuguesa é objeto de uma análise eminentemente crítica: questões como a relação de Portugal com a Espanha (discutida num episódio do cap. VI em que avulta o patriotismo de Tomás de Alencar) ou a responsabilidade cívica das elites constituem elementos importantes dessa análise, desembocando num episódio final carregado de elementos simbólicos. Nesse episódio final, a estátua de Camões, o Chiado, os Restauradores e o Castelo são imagens parcelares de um Portugal visto pelo olhar do regressado Carlos da Maia; o que se deduz desse olhar é o ceticismo relativamente à capacidade de sobrevivência histórica de um país em que apenas aparece como autêntico o que ficou do Portugal anterior ao Liberalismo: «Resta aquilo, que é genuíno...», afirma Carlos olhando «os altos da cidade», onde «assentavam pesadamente os conventos, as igrejas, as atarracadas vivendas eclesiásticas» (cap. XVIII).

Já no final da sua vida literária, Eça rejeita atitudes nacionalistas e restauracionistas que se propunham cultivar uma imagem passadista de Portugal e da sua História; é essa recusa que se expressa numa carta de 1894 a Alberto de Oliveira, em que Eça declara: «Não se curam misérias ressuscitando tradições». Na linha dessa rejeição, *A Ilustre Casa de Ramires* propõe-se ser, em registo ficcional, uma reflexão sobre a nossa memória histórica e sobre a relação de Portugal com o seu passado. Gonçalo Mendes Ramires, fidalgo decadente e escritor de circunstância, empreende, quase por acaso, essa reflexão; e ao terminar a escrita de uma novela histórica, consciencializa-se das responsabilidades do seu passado e parte para uma aventura colonial em África. Não fica claro, no final da história, se essa incursão africana é a solução para a revitalização de Portugal; mas nem por isso uma personagem do romance (João Gouveia) deixa de notar que Gonçalo, «assim todo completo, com o bem, com o mal» (cap. XII), lembra exatamente Portugal.

REALISMO

Quando, em Junho de 1871, Eça de Queirós, na conferência que proferiu no Casino Lisbonense (e cujo texto não se conhece), defendeu o realismo como nova literatura, o que então se anunciou foi o advento em Portugal de uma corrente estética já madura noutros países e manifestada de forma incipiente entre nós. Na sua intervenção, Eça terá aludido a Flaubert como paradigma de referência; e nesse mesmo ano de 1871, quando n'*As Farpas* evocou Júlio Dinis, por ocasião da sua morte, não deixou de reconhecer nele traços de uma atitude realista, de resto já presente em textos do Camilo dos anos 60, por exemplo em *Vinte Horas de Liteira* (1864) ou em *Queda dum Anjo* (1866).

Não há dúvida, porém, de que foi o impulso queirosiano, apoiado em modelos artísticos, literários e ideológicos (a pintura de Courbet, o já citado Flaubert, o pensamento de Proudhon, etc.), que permitiu consolidar uma estética que bem se articulava com as preocupações sociais e até políticas da chamada Geração de 70. Os textos d'*As Farpas* foram, neste aspeto, cruciais para a referida consolidação; procede-se neles ao levantamento de temas e de comportamentos – a vida religiosa, a vida política, o estado da literatura e do teatro, a educação (v.), a condição da mulher (v.), etc. – que os romances dos anos 70 e ainda, em parte, dos anos 80 tratarão de elaborar ficcionalmente. Em personagens como os padres d'*O Crime do Padre Amaro* (1880) ou os amigos do círculo de Luísa, n'*O Primo Basílio* (1878), percebe-se bem a importância dos tipos sociais e mentais como instrumentos de análise e de crítica do cenário português da segunda metade do século XIX.

Os propósitos realistas de Eça não tiveram, contudo, a efetividade que o escritor projetou, como bem evidencia o fracasso das *Cenas da Vida Portuguesa*. Além disso, quase de imediato o realismo queirosiano associou-se ao naturalismo (v.), a ponto de ser muito difícil destrinçar um do outro: o próprio Eça sentiu essa dificuldade quando, em diversos textos doutrinários (por exemplo, no que é conhecido pelo título "Idealismo e Realismo", de 1879), oscilou entre referências ao realismo e referências ao naturalismo (v.).

A partir dos anos 80, o realismo queirosiano vai cedendo lugar a outros apelos: a incursões pelo fantástico, pelo imaginário bíblico ou por motivos e por temas de recorte trágico, nem sempre facilmente conjugáveis com a estética realista. A epígrafe "Sobre a nudez forte da verdade, o manto diáfano da fantasia", inscrita na abertura d'*A Relíquia* (1887), constitui a mais expressiva afirmação da deriva para rumos estéticos post-realistas. O que não impede que, já em obras finais da produção de Eça, se faça notar a persistência de processos realistas: a subtil crítica ao romantismo (v.) medievalizante, a emergência da temática do adultério (v.) ou o desenho de tipos sociais são, n'*A Ilustre Casa de Ramires* (1900), uma demonstração clara daquela persistência.

RELIGIÃO

A presença da religião (particularmente o catolicismo) e de temas de índole religiosa, na obra de Eça de Queirós, é praticamente constante.

Este é um domínio de análise diretamente relacionado com a atividade da chamada Geração de 70. Provinda do pensamento de Proudhon, difundido sobretudo por Antero, a questão da influência da Igreja Católica e do clero na sociedade está presente em diferentes intervenções públicas: por exemplo, na conferência anteriana no Casino (onde se denuncia a ação da religião católica como uma das "Causas da decadência dos povos peninsulares"), na obra de Guerra Junqueiro *A Velhice do Padre Eterno* (1885) ou nos textos d'*As Farpas*, em que tal questão foi objeto de frequentes reflexões críticas, normalmente relacionadas com temas afins: a educação (v.), a responsabilidade moral do indivíduo, o sacerdócio (v.), etc.

Nas obras de ficção a religião e a devoção religiosa surgem como temas dominantes, particularmente n'*O Crime do Padre Amaro* e n'*A Relíquia*. No primeiro, o subtítulo "Cenas da vida devota" sublinha a dominância dos temas mencionados; o comportamento das personagens (sobretudo as femininas), os episódios religiosos que protagonizam e os objetos que as rodeiam são motivados por uma religiosidade transferida para o padre, para as imagens dos santos ou para as relíquias, conforme nota o Dr. Gouveia no final do cap. XIII.

N'*A Relíquia*, a vivência da religião distribui-se sobretudo por duas personagens e concretiza-se de modos distintos: em D. Patrocínio das Neves, ela assume contornos de fanatismo e de obsessão esvaziada de calor humano, fixando-se no culto das relíquias e dos santos que ocupam o oratório; em Teodorico Raposo, a devoção religiosa é uma pura mistificação, calculadamente encenada para agradar à tia, sob o signo de uma hipocrisia (v.) constante.

A crítica queirosiana às subversões da religião e da religiosidade não impede o reconhecimento de outras atitudes: mesmo n'*O Crime do Padre Amaro*, o abade Ferrão representa uma prática sacerdotal autêntica e evangélica. E à medida que a obra queirosiana vai evoluindo, a temática em causa é reelaborada: n'*A Correspondência de Fradique Mendes*, sob o signo da ironia (v.), Fradique defende, perante Guerra Junqueiro, os rituais como materialização da fé e da devoção: «Meu bom amigo, uma religião a que se elimine o ritual desaparece – porque as religiões para os homens (...) não passam de um conjunto de ritos através dos quais cada povo procura estabelecer uma comunicação íntima com Deus e obter dele favores» (carta V). Por fim, os relatos de inspiração bíblica ou hagiológica evidenciam atitudes de grande pureza devocional e de apurada vivência religiosa: a criança que espera a vinda de Jesus (no conto "O Suave Milagre") ou o comportamento de Onofre, dedicado à oração e depois à solidariedade, colocam-se no extremo oposto dos desvios observados nos romances do realismo (v.) crítico.

ROMANCE

O romance constitui o género narrativo inquestionavelmente mais importante e significativo, no conjunto da produção queirosiana. Ao longo da sua vida literária, Eça escreveu, publicou ou preparou para publicação um conjunto de romances que podem ser considerados dos mais destacados de toda a nossa história literária: *O Crime do Padre Amaro* (três versões: 1875, 1876 e 1880), *O Primo Basílio* (1878), *A Relíquia* (1887), *Os Maias* (1888), *A Ilustre Casa de Ramires* (1900) e *A Cidade e as Serras* (1901).

A opção de Eça de Queirós pelo romance sintoniza não apenas com dominantes sócio-culturais do seu tempo, mas também e correlatamente com as solicitações de grandes movimentos literários como o realismo (v.) e o naturalismo (v.), movimentos a que o romancista veio a aderir, ainda que de forma nem sempre ortodoxa. Essa adesão torna-se visível em particular nos anos 70 e 80 do século XIX, na sequência de um tempo de aprendizagem em que Eça escreveu para jornais (p. ex. *Gazeta de Portugal* e *Distrito de Évora),* esboçou relatos de viagens (postumamente reunidos no volume *O Egito,* 1926), compôs um romance epistolar (*O Mistério da Estrada de Sintra,* 1870) em co-autoria com Ramalho Ortigão, com quem entrou também na aventura d'*As Farpas* (1871-72). De uma forma ou de outra, estas experiências contribuem para a formação do romancista que olha de forma atenta e crítica para a sociedade portuguesa; o romance é, assim, o resultado do diálogo do escritor com o seu tempo, diálogo em parte desencadeado pelas posições programáticas adotadas na conferência do Casino (1871), em que Eça fez a apologia do realismo (v.).

Obras como *O Crime do Padre Amaro* ou *O Primo Basílio* ilustram de forma muito sugestiva a arquitetura do romance naturalista, com personagens em degradação, com espaços sociais e culturais bem caracterizados e com intrigas ao serviço da demonstração de teses (p. ex.: as causas do adultério (v.) feminino ou os desvios da prática sacerdotal). Já *Os Maias,* pela profundidade e pela complexidade do cenário em que a ação se projeta, relevam em parte da conceção do chamado romance-fresco, articulando o destino de uma família com as mutações histórico-sociais de um tempo alargado. *A Relíquia* persiste em procedimentos representacionais de índole realista (designadamente pela observação dos costumes religiosos), mas abre-se a outras temáticas e soluções narrativas (narrativa picaresca, relato de viagem, relato bíblico, etc.). E *A Ilustre Casa de Ramires* não escapa, ainda que persistindo em processos genericamente realistas, ao cruzamento com um subgénero que quase secretamente atraía Eça: o romance histórico. Registe-se ainda que o romance inacabado *A Capital!* pode ser considerado uma modulação do chamado romance de formação, em parte de acordo com o modelo flaubertiano da *Éducation sentimentale*.

Como aconteceu com outros grandes romancistas do seu tempo (Flaubert, Clarín, Machado de Assis), Eça não encarou o romance como um género fechado sobre si mesmo. Na crónica (v.) de imprensa ou no conto (v.) o escritor testou temas, personagens e estratégias narrativas que reencontramos nos romances; o exemplo conhecido (mas não o único) é o do conto *Civilização* (1892), ampliado e aprofundado (pois que nele se não procede a um simples alargamento textual) em *A Cidade e as Serras*.

ROMANTISMO

A tematização do romantismo, nas obras queirosianas, constitui um aspeto particular da tematização mais geral da literatura (v.). Motivado a fazer o processo crítico da sociedade portuguesa, de acordo com o propósito da Geração de 70, Eça (como Ramalho Ortigão, Guerra Junqueiro ou Oliveira Martins) encara o romantismo como um dos males de que essa sociedade enferma: a sua tendência melancólica, o seu artificialismo emocional e a sua debilidade moral são aspectos normalmente criticados pelo Eça que, nas Conferências do Casino, defende o realismo (v.) como nova literatura. A par disso, os textos d'*As Farpas* denunciam as perturbações culturais e morais que a literatura romântica suscita nos seus leitores, particularmente nas mulheres (cf. "As meninas da geração nova em Lisboa e a educação contemporânea" e "O problema do adultério").

Isso não impediu que Eça tivesse muitas vezes sentido, em relação à estética romântica, uma atração que visava sobretudo os seus aspetos mais ousados, exóticos e, nalguns momentos, satânicos. Dos textos da *Gazeta de Portugal* à figura de Fradique Mendes (que, numa primeira fase, apresenta uma feição satânica), passando pel'*O Mistério da Estrada de Sintra* e pel'*O Mandarim* é evidente esse fascínio, que não deve ser confundido com a crítica sistemática a um outro romantismo: o que se cristalizava em processos, textos e poses sentimentalistas e formalmente conservadores. É disso que releva a configuração de personagens como a Luísa d'*O Primo Basílio* ou, em articulação com a devoção religiosa, a Amélia d'*O Primo Basílio*.

Por isso o escritor romântico, enquanto personagem ficcional, surge quase sempre caricaturado. Figuras como Ernestinho Ledesma, Tomás de Alencar ou Artur Corvelo personificam o que de mais convencional e culturalmente limitado existia na literatura romântica; e Gonçalo Mendes Ramires, enquanto escritor de circunstância, ilustra vícios compositivos do novelista fixado em temas históricos: o plágio, a retórica medievalizante, etc.

Isso não impediu Eça de Queirós de reconhecer o nexo de cumplicidade que unia essa literatura romântica aos hábitos da vida social portuguesa. O subtítulo d'*Os Maias* ("Episódios da Vida Romântica") e o trajeto de Carlos da Maia e João da Ega mostram até que ponto o romantismo era uma espécie de condenação cultural a que não era possível escapar; é o peso dessa condenação que em parte explica os dramas da família dos Maias, do suicídio de Pedro da Maia – personagem traumaticamente marcada pela cultura romântica – ao vencidismo de Carlos da Maia. Não por acaso, João da Ega, ele mesmo afetado pelo romantismo em diferentes momentos e formulações (com destaque para a irreverência satânica que era sua marca distintiva), chega a uma conclusão amarga, no final d'*Os Maias*: «Que temos nós sido desde o colégio, desde o exame de latim? Românticos: isto é, indivíduos inferiores que se governam na vida pelo sentimento, e não pela razão...» (cap. XVIII).

SACERDÓCIO

De acordo com algumas das fundamentais preocupações sociais e ideológicas da Geração de 70, os temas religiosos ocuparam um lugar de destaque na obra queirosiana. A questão do sacerdócio, nos diversos aspetos que envolve (celibato, poder temporal do clero, cumplicidades políticas, etc.) constitui um tema central em diversos textos d'*As Farpas*, depois integrados em *Uma Campanha Alegre*.

No que toca à obra propriamente ficcional, é n'*O Crime do Padre Amaro* que o sacerdócio constitui tema central. Pode mesmo dizer-se que gira em torno dele uma das teses que o romance demonstra: a que postula que o sacerdócio sem vocação conduz inevitavelmente o padre à degradação do seu ministério. Em articulação com esta tese – que obviamente se acha corporizada no protagonista do romance – desenvolve-se o tema do celibato, entendido pelo próprio padre Amaro como mutilação de instintos que a condição sacerdotal não anula. Em vez disso, o sacerdote permite que os crentes (e, dentre esses, sobretudo as mulheres) confundam o padre com Deus, arrogando-se um poder que não se cinge à esfera espiritual e que assume sobretudo uma dimensão social e até política. O padre Amaro, o padre Natário ou o cónego Dias são os maus exemplos desse poder abusivo, juntando a isso outros defeitos (a luxúria, a gula, a calúnia, etc.). O anticlericalismo (v.) que as personagens e situações mencionadas favorecem – anticlericalismo que, no romance, é interpretado pelo Dr. Gouveia – tende, entretanto, a atenuar-se, com a entrada em cena do abade Ferrão, figura em quem se patenteia um sacerdócio praticado de forma piedosa e solidária. Trata-se, assim, de matizar o anticlericalismo, o que, por outro lado, significa que, para Eça, aquilo que está em causa não é tanto a instituição religiosa, mas antes os responsáveis por deformações que no seu seio se levam a cabo.

Que a atitude do escritor não é rígida, prova-o a evolução, no contexto da sua obra, desta temática. N'*A Relíquia,* os sacerdotes são ainda coniventes com excessos como o culto das relíquias ou a exploração da beatice; mas n'*A Correspondência de Fradique Mendes*, a figura do padre Salgueiro representa um outro cambiante desta temática. O seu sacerdócio é exercido em termos burocráticos e inteiramente despidos de espiritualidade, de tal forma que Fradique Mendes, num registo de fina ironia (v.), conclui: "Jesus Cristo não possui melhor amanuense" (carta XIV). Já no final da obra queirosiana, surge um sacerdote (padre Soeiro, d'*A Ilustre Casa de Ramires*) cuja doçura e bondade sintonizam com a suavização de processos críticos e mesmo com a sedução evangélica que esse último Eça evidencia.

TÉDIO

A questão do tédio, tematizada nas obras ficcionais de Eça de Queirós, reporta-se a situações sociais e psicológicas que condicionam o comportamento das personagens; por outro lado, o tédio tem que ver com outras questões que lhe andam normalmente associadas: o ócio (v.), a banalidade e a rotina de certos comportamentos, sobretudo no seio da família burguesa, etc.

Antes de ocorrer nos grandes romances queirosianos, o tédio é analisado como efeito perverso de uma educação (v.) doentia, tal como ela é descrita na farpa "As meninas da geração nova em Lisboa e a educação contemporânea". Na obra ficcional, a tematização do tédio encontra-se contemplada logo n'*O Mistério da Estrada de Sintra*, na pessoa da condessa de W. que, ao auto-analisar o seu quotidiano, reconhece: «Aborreço-me»; e continua: «Logo que ele [meu marido] sai, bocejo, abro um romance, ralho com as criadas, penteio os filhos, torno a bocejar, abro a janela, olho» ("A confissão dela"). Daí decorre o adultério (v.), tal como de forma muito mais circunstanciada é relatado n'*O Primo Basílio*: quando Jorge parte, Luisa acha-se só e entediada: «Estava tão farta de estar só! Aborrecia-se tanto! De manhã, ainda tinha os arranjos, a costura, a *toilette,* algum romance... Mas de tarde!» (cap. III); e mais adiante Luísa acha que «não ter nada que fazer» foi uma das razões que a levaram aos braços de Basílio (cap. VII).

À medida que a obra queirosiana evolui, a problemática do tédio começa a ser equacionada em termos civilizacionais, mais do que sociais. Se n'*Os Maias* a ociosidade (que não é voluntária, mas uma espécie de estigma de classe) pode ainda explicar assomos de tédio em Carlos da Maia, noutros textos é a civilização (v.) do fim de século, com os seus requintes e com as suas exigências, que põe em causa a alegria de viver: o texto "A decadência do riso" (de 1891, inserido em *Notas Contemporâneas*) refere-se expressamente ao «bocejar infinito» do homem moderno, «no meio dos inumeráveis instrumentos das ciências e das artes», por fim convencido da «inutilidade de tudo». Assim se explica também – ainda que no registo alegórico que o enquadramento mitológico favorece – a tristeza de Ulisses (no conto "A Perfeição"), saudoso das coisas imperfeitas; mas é sobretudo em Jacinto e, de novo, nos seus incessantes bocejos e no ar de desalento que Zé Fernandes observa, que claramente se representa o tédio como doença da civilização. Neste caso, essa civilização traz consigo um excesso de que o criado Grilo sabiamente se apercebe, quando diagnostica em termos lapidares o mal de que padece o amo: «Sua Excelência sofre de fartura» (cap. V); por fim, é o mesmo Grilo quem, perante a revitalização de um Jacinto feito pai de família, observa: «Sua Excelência brotou!» (cap. XV).

7.
REPRESENTAÇÕES

REPRESENTAÇÕES

Pela sua natureza, a obra de Eça de Queirós tem dado lugar, praticamente desde que começou a ser publicada, a diversas tentativas de transposição para outras linguagens e meios de representação. O elenco que a seguir se apresenta constitui uma selecção do que até aos nossos dias foi feito, selecção em parte apoiada nas informações contidas na *Bibliografía Queirociana* de Ernesto Guerra da Cal (tomos 3.º e 4.º, sob a rubrica "Obras artísticas derivadas de la figura o de la creación literaria de E. de Q.").

1. Teatro

As Farpas
Alegre Campanha. Uma dramaturgia de textos jornalísticos de Eça de Queirós. Lisboa: Pub. Dom Quixote-Sociedade Portuguesa de Autores, 2006. Dramaturgia e encenação de Silvina Pereira. Com Júlio Martín, Silvina Pereira, Mário Redondo e Bruno Fernandes, entre outros. Teatro Maizum. Estreou-se a 19 de Julho de 2001, na Sala dos Espelhos do Palácio Foz, em Lisboa.

O Primo Basílio
[*O Primo Basílio*]. Adaptação teatral por António Frederico Cardoso de Meneses. Com Luís Furtado Coelho, Apolônia Pinto, Miguel Arcanjo Gusmão e outros. Estreou-se a 4 de Julho de 1878, no Teatro do Cassino, no Rio de Janeiro.

O Crime do Padre Amaro
O Crime do Padre Amaro. Drama. Com um prólogo, 4 actos e epílogo. Extraído por Augusto Fábregas do primoroso romance realista de Eça de Queirós. Proi-

bido pelo Conservatório Dramático. Rio de Janeiro: Emp. Edit. de Marques Ribeiro & Ca., 1884. Estreou--se a 25 de Abril de 1890, no Teatro Lucinda, no Rio de Janeiro. Com Luís Furtado Coelho, Isménia Santos, Gabriela Montani e outros.

El Crimen del Padre Amaro. Adaptação teatral por García Iniesta. Estreou-se nos fins de 1938, no Teatro Infanta Isabel, em Madrid.

O Crime do Padre Amaro. Adaptação teatral do romance de Eça de Queirós, por Mafalda Mendes de Almeida e Artur Portella (Filho). Lisboa: Moraes Editores, 1978. Encenação de Armando Cortez. Com Vítor de Sousa, Fernanda Garção, Armando Cortez, Cármen Mendes e outros. Estreou-se em Fevereiro de 1978, no Teatro Maria Matos, em Lisboa.

Os Maias
Os Maias. Adaptação teatral por José Bruno Carreiro. Estreou-se a 24 de Novembro de 1945, no Teatro Nacional de D. Maria II, em Lisboa. Com Amélia Rey Colaço, Raúl de Carvalho, Robles Monteiro, Lourdes Norberto e outros. Foi reposta a 25 de Novembro de 1962, no mesmo teatro, com Lourdes Norberto, Paiva Raposo, Jacinto Ramos, Raul de Carvalho e outros.

A Relíquia
A Relíquia. Adaptação teatral por Artur Ramos e Luís Sttau Monteiro. Encenação de Artur Ramos. Com Mário Pereira, Elvira Velez, Hermínia Tojal, Fernanda Montemor e outros. Estreou-se a 12 de Fevereiro de 1970, no Teatro Maria Matos, em Lisboa.

La Reliquia. Adaptação em castelhano por J. Zacarias Tallet, baseada na adaptação portuguesa por Artur

Ramos e Luís Sttau Monteiro. Encenação de Eduardo Cassis. Com Gonzalo Menadro, Eduardo Cassis, Beatriz de la Parra, Héctor Vargas, Hugo Roa, José Bozo e outros. Estreou-se a 14 de Junho de 1974, no Teatro Nacional Popular, em La Paz (Bolívia).

Que Relíquia. Adaptação dramatúrgica e encenação de José Leitão; música original de Alfredo Teixeira. Com Afonso Guerreiro, Cecília Fernandes, Marta Mateus, Paulo Ribeiro e Susana Barbosa. Estreou-se a 13 de Abril de 2000, no Cine-Teatro Garret, da Póvoa de Varzim.

A Capital
A Capital. Obras de Eça de Queiroz. XVII. Adaptação teatral por Artur Portela Filho e Artur Ramos. Lisboa: Ed. Livros do Brasil, 1971. Estreou-se a 22 de Maio de 1971, no Teatro Villaret, em Lisboa. Encenação de Artur Ramos e Pablo Lucena. Com António Montez, João Guedes, Carlos Santos, Glicínia Quartin e outros.

A Tragédia da Rua das Flores
A Tragédia da Rua das Flores. Roteiro dramático em duas partes, de Carlos Manuel Rodrigues. Lisboa: Ulmeiro, 1981. Adaptação cénica por Armando Cortez. Com Simone de Oliveira, Vítor de Sousa (depois: Carlos Daniel), Armando Cortez, Henrique Santos e outros. Estreou-se a 19 de Maio de 1981, no Teatro Maria Matos, em Lisboa.

O Mandarim
Matar um homem na China. Adaptação dramática por Roxana Eminescu. Encenação e produção de Dorel--Neagu Iacobescu. Com Dorel-Neagu Iacobescu. Estreou-se a 27 de Maio de 1982, na sala experimental do Teatro Nacional de D. Maria II, em Lisboa.

Contos
   Suave Milagre; mistério em 4 actos e 6 quadros. Extraído de um conto de Eça de Queiroz. Conde de Arnoso. Com versos de Alberto de Oliveira e música de Óscar da Silva. Lisboa: Liv. Ferin (Imprensa Nacional), 1902. Estreou-se a 9 de Dezembro de 1901, no Teatro Nacional de D. Maria II, em Lisboa. Com Carlos Santos, Ferreira da Silva e Georgina Pinto.

A Ilustre Casa de Ramires
   António Torrado, *A Ilustre Casa*. Peça em três actos, um prólogo e um epílogo. Viana do Castelo: Teatro do Noroeste, 1996.

2. **Cinema**

   O Mistério da Estrada de Sintra
   O Mistério da Estrada de Sintra. Realização de Jorge Paixão da Costa; adaptação de Mário Botequilha e Nuno Vaz. Com Ivo Canelas, António Pedro Cerdeira, Nicolau Breyner, Bruna di Tulio e Rogério Samora, entre outros. Produção: Filmes Fundo e Moonshot Pictures, Lisboa, 2007.

   O Crime do Padre Amaro
   El Crimen del Padre Amaro. Realização de Carlos Carrera; guião de Vicente Leñero. Com Gael García Bernal, Ana Cláudia Talancón, Sancho Gracia e Adelia Alarcón, entre outros. Produção Alfredo Ripstein e Alameda Films, México, 2002.

   O Crime do Padre Amaro. Realização de Carlos Coelho da Silva; guião de Vera Sacramento; com Jorge Corrula, Soraia Chaves, Nicolau Breyner, Ana Bustorff, Rogério

Samora e Nuno Melo, entre outros. Produção SIC e Utopia, Lisboa, 2005.

O Primo Basílio
O Primo Basílio. Realização de Georges Pallu. Com Amélia Rey Collaço, Robles Monteiro, Ângela Pinto, Raul de Carvalho, Álvaro Barradas e Artur Duarte. Produção: Invicta Films, Porto, 1922.

El Deseo. Direcção artística de J. Jantur e Carlos Shillieper; guião de Alexandro Verbisky e Emilio Villalba. Com Santiago Gómez, Aída Luz, Roberto Arnaldi e Luna O'Connor entre outros. Produção E. F. A., Buenos Aires, 1944.

O Primo Basílio. Realização de António Lopes Ribeiro; guião de Emília Duque. Com António Vilar, Danik Pattison, Paiva Raposo, Cecília Guimarães, Virgílio Macieira e João Villaret, entre outros. Produção: Tóbis Portuguesa, Lisboa, 1959.

Alves & C.ª
Amor & Cia. Realização de Helvécio Ratton; guião de Carlos Alberto Ratton. Com Marco Nanini, Patrícia Pilar, Alexandre Borges, Rogério Cardoso e Cláudio Mamberto, entre outros. Produção: Simone Magalhães e Quimera Filmes, Belo Horizonte, 1999.

Contos
O Cerro dos Enforcados. Realização de Fernando Garcia; guião de Carlos Selvagem. Com Artur Semedo, Alves da Costa e Helga Liné, entre outros. Produção: Domingos Mascarenhas e Cinelândia, Lisboa, 1954.

3. Televisão

O *Mistério da Estrada de Sintra*
Nome de Código: Sintra. Realização de Jorge Paixão da Costa. Mini-série (13 episódios). Com Adriano Luz, Ana Bustorff, Catarina Wallenstein, Bruna Di Tullio, Daniela Faria, Diana Costa e Silva, Dinarte Branco, Elmano Sancho, Fernando Luís, Flávio Galvão e outros. Produção: António e Pandora da Cunha Telles, Lisboa, 2006.

O *Crime do Padre Amaro*
Zlocin Pátera Amara. Direcção artísitca de M. Nyvit. Com Eduard Cupák e Alena Prochazkova, entre outros. Produção da TV oficial da Checoslováquia, Praga, 1958

O *Crime do Padre Amaro*. Mini-série (4 episódios). Realização de Carlos Coelho da Silva; guião de Vera Sacramento. Com Jorge Corrula, Soraia Chaves, Nicolau Breyner, Ana Busttorf, Rogério Samora e Nuno Melo, entre outros. Produção SIC, Lisboa, 2006.

O *Primo Basílio*
El Primo Basílio. Adaptação a um episódio de tele--teatro por Julia de Guzmán. Foi emitida em 1963 pela Televisión Nacional de México.

Vetter Basílio. Realização de Wilhelm Semmelroth; guião de Gerd Angermann. Com Diana Korner, Hans Borsody, Eric H. Schleyer e Hans Timerding, entre outros. Produção de Gerd Angermann, para a TV de Colónia, 1969; retransmitido em 1971.

O *Primo Basílio*. Mini-série (16 episódios). Realização de Daniel Filho; adaptação de Gilberto Braga e Leonor

Bassères. Com Marília Pêra, Tony Ramos, Giulia Gam, Marcos Paulo e Pedro Paulo Rangel, entre outros. Produção: Rede Globo, Rio de Janeiro, 1988.

A Capital!
A Capital. Versão televisiva da adaptação teatral (ver *supra*), com os mesmos actores (ver *supra*). Foi transmitida a 29 de Dezembro de 1971 pela Radiotelevisão Portuguesa.

O Conde d'Abranhos
O Conde d'Abranhos. Adaptação de Francisco Moita Flores. Produção: RTP, Lisboa, 2002.

Alves & C.ª
Alves & C.ª. Realização e guião de Artur Semedo. Com Canto e Castro, Irene Cruz, Rui de Carvalho, David Silva e Cristina Cassola. Produção da RTP, Lisboa, 1974.

Os Maias
Os Maias. Adaptação televisiva em cinco episódios, a partir da adaptação teatral de José Bruno Carreiro (ver *supra*). Realização de Ferrão Katzenstein. Com Lia Gama, Carlos Carvalho, Nicolau Breyner, Fernando Curado Ribeiro, Vicente Galfo e outros. Produção: RTP, Lisboa, 1979. Foi emitida pela Radiotelevisão Portuguesa a 10, 17, 24 e 31 de Maio e 7 de Junho de 1979 e retransmitido pela TV Cultura de São Paulo.

Os Maias. Minissérie de Maria Adelaide Amaral, em 42 episódios. Realização de Luís Fernando Carvalho. Com Fábio Assunção, Ana Paula Arósio, Walmor Chagas, Simone Spoladore, Selton Mello e Marília Pêra, entre outros. Produção: Rede Globo, Rio de Janeiro, 2001. Foi emitida originalmente entre 9 de Janeiro e 23 de Março de 2001.

Lusitana Paixão. Realização de Jorge Paixão da Costa e André Cerqueira; adaptação de Francisco Moita Flores. Com João Lagarto, Fernanda Lapa, Gonçalo Waddington, João Baptista, Filomena Gonçalves, Albano Jerónimo e Mário Jacques, entre outros. Produção: Edipim/Fo&Co, Lisboa, 2002

Contos

O Defunto. Adaptação por Noémia Delgado. Produção de João Franco e António Bastos. Foi transmitida a 29 de Janeiro de 1981 pela Radiotelevisão Portuguesa.

4. Rádio

A Cidade e as Serras

A Cidade e as Serras. Adaptação de Odette de Saint-Maurice, em 19 episódios e um epílogo. Direcção de Eduardo Street. Com Jacinto Ramos, Canto e Castro, Rui Furtado e outros. Foi transmitida pela Emissora Nacional em 1966 e repetida em 1970. De novo transmitida pela Radiodifusão Portuguesa de 18 de Agosto a 9 de Setembro de 1977.

A Ilustre Casa de Ramires

A Ilustre Casa de Ramires. Adaptação de Odette de Saint-Maurice, em 23 episódios. Com Canto e Castro e outros. Foi transmitida pela Emissora Nacional em 1966 e repetida em 1970.

Contos

O Suave Milagre. Baseado na adaptação do Conde de Arnoso e de Alberto de Oliveira (v. *supra*). Com António Feio, Isabel de Castro, Santos Manuel, António

Marques, João Vasco e Filipe la Féria. Foi transmitido a 31 de Outubro de 1976.

O Primo Basílio
 O Primo Basílio. Adaptação de Judite Navarro, em 36 episódios. Realização de Fernando Curado Ribeiro. Com Lourdes Norberto, Varela Silva, Canto e Castro, Cecília Guimarães e outros. Foi transmitida pela Radiodifusão Portuguesa, de 22 de Maio a 3 de Julho de 1978.

A Tragédia da Rua das Flores
 La Tragédia de la Calle de las Flores. Adaptação em 20 episódios. Produção de Marisa Texidor. Com Carmen Bernarda Zamora, José María Guillén, Tomas Blanco e outros. Foi transmitida pela Radio Nacional de España, a partir de 23 de Fevereiro de 1981

5. Banda desenhada

Contos
 Contos de Eça de Queirós. O Tesouro. O Suave Milagre. O Defunto. Adaptação de José Carlos Teixeira e Eduardo Teixeira Coelho. Lisboa: Vega, 1993.

 O Defunto. Adaptação por José Morim. Póvoa de Varzim: Câmara Municipal da Póvoa de Varzim, 1997.

# 8.

BIBLIOGRAFIA

BIBLIOGRAFIA

1. BIBLIOGRAFIA ACTIVA

1870   *O Mistério da Estrada de Sintra* (em co-autoria com Ramalho Ortigão).
1871-72 *As Farpas* (em co-autoria com Ramalho Ortigão).
1875   *O Crime do Padre Amaro* (1.ª versão).
1876   *O Crime do Padre Amaro* (2.ª versão).
1878   *O Primo Basílio*.
1880   *O Crime do Padre Amaro* (3.ª versão) e *O Mandarim*.
1887   *A Relíquia*.
1888   *Os Maias*.
1889   *Revista de Portugal*.
1890-91 *Uma Campanha Alegre. De As Farpas*.
1891   *As Minas de Salomão* de Henry Rider Haggard (tradução).
1900   *A Correspondência de Fradique Mendes* e *A Ilustre Casa de Ramires*.
1901   *A Cidade e as Serras*.
1902   *Contos*.
1903   *Prosas Bárbaras*.
1905   *Cartas de Inglaterra* e *Ecos de Paris*.
1907   *Cartas Familiares e Bilhetes de Paris*.
1909   *Notas Contemporâneas*.

1912	*Últimas Páginas.*
1925	*Correspondência, Alves & C.ª, O Conde d' Abranhos e A Capital.*
1926	*O Egipto. Notas de Viagem.*
1929	*Cartas Inéditas de Fradique Mendes e mais Páginas Esquecidas.*
1940	*Cartas de Londres.*
1944	*Cartas de Lisboa.*
1966	*Folhas Soltas.*
1980	*A Tragédia da Rua das Flores* (edições divergentes).

2. BIBLIOGRAFIA CRÍTICA

ALBUQUERQUE, Isabel de Faria e – *Novos contributos para a correspondência de Eça de Queirós (inéditos, textos integrais e correcções)*. Coimbra: Biblioteca Geral da Univ. de Coimbra, 1992.

ALVES, Dário Castro. *Era Porto e entardecia. De Absinto a Zurrapa. Dicionário de vinhos e bebidas alcoólicas em geral na obra de Eça de Queiroz*. Lisboa: Pandora, 1994.

ALVES, Dário Castro. *Era Tormes e amanhecia*. Lisboa: Livros do Brasil, 1992, 2 vols.

ALVES, Dário Castro. *Roteiro de Os Maias de Eça de Queiroz e de todas as comidas e bebidas no romance*. Lisboa: Hugin Editores, 2001.

ALVES, Manuel dos Santos. *A estética parnasiana de Leconte de Lisle e a Crítica Literária de Eça de Queirós*. Coimbra: Separata de *Biblos*, LVII, 1981.

AMARAL, Eloy do e M. Cardoso Martha (org.). *Eça de Queiroz. In Memoriam*, 2.ª ed. Coimbra: Atlântida, 1947.

ARAÚJO, Luís Manuel. *Eça de Queirós e o Egipto Faraónico*. Lisboa: Ed. Comunicação, 1988.

BAPTISTA, Abel Barros (org.). *A Cidade e as Serras. Uma revisão.* Coimbra: Angelus Novus, 2001.

BASTO, Cláudio. *Foi Eça de Queiroz um plagiador?* Porto: Maranus, 1924.
BELLO, José Maria. *Retrato de Eça de Queiroz*. São Paulo: Companhia Editora Nacional, 1977.
BARRETO, Moniz. *Ensaios de Crítica*. Lisboa: Livraria Bertrand, 1944.
BERRINI, Beatriz. *Brasil e Portugal. A Geração de 70*. Porto: Campo das Letras, 2003.
BERRINI, Beatriz. *Eça e Pessoa*. Lisboa: A Regra do Jogo, 1985.
BERRINI, Beatriz. *Portugal de Eça de Queiroz*. Lisboa: Imprensa Nacional/Casa da Moeda, 1984.
BERRINI, Beatriz (ed.). *A Arte de Ser Pai. Cartas de Eça de Queiroz para os seus filhos*. Lisboa: Ed. Verbo, 1992.
BERRINI, Beatriz (ed.). *Cartas Inéditas de Eça de Queiroz, Ramalho Ortigão, Jaime Batalha Reis e outros*. Lisboa: Cadernos O Jornal, 1987.
BERRINI, Beatriz (org.). *A Ilustre Casa de Ramires*. São Paulo: EDUC-Editora da PUC, 2000.
BOLÉO, Manuel de Paiva. *O Realismo de Eça de Queirós e a sua Expressão Artística*. Coimbra: Universidade de Coimbra/Faculdade de Letras, 1941.
BULGER, Laura. *A imagem da escrita no pequeno ecrã*. Coimbra: Minerva, 2004.

CABRAL, António. *Eça de Queiroz. A sua vida e a sua obra. Cartas e documentos inéditos*, 3.ª ed. Lisboa: Bertrand, 1945.
CARVALHO, Mário Vieira de. *Eça de Queirós e Offenbach: a ácida gargalhada de Mefistófeles*. Lisboa: Colibri/Faculdade de Ciências Sociais e Humanas da Universidade Nova de Lisboa, 1999.
CASTRO, Aníbal Pinto de. *Eça de Queirós: da realidade à perfeição pela fantasia*. Lisboa: CTT Correios de Portugal, 2001.
CAVALCANTI, Paulo. *Eça de Queiroz, agitador no Brasil*. Lisboa: Livros do Brasil, [1972].
COLEMAN, Alexandre. *Eça de Queiroz and European Realism*. New York: New York University Press, 1980.
CORTESÃO, Jaime. *Eça de Queirós e a Questão Social*. Lisboa: Imprensa Nacional-Casa da Moeda, 2001.

COSTA, Rui Lopes da. *O segredo do cofre espanhol. Notas para um ideário filosófico de José Maria Eça de Queiroz*. Lisboa: Imprensa Nacional-Casa da Moeda, 2000.
CUNHA, Maria do Rosário. *A inscrição do livro e da leitura na ficção de Eça de Queirós*. Coimbra: Almedina, 2004.
CUSATI, Maria Luisa (ed.). *Eça de Queirós e l'Europa*. Napoli: Università degli Studi di Napoli "L'Orientale", 2003.

DANTAS, Francisco J. C. *A mulher no romance de Eça de Queirós*. São Cristóvão: Univ. Fed. de Sergipe-Fund. Oviêdo Teixeira, 1999.
DELILLE, Maria Manuela Gouveia. *A recepção literária de H. Heine no Romantismo português (de 1844 a 1871)*. Lisboa: Imprensa Nacional-Casa da Moeda, 1984.
DIAS, Marina Tavares. *A Lisboa de Eça de Queiroz*. 2.ª ed., Lisboa: Quimera, 2003.
DIOGO, Américo António Lindeza e Osvaldo Manuel SILVESTRE. *Les tours du monde de Fradique Mendes: a roda da história e a volta da manivela*. Sintra: Câmara Municipal de Sintra, 1993.
DUARTE, Luiz Fagundes. *A Fábrica de Textos. Ensaios de Crítica Textual acerca de Eça de Queiroz*. Lisboa: Cosmos, 1993.
DUARTE, Luiz Fagundes. «Introdução», in Eça de Queirós, *A Capital! (começos de uma carreira)*. Lisboa: Imprensa Nacional-Casa da Moeda, 1992, pp. 14-83.
DUARTE, Luiz Fagundes. *Duas notas sobre A Tragédia da Rua das Flores*. Lisboa: Centro de Lingüística da Universidade de Lisboa, 1982.
DUARTE, Maria do Rosário Cunha. *Molduras: Articulações Externas do Romance Queirosiano*. Lisboa: Universidade Aberta, 1997.

Eça de Queirós et la culture de son temps. Actes du colloque [Paris, 22-23 Avril 1988]. Paris: Fondation Calouste Gulbenkian, 1988.
Eça de Queirós visto pelos seus contemporâneos, 1845-1945. Porto: Lello & Irmão Editores, 1945.

FARO, Arnaldo. *Eça e o Brasil*. São Paulo: Companhia Editora Nacional/USP, 1977.

FERREIRA, Virgílio. *Sobre o humorismo de Eça de Queirós*. Suplemento de *Biblos*, Série Primeira, Filologia Românica. Coimbra: Universidade de Coimbra, 1943.
FREELAND, Alan. *O Leitor e a Verdade Oculta: Ensaios sobre Os Maias*. Lisboa: Imprensa Nacional-Casa da Moeda, 1989.

GONÇALVES, Henriqueta M. A., Maria A. M. MONTEIRO. *Introdução à Leitura de Contos de Eça de Queirós*. Coimbra: Almedina, 1991.
GROSSEGESSE, Orlando. *Konversation und Roman. Untersuchungen zum Werk von Eça de Queirós*. Stuttgart: Franz Stiner Verlag, 1991.
GUERRA DA CAL, Ernesto. *Lengua y estilo de Eça de Queirós, Apéndice: Bibliografía queirociana sistemática y anotada e Iconografía artística del hombre y de la obra*. Coimbra: Por Ordem da Universidade, 1975-1984.
GUERRA DA CAL, Ernesto. *Língua e estilo de Eça de Queirós*. 4.ª ed., Coimbra: Almedina, 1981.
GUERRA DA CAL, Ernesto. *A Relíquia, romance picaresco e cervantino*. Lisboa: Ed. Grémio Literário, 1971.
GUIMARÃES, Luis de Oliveira. *As Mulheres na Obra de Eça de Queirós*. Lisboa: Livraria Clássica Editora, 1943.
GUIMARÃES, Luis de Oliveira. *Eça de Queiroz e os políticos*. Lisboa: Edições Via, s/d.

HOURCADE, Pierre. *Eça de Queiros e a França*. Lisboa: Seara Nova, 1936.

JORGE, J. de Melo. *Os tipos de Eça de Queiroz*. São Paulo: Livraria Brasil, 1940.

LANCIANI, Giulia (ed). *Un secolo di Eça. Atti del Convegno sul centenario queirosiano (Roma 1-2-3 febraio 2001)*. Roma: La Nuova Frontiera, 2002.
LEPECKI, Maria Lúcia. *Eça na ambiguidade*. Fundão: Jornal do Fundão Editora, 1974.

LIMA, Isabel Pires de. *O complexo ideológico da miséria portuguesa em Eça*. Porto: Associação de Jornalistas e Homens de Letras do Porto, 1984.

LIMA, Isabel Pires de. *As máscaras do desengano. Para uma abordagem sociológica de «Os Maias», de Eça de Queirós*. Lisboa: Caminho, 1987.

LIMA, Isabel Pires de (org.). *Eça e «Os Maias», cem anos depois. Actas do 1.º Encontro Internacional de Queirosianos*. Porto: Fundação Calouste Gulbenkian-Fundação Eng.º António de Almeida-Edições Asa, 1990.

LIMA, Isabel Pires de (org.). *Retratos de Eça de Queirós*. Porto: Campo das Letras-Fundação Eça de Queiroz, 2000.

LINS, Álvaro. *História literária de Eça de Queiroz*. Rio de Janeiro: Edições de Ouro, 1965.

LISBOA, Maria Manuel. *Uma Mãe Desconhecida. Amor e Perdição em Eça de Queiroz*. Lisboa: Imprensa Nacional-Casa da Moeda, 2008.

LISBOA, Maria Manuel. *Teu amor fez de mim um lago triste. Ensaios sobre Os Maias*. Porto: Campo das Letras, 2000.

LOSADA SOLER, Elena. "Introdução" a Eça de Queirós, *A Ilustre Casa de Ramires*. Lisboa: Imprensa Nacional-Casa da Moeda, 1999.

LOURENÇO, António Apolinário. *Eça de Queirós e o naturalismo na Península Ibérica*. Coimbra: Mar da Palavra, 2005.

LOURENÇO, António Apolinário. *O grande Maia. A recepção imediata de Os Maias de Eça de Queirós*. Braga: Angelus Novus, 2000.

LOURENÇO, Eduardo *et alii*. *Diálogos com Eça no novo milénio*. Lisboa: Livros Horizonte, 2004.

LOURENÇO, Eduardo. *As saias de Elvira e outros ensaios*. Lisboa: Gradiva, 2006.

LUZES, Pedro. *Sob o Manto Diáfano do Realismo. Psicanálise de Eça de Queiroz*. Lisboa: Edição Fim de Século, 2001.

LYRA, Heitor. *O Brasil na vida de Eça de Queiroz*. Lisboa: Livros do Brasil, 1960.

MACEDO, Júlio Oliveira. *Reler Eça de Queirós. Os Maias*. Porto: Ed. Asa. Porto, 1992.

MACHADO, Álvaro Manuel. *O «francesismo» na literatura portuguesa*. Lisboa: Instituto de Cultura e Língua Portuguesa, 1984.
MARCOS, Rui de Figueiredo. *Eça de Queirós, a Europa e a Faculdade de Direito no século XIX*. Coimbra: Almedina, 2005.
MARTINS, António Coimbra. *Ensaios queirosianos*. Lisboa: Publicações Europa-América, 1967.
MATOS, A. Campos (coord.). *Dicionário de Eça de Queiroz*, 2.ª ed., Lisboa: Editorial Caminho, 1993.
MATOS, A. Campos (coord.). *Suplemento ao Dicionário de Eça de Queiroz*. Lisboa: Caminho, 2000.
MATOS, A. Campos. *Imagens do Portugal Queirosiano*, 2.ª ed., Lisboa: Imprensa Nacional-Casa da Moeda, 1987.
MATOS, A. Campos Matos. *Sobre Eça de Queiroz*. Lisboa: Livros Horizonte, 2002.
MATOS, A. Campos (coord.). *Ilustradores e ilustrações na obra de Eça de Queiroz*. Lisboa: Livros Horizonte, 2001.
MEDINA, João. *Eça, Antero e Victor Hugo. Estudos sobre a Cultura Portuguesa do Século XIX*. Lisboa: Centro de História da Universidade de Lisboa, 2001.
MEDINA, João. *Eça de Queirós e o Anarquismo (1892-1894)*. Lisboa: Fundação Calouste Gulbenkian, 1972.
MEDINA, João. *Eça de Queiroz e a Geração de 70*. Lisboa: Moraes Ed., 1980.
MEDINA, João. *Eça de Queiroz e o seu tempo*. Lisboa: Livros Horizonte, 1972.
MEDINA, João. *Eça político*. Lisboa: Seara Nova, 1974.
MEDINA, João. *Reler Eça de Queirós. Das Farpas a Os Maias*. Lisboa: Livros Horizonte, 2000.
MEDINA, João. *Serões Queirosianos. Cursos Internacionais de Verão*. Cascais: Câmara Municipal de Cascais, 2001.
MENDES, João. *Eça de Queirós: Tipos, Estilo, Moralidade*. Lisboa: Pro Domo, 1945.
MENESES, Djacir. *Crítica Social de Eça de Queirós*. Fortaleza: Imprensa Universitária do Ceará, 1962.
MINÉ, Elza. *Eça de Queirós, Jornalista*. 2.ª ed., Lisboa: Livros Horizonte, 1986.

MINÉ, Elza. "Introdução" a Eça de Queirós, *Textos de Imprensa IV (da Gazeta de Notícias)*. Lisboa: Imprensa Nacional-Casa da Moeda, 2002.
MINÉ, Elza. *Páginas flutuantes. Eça de Queirós e o jornalismo no século XIX*. São Paulo: Ateliê Editorial, 2000.
MINÉ, Elza (org.). *150 anos com Eça de Queirós. III Encontro Internacional de Queirosianos*. São Paulo: Universidade de São Paulo, 1997.
MÓNICA, Maria Filomena. *Eça de Queiroz*. Lisboa: Quetzal, 2001.
MÓNICA, Maria Filomena. *Eça: o regresso impossível*. Lisboa: Instituto de Ciências Sociais, 2001.
MONIZ, Edmundo. *As mulheres proibidas. O incesto em Eça de Queirós*. Rio de Janeiro: Liv. José Olympio Ed., 1993.
MONTEIRO, Agostinho dos Reis. *Ideologia Pequeno-Burguesa de Eça de Queirós*. Lisboa: Edições O Professor, 1977.
MOOG, Viana. *Eça de Queirós e o século XIX*, 6.ª ed., Porto Alegre: Instituto Estadual do Livro/CORAG, 2006.

NUNES, Maria Luísa. *As técnicas e a função do desenho de personagem nas três versões de «O Crime do Padre Amaro»*. Porto: Lello, 1976.
NUZZI, Carmella Magnata. *Análise comparativa das duas versões de A Ilustre Casa de Ramires de Eça de Queiroz*. Porto: Lello & Irmão, 1979.

OLIVEIRA, Lopes de. *Eça de Queiroz. A sua vida e a sua obra*. Lisboa: Edições Excelsior, 1979.
OLIVEIRA, Maria Teresa Vilela Martins de. *A mulher e o adultério nos romances O Primo Basílio de Eça de Queirós e Effi Briest de Theodor Fontane*. Coimbra: Liv. Minerva, 1997.

PADILHA, Laura Cavalcante. O *Espaço do desejo. Uma leitura de «A Ilustre Casa de Ramires» de Eça de Queirós*. Brasília-Niterói: Editora da Universidade de Brasília – Editora da Universidade Federal Fluminense, 1989.

PALEÓLOGO, Constantino. *Eça de Queiroz e Machado de Assis*. Rio de Janeiro: Tempo Brasileiro, 1979.

PEIXINHO, Ana Teresa. *A Génese da Personagem Queirosiana em Prosas Bárbaras*. Coimbra: Minerva, 2002.

PEREIRA, Lúcia Miguel e Câmara REYS (org.). *Livro do Centenário de Eça de Queiroz*. Lisboa-Rio de Janeiro: Edições dos Dois Mundos, 1945.

PETIT, Lucette. *Le champ du signe dans le roman queirosien*. Paris: Centre Culturel Portugais, Fondation Calouste Gulbenkian, 1987.

PIEDADE, Ana Nascimento. *Ironia e Socratismo em «A Cidade e as Serras»*. Lisboa: Instituto Camões, 2002.

PIEDADE, Ana Nascimento. *Fradiquismo e Modernidade no último Eça (1888-1900)*. Lisboa: Imprensa Nacional-Casa da Moeda, 2003.

PIRES, António Manuel Bettencourt Machado. *A ideia de decadência na Geração de 70*. 2.ª ed., Lisboa: Vega, 1992.

PIWNIK, Marie-Hélène. "Introdução" a Eça de Queirós, *Contos II*. Lisboa: Imprensa Nacional-Casa da Moeda, 2003.

PORTUGAL, J. M. Boavida. *Eça de Queiroz e o mundo do nosso tempo*. Lisboa: Cadernos da Seara Nova, 1947.

RAMALHETE, Clóvis. *Eça de Queiroz*. Brasília: INL/MEC, 1981.

RAMOS, Feliciano. *Eça de Queiroz e os Seus Últimos Valores*. Lisboa: Edição da Revista *Ocidente*, 1945.

ROSENGARTEN, Ruth. *Paula Rego e O Crime do Padre Amaro*. Lisboa: Quetzal, 1999.

REIS, Carlos. *As Conferências do Casino*. Lisboa: Alfa, 1990.

REIS, Carlos. *Eça de Queirós – Consul de Portugal à Paris (1888--1900)*. Paris: Centre Culturel Calouste Gulbenkian, 1997.

REIS, Carlos. *O Essencial sobre Eça de Queirós*. Lisboa: Imprensa Nacional/Casa da Moeda, 2005.

REIS, Carlos. *Estatuto e perspectivas do narrador na ficção de Eça de Queirós*. 3.ª ed., Coimbra: Almedina, 1984.

REIS, Carlos. *Estudos Queirosianos. Ensaios sobre Eça de Queirós e a sua obra*. Lisboa: Presença, 1999.

REIS, Carlos. *Introdução à leitura d'«Os Maias»*. Coimbra: Almedina, 1978.

REIS, Carlos (org.). *Eça de Queirós: a escrita do mundo*. Por ocasião do centenário da sua morte. Lisboa: Biblioteca Nacional/Inapa, 2000.

REIS, Carlos (coord.). *Leituras d'Os Maias*. Semana de Estudos Queirosianos. Primeiro Centenário da Publicação d'Os Maias (1888-1988). Coimbra: Minerva, 1990.

REIS, Carlos e Maria do Rosário MILHEIRO. *A construção da narrativa queirosiana. O espólio de Eça de Queirós*. Lisboa: Imprensa Nacional-Casa da Moeda, 1989.

REIS, Jaime Batalha. "Introdução. Na primeira fase da vida literária de Eça de Queirós", in Eça de Queirós, *Textos de Imprensa I (da Gazeta de Portugal)*; edição de Carlos Reis e Ana Teresa Peixinho. Lisboa, Imprensa Nacional-Casa da Moeda, 2004.

ROSA, Alberto Machado da. *Eça, discípulo de Machado?*, 2.ª ed., Lisboa: Editorial Presença, 1964.

SACRAMENTO, Mário. *Eça de Queirós. Uma estética da ironia*. Lisboa: Imprensa Nacional-Casa da Moeda, 2002.

SALGADO JÚNIOR, António. *História das Conferências do Casino*. Lisboa: s. ed., [1930].

SAMPAIO, Maria de Lurdes. *Aventuras literárias de Eça de Queirós e Ramalho Ortigão*. Coimbra: Angelus Novus, 2005.

SANTANA, Francisco e Maria Ilda LEITÃO. *Dicionário das Personagens de Eça de Queirós*. Lisboa: Editorial O Livro, 1987.

SARAIVA, António José. *As ideias de Eça de Queirós*. Lisboa: Gradiva, 2000.

SARAIVA, António José. *A tertúlia ocidental. Estudos sobre Antero de Quental, Oliveira Martins, Eça de Queiroz e outros*. Lisboa: Gradiva, 1990.

SEQUEIRA, Maria do Carmo Castelo Branco de. *A dimensão fantástica na obra de Eça de Queirós*. Porto: Campo das Letras, 2002.

SEQUEIRA, Maria do Carmo Castelo Branco de. *Prosas Bárbaras. A germinação da escrita queirosiana*. Porto: Univ. Fernando Pessoa, 2006.

SÉRGIO, António. «Notas sobre a imaginação, a fantasia e o problema psicológico-moral na obra novelística de Queirós», in

Ensaios, 2.ª ed., Lisboa: Livraria Sá da Costa, 1976, t. VI, pp. 55-120.

SERRÃO, Joel. *O primeiro Fradique Mendes*. Lisboa: Livros Horizonte, 1985.

SILVA, Garcez da. *A pintura na obra de Eça de Queirós*. Lisboa: Caminho, 1986.

SILVA, Joaquim Palminha. *O nosso cônsul em Havana: Eça de Queiroz*. Lisboa: A Regra do Jogo, 1981.

SIMÕES, João Gaspar. *Eça de Queirós: A obra e o homem*. 2.ª edição rev. e aum., Lisboa: Editora Arcádia, s.d.

SIMÕES, João Gaspar. *Vida e a obra de Eça de Queirós*. 3.ª ed., Lisboa: Liv. Bertrand, 1980.

SOUSA, Américo Guerreiro de. *Inglaterra e França n'Os Maias: idealização e realidade*. Lisboa: Caminho, 2002.

SOUSA, Frank F. *O Segredo de Eça. Ideologia e ambiguidade em «A Cidade e as Serras»*. Lisboa: Edições Cosmos, 1996.

VIANA FILHO, Luís. *A vida de Eça de Queirós*. Porto: Chardron/Lello &Irmão Editores, 1983.

Os Vencidos da Vida; ciclo de conferências promovido pelo Círculo Eça de Queiroz. Lisboa: 1989.

Vária Escrita (Actas do Colóquio Internacional Eça de Queirós), n.º 4. Sintra: Cadernos de Estudos Arquivísticos, Históricos e Documentais, 1997.

ZILBERMAN, Regina *et al*. *Eça e outros: diálogos com a ficção de Eça de Queirós*. Porto Alegre: EDIPUCRS, 2002.

3. APÊNDICE: DOCUMENTOS ELECTRÓNICOS

Arquivo Eça de Queirós. 1845/1900. CD-ROM. Tormes: Fundação Eça de Queiros, 2001.

Eça de Queirós 1845-1900: ano queirosiano na BN/Biblioteca Nacional; coord. científica Carlos Reis; webdesign Sérgio Pires, Cecília Matos, – Serviço em linha. – Lisboa: B.N., 2000 [http://purl.pt/93/1/].

Eça de Queirós. Entre Portugal e o Mundo. Exposição realizada no CCBB, Rio de Janeiro, 30/01 a 25/03 de 2001. Videocassete VHS. Rio de Janeiro: Project Multimídia, 2001.

Eça de Queirós. Realidade e Ficção. Videocassete VHS. Autor do Guião: A. Campos Matos, Lisboa: Instituto Camões, 2000.

REIS, Carlos, *Vida e Obra de Eça de Queirós. Trajectos. Discursos, Imagens*. CD-ROM. Porto: Porto Editora, 2000.

Sintra e Eça de Queiroz. Um olhar de monóculo. Videocassete VHS. Autor do argumento original: João Rodil. Lisboa: Costa do Castelo Filmes, 2000.

Índice

1. Nota Prévia 7
2. Apresentação 11
3. Lugares Seletos 53
   1. Aforismos 55
   2. Textos Doutrinários 65
   3. Textos Literários 79
4. Discurso Direto 123
5. Discurso Crítico 143
6. Abecedário 189
7. Representações 237
8. Bibliografia 249